LA PRINCESA DEL IMPERIO CAÍDO

J.M. SUÁREZ

UNA HISTORIA ESCRITA EN EL DESTINO

LA PRINCESA DEL IMPERIO CAÍDO

J.M. SUÁREZ

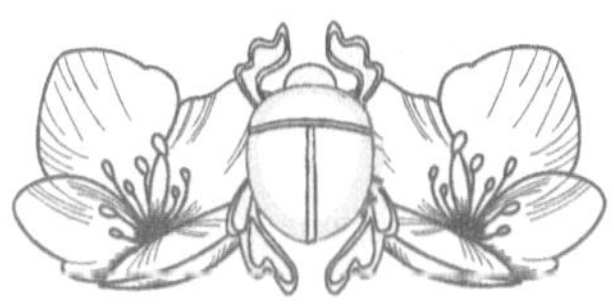

Para Jota
Gracias por saltar de un abismo a otro
para estar siempre a mi lado.

ÍNDICE

PRIMERA PARTE

SEGUNDA PARTE

TERCERA PARTE

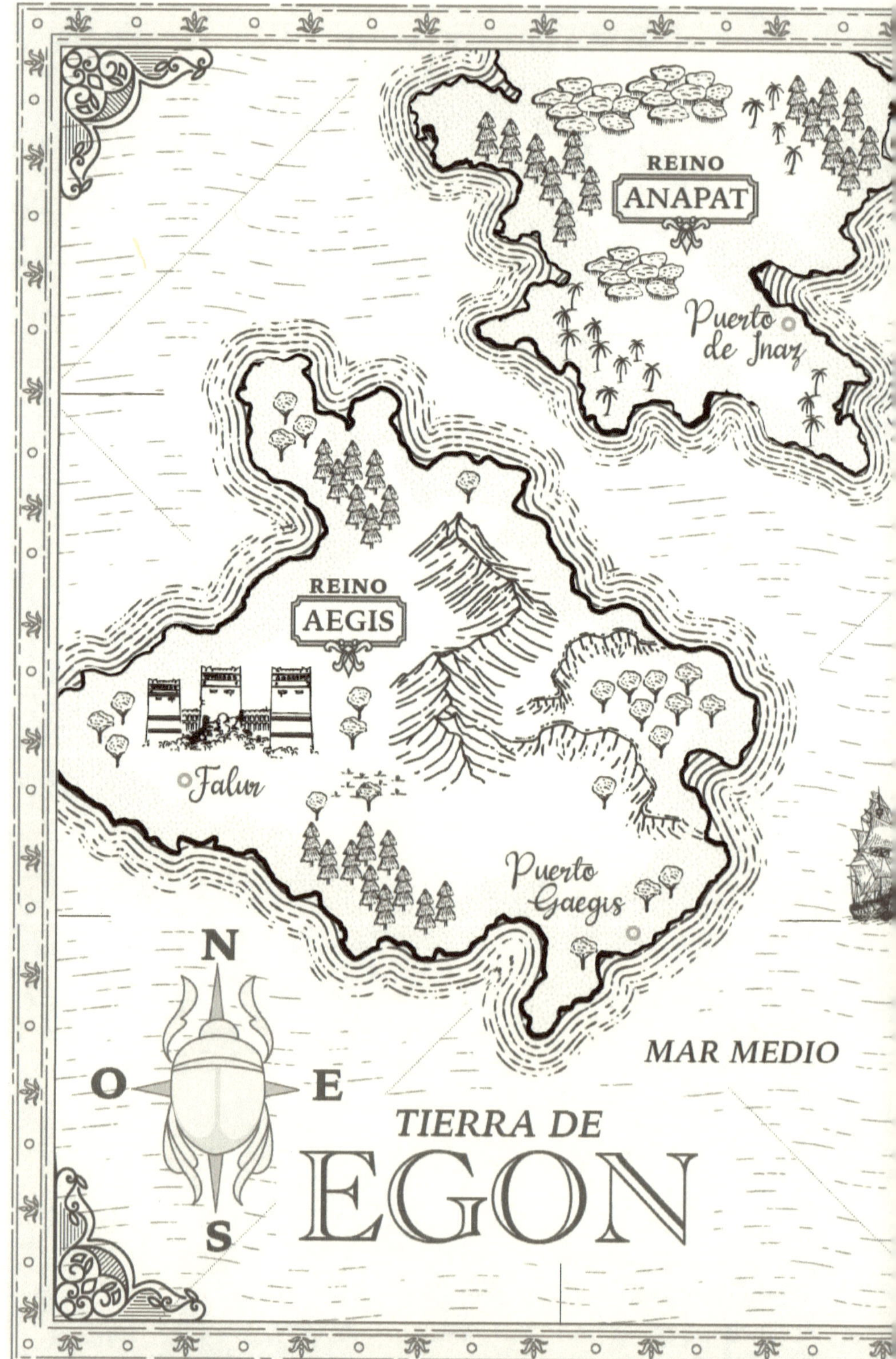

REINO
ANAPAT
Puerto
de Inaz
REINO
AEGIS
Falur
Puerto
Gaegis
MAR MEDIO
N
O
E
S
TIERRA DE
EGON

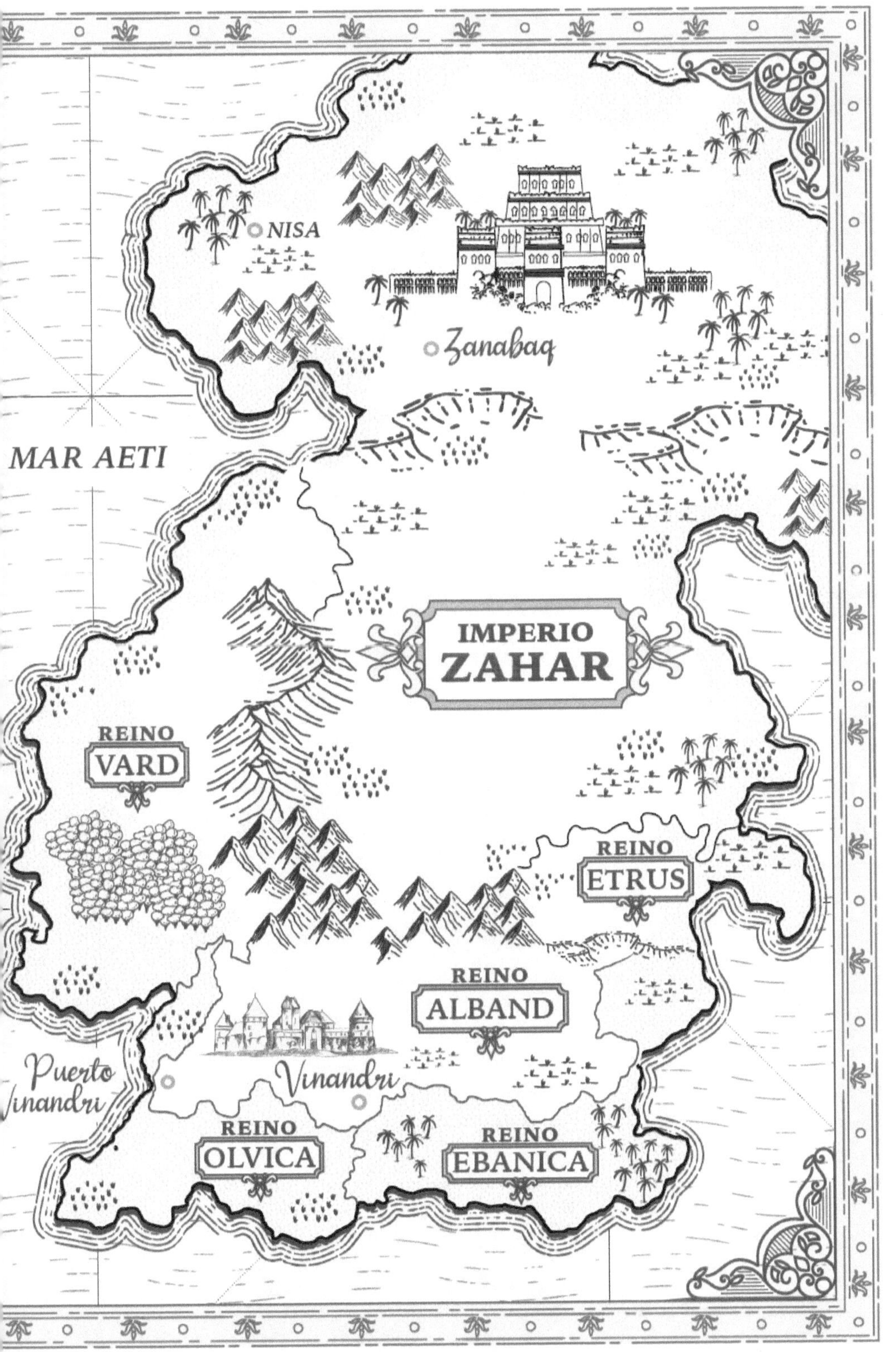

MAR AETI
NISA
Zanabaq
IMPERIO ZAHAR
REINO VARD
REINO ETRUS
REINO ALBAND
Puerto Vinandri
Vinandri
REINO OLVICA
REINO EBANICA

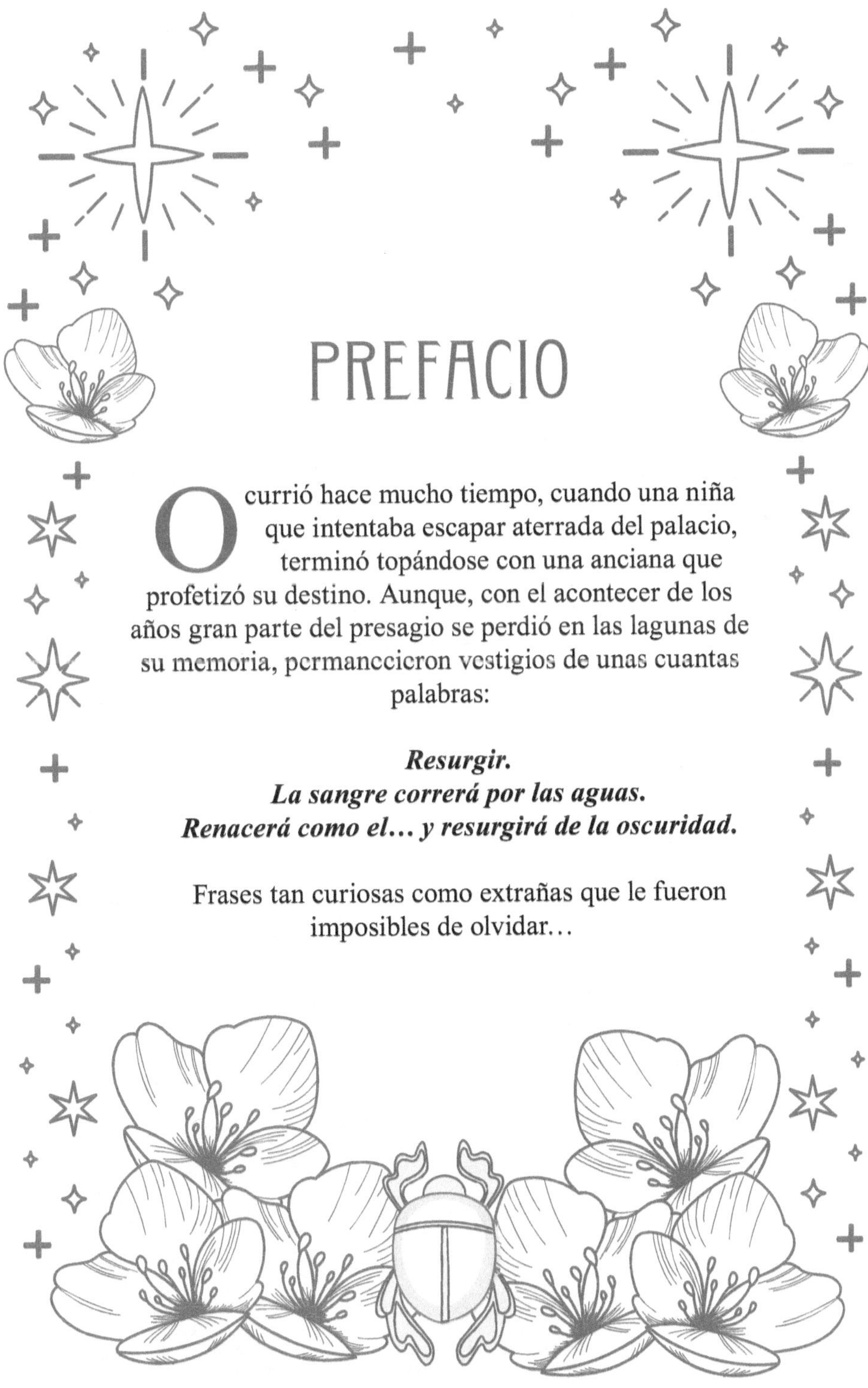

PREFACIO

O currió hace mucho tiempo, cuando una niña que intentaba escapar aterrada del palacio, terminó topándose con una anciana que profetizó su destino. Aunque, con el acontecer de los años gran parte del presagio se perdió en las lagunas de su memoria, permanecieron vestigios de unas cuantas palabras:

Resurgir.
La sangre correrá por las aguas.
Renacerá como el… y resurgirá de la oscuridad.

Frases tan curiosas como extrañas que le fueron imposibles de olvidar…

PRIMERA PARTE

Hay vidas conectadas a través de los siglos
por un poder natural e ineludible,
algunos lo llaman: **destino.**

CAPÍTULO: I

PRESAGIO

Una verdad conocida en el mundo de Egon, es que el imperio de Ktar era la cuna de jeques, odaliscas, doncellas y visires, y que todos ellos son gobernados por un Sultán.

El Sultán que era equiparable al más poderoso de los reyes, respetado y admirado por su bondad y buen juicio por los habitantes del imperio.

Ktar, también llamado La joya del desierto, se extendía casi por todo el continente, contaba con los guerreros más fuertes de la región, hombres nobles, dispuestos a dar la vida por proteger sus ideales: libertad, verdad, justicia, sabiduría, lealtad y valor. No solo ellos se regían por estas creencias éticas sino también sus habitantes.

Era un imperio fuerte, justo y económicamente estable.

Solo un reino, apenas reconocible en un mapa cartográfico, llamado Zahar, se oponía a sucumbir bajo el poder del Sultán. No obstante, ambos, tanto el imperio como el reino convivían en armonía.

No se conoce a ciencia cierta qué o cuáles fueron las causas del declive de un imperio tan próspero como Ktar. Unos cuentan que fue por culpa de un terremoto, otros hablan de una plaga que asoló las tierras, y también corren rumores sobre asesinatos, pero nadie lo sabe con certeza.

Con el pasar de los años, el imperio se convirtió en completo caos al carecer de un gobernante. Las guerras por el poder, los robos, la hambruna e ignorancia se propagaron como una enfermedad contagiosa.

Presenciando tal anarquía, el rey de Zahar, tomó la decisión de conquistar el antiguo imperio, si bien fue su hijo Hasam quien logró su cometido tras la muerte de su padre. Hasam al-Sfeir se convirtió en el primer Sultán del nuevo imperio de Zahar el día en que conquistó la antigua ciudad capital y aniquiló a los últimos descendientes de la familia real de Ktar...

Amira sonrió con disgusto apartando el libro a un lado.

Se levantó de la cama aproximándose a la ventana de su habitación, en un intento desesperado por conseguir aire fresco, lamentando haberlo hecho al cabo de un minuto. La podredumbre y el humo inundaron sus fosas nasales tan pronto que por acto reflejo cubrió su nariz.

El hedor a orines entremezclado con la pestilencia de basura de cualquier clase, era todavía más desagradable a horas de la madrugada que por las tardes. Se recordó que por esa razón solía dormir con las ventanas cerradas, aunque el clima fuese cálido. Era lo único que detestaba de vivir en el reino de Aegis. Por fortuna de la joven, Aegis pertenecía al pequeño conjunto de siete reinos que aún no se sometían al poder del Sultán al-Sfeir.

Entre las pocas cosas que solía añorar de su tierra natal, las esencias eran unas de ellas. Su nariz podía gozar con el aroma dulce de los inciensos y el intenso de las especias al transitar por las calles. Amira se reprochó por pensar de ese modo, odiando todo lo que representaba Zahar. Obligándose a no otorgar ni el más escaso mérito al lugar.

Ignorando la fetidez, los tejados en mal estado por la reciente guerra culminada hace un mes y los pordioseros dormitando en la calle, admitía que la vista desde su alcoba era preciosa. Se divisaba parte de los jardines recién floreados de una casona perteneciente a algún duque, a pesar de encontrarse a una distancia considerable. Tenía que acabar de pintarlos algún día.

Solía posponer aquel cuadro del que no llevaba más que un boceto de líneas que no llegaban a comprenderse del todo: una que otra pincelada con verdes y naranjas intentando crear un árbol. Consideraba curioso la renuencia a continuar, aludiendo a que como se trataba de una especie de palacio, le traía malos recuerdos.

Miró de reojo el pequeño envoltorio recién abierto que reposaba sobre la mesa de noche, preguntándose cómo una encomienda de las tierras de Zahar había parado en sus manos la tarde anterior. Llegó por cortesía de uno de los sirvientes de Dumont, acto que también juzgaba extraño, pues él solía entregar los encargos de los clientes personalmente.

En cuanto Amira regresó a casa, olvidó que lo llevaba consigo. No fue hasta un par de horas atrás que lo recordó, encontrándose con un broche, pero no uno cualquiera, era una combinación entre oro puro y rubíes de intenso escarlata. Le resultaba vagamente familiar.

Zahar era muy conocido por resguardar sus riquezas, pensaba que era improbable que alguien lograra extraer joyas de allí sin que el Sultán se enterase. Muchos creían que la fortuna de Zahar era un mito. ¿Cómo no hacerlo? Se decía que la riqueza del Sultán era comparable a la cordillera de Falur, que era de una altura imponente que podía verse desde su ventana, casi al otro lado de la ciudad.

Amira se aproximó a la mesa de noche tomando el objeto brillante entre sus dedos, observándolo con detenimiento, mientras los vívidos recuerdos inundaban su mente. Sin notarlo, lo presionaba con furia.

Zahar poseía un significado muy diferente para ella. No lo conocía por sus riquezas o por la historia en los libros. Ella nació, vivió y sobre todo vio morir a su familia en ese lugar. Por lo que le tenía un amplio desprecio a cualquier elemento proveniente del mismo.

Divagaba sin comprender cómo había llegado el broche hasta su taller. Solo en la ciudad habitaban cientos de artistas, en Aegis eran miles y muchos más talentosos que ella. No lo decía en falsa modestia, pues su técnica, aunque no era mala, era inferior al de otros que pintaban retratos más exactos a la realidad.

«¿Cuáles son las probabilidades que este broche acabase en mis manos? No demasiadas» concluyó.

Examinó el broche en forma de escarabajo de Namib, el característico insecto del desierto. Era plano en la parte superior y excesivamente brillante, casi como un espejo al sol. Al contrario de su parte inferior, que era opaco casi negro, con un redondel de incrustaciones de rubíes. No obstante, lo más llamativo se encontraba en el centro donde yacía un grabado con un extraño símbolo, que no tardó en reconocer.

—Resurgir —tradujo.

Soltó espantada el broche sobre la cama como si este le quemara la palma de la mano. La saliva se atascó en su garganta por un instante y su respiración se cortó brevemente. ¿Cómo una palabra podía ponerla en semejante estado?

Negó con la cabeza apartando cualquier recuerdo que pudiese emanar de aquello. Resistiéndose a creer que su destino se encontraba predicho por un antiguo presagio. Su destino no estaba escrito, ella forjaba su propio destino.

Lo tenía decidido. Esa misma tarde platicaría con Dumont en el taller. Negándose rotundamente a realizar cualquier encargo relacionado con Zahar.

✦ ✹ ✦ ✦ ✦ ✦ ✦ ✦ ✹ ✦

Amira contempló a su apoderado con disgusto. Había transcurrido hora y media desde que la discusión dio inicio, debatiendo el futuro del encargo de Zahar. Ambos expusieron argumentos válidos para objetar al otro, pero no llegaban a una resolución factible.

—Debes hacerlo, es uno de los mejores encargos que he podido conseguir —explicó Dumont, exhausto de repetir la misma frase.
—No lo acepto por más que sea una gran paga. Además, me encuentro copada de retratos por realizar, incluso algunos pedidos de otras ciudades de personas poderosas. Debo dar prioridad a los encargos de familias residentes del reino antes que atender a los extranjeros.
—¿Qué dices? Pero si tú eres extranjera —alegó.

Amira lo enfrentó con expresión dolida.

—No fue mi intención recordarte tus infortunios —se disculpó Dumont.

Ella desvió la mirada hacia unos grilletes oxidados que colgaban en la pared del taller a la espalda de Dumont. Un recordatorio constante de lo que tuvo que atravesar para llegar a donde estaba.

Las marcas de los grilletes permanecían en sus muñecas aún con el acontecer de los años, recordándole que fue tratada como esclava al pisar el occidente, como sufrió rechazo por el leve tono bronceado de su piel, latigazos y maltrato por parte de señores que le intimidaban mucho menos que el gran Sultán de Zahar, aunque castigaban de igual forma. No fue hasta que cumplió los doce años que su fortuna cambió para mejor.

Dean Dumont apareció un día en la casa donde ella servía para incautar algunos bienes y saldar las deudas que poseía la familia.

Aún recordaba con claridad la primera vez que admiró a aquel desconocido: luciendo un *jubón* dorado de mangas rojas, prenda que solo había apreciado en familias adineradas que acudían de visita. Su pelo café ondulado hasta los hombros y la línea delicada de su mandíbula lisa y juvenil. Aparentando una confianza comparable a la que había visto alguna vez al Sultán de Zahar.

Dumont no estaba seguro de cómo proceder con los *sirvientes* de la casa. A la mayoría los distribuyó y vendió a otros propietarios de las casonas de Falur, pero cuando llegó a ella algo lo contuvo. En ese entonces, Amira dudaba de sus intenciones, pero con el pasar de los años dejó de preguntárselo.

La intensidad con que la admiró por primera vez aún permanecía en su memoria. Demostró tal posesividad, pertenencia y deseo, que tuvieron que transcurrir muchos años antes de que ella se permitiera confiar en él.

A pesar de la equívoca impresión, Dumont le otorgó su libertad. Le ayudó a hacerse un nombre en la ciudad, la convirtió en una artista de renombre, consiguiéndole encargos con clientes de buena casta mientras ejercía como su apoderado.

Él le proporcionó un taller en el centro de Falur, la capital de Aegis, considerada una de las mejores ubicaciones de la ciudad. Se ocupó de otorgarle una educación privada con excelentes tutores a pesar de las malas lenguas. Era un caballero de mentalidad liberal, cuyo mayor defecto, consideraba Amira, era ser demasiado ingenuo en situaciones desafortunadas. En más de una ocasión se vio en la penosa posición de salvarle de negocios carentes de provecho.

—Comprendo la situación, Dean —lo llamó por su nombre utilizando un tonó más apacible, acción que solo realizaba en contadas ocasiones, solamente cuando se encontraban solos—, pero este es un encargo que se me hace imposible realizar.

—¿Por qué? Es solo un broche, tú has pintado objetos más complejos y menos valiosos.

Ella prefirió guardar silencio, no porque no tuviese como rebatir su argumento, sino que al hacerlo debía revelar información que prefería mantener oculta. No sintiéndose lo suficiente a gusto para platicar de aquel tema; intentó desviar la conversación en otra dirección.

—No tengo la habilidad suficiente como para desempeñar el encargo. Son demasiados detalles en un solo objeto. Además, solo pinto casonas o retratos, no conozco el modo correcto de distribuir la pieza para que resalte —mintió Amira.

El rostro de Dean se iluminó al escuchar esas palabras. Fue como si todas sus preocupaciones se hubiesen esfumado de una vez y para siempre. Mostró una galante sonrisa y dijo:

—Acabas de darme la mejor de las noticias.

—¿Lo hice? —preguntó Amira desconcertada.

—Verás, hace unos días platiqué con el v...visir... creo que ese era su título. —Amira perdió el aliento al escuchar ese cargo—, él me encargó la pintura y me solicitó que el broche sea retratado junto a su amo, en sus tierras.

La palidez en el rostro de Amira hubiese sido evidente para su acompañante, si no se encontrara distraído relatando como gracias a sus habilidades de negociación, había conseguido no solo que el cliente se ocupara de todos los gastos de traslado y estadía, sino que; él podría asistir en compañía de la artista con la excusa de salvaguardarla en tierras desconocidas.

Mientras tanto, ella parecía ensimismada intentando procesar el hecho de que el hombre más poderoso después del dirigente, el gestor de gobierno, el valido del Sultán, se había reunido personalmente con su apoderado para encargarle sus servicios. Era muy sospechoso.

—Le dije que aceptaríamos gustosos realizar el encargo. —Amira continuaba perpleja y sentía que con cada palabra se le dificultaba respirar—. Tu inconveniente solo me ha dado alivio. El broche debe ser retratado con el Sultán en el palacio o en donde él lo decida y tú mi querida amiga, serás la encargada de hacerlo.

—Es imposible. El Sultán jamás aceptaría que una mujer realizara actividad semejante. A no ser...

Amira no pudo concluir. Sus mejillas se coloraron recordando los rumores que escuchó de niña: Si se involucraba *Sultán* y *mujer* en la misma oración, la palabra *cama* también estará presente.

—Es el mismísimo Sultán el que exige tu presencia.

Amira seguía sin poder expresar palabra alguna. Abrumada. El saber que debía regresar a Zahar la tomaba por sorpresa. No quería, odiaba la idea, mucho más cuando tendría que pisar el palacio… no solo eso, tendría que ver al Sultán y pasar horas retratándolo. El causante de todo su sufrimiento, el que hizo que quedara huérfana. No, no era concebible.

—No asistiré, es mi última palabra.

Tal como ella esperaba, el semblante de Dumont cambió por una expresión autoritaria. La misma que le había visto cuando incautó los bienes de la familia que la esclavizó, muchos años atrás.

—Sí, irás. —Su voz sonó seria y llena de control. Intimidante para cualquiera, pero no para ella—. He dado mi palabra, firmé un contrato y te agrade o no, soy tu apoderado, ¡debes obedecerme! —Él golpeó la mesa, completamente furioso.

Amira no se inmutó por su alterado comportamiento. El trato irrespetuoso la hizo enfadar, mas guardó silencio.

Se sentía cautiva bajo las órdenes de su amigo. Aun teniendo su *libertad* él era la única persona que conocía verdaderamente como para que la ayudase a seguir su trabajo. El obligarla a asistir por causa del contrato era un eufemismo de que no era tan libre como ella se jactaba de ser.

Ella lo odió, lo odió por recordárselo.

Asintió de mala gana intentando no mirarle. Él tomó el rostro de Amira entre sus dedos forzándola a encararlo. Ella así lo hizo, otorgándole una visión de sus oscurecidos ojos repletos de resentimiento, que él no esperaba.

Dumont se sintió dolido por ello.

Él se apartó avergonzado por su acción, mas no por haberla tocado. No era bien visto aquel trato tan personal en el reino de Aegis, ella era una mujer soltera, suficiente era que pudiesen estar solos como para que su reputación continuara dañándose por sus torpes impulsos.

—Vendré a buscarla a primera hora de la mañana, prepare todo para un viaje de varias semanas.

El sonido de la puerta cerrarse fue lo último que escuchó Amira, mientras el calor de las lágrimas le quemaban los párpados amenazando con derramarse.

Escapar no era una opción y lo sabía, por más enojada que estuviera con él no podía faltarle. Las leyes de Zahar eran crueles y si alguien no cumplía con su palabra ante el Sultán la muerte era su destino; dudaba que Dean poseyese ese conocimiento.

Ella debía desempeñar su trabajo, aunque eso la destruyese.

✦ ✳ ✦ ✦ ✦ ✦ ✦ ✳ ✦

La mañana siguiente llegó más pronto de lo que Amira hubiese querido. Sentía que con cada segundo que pasaba perdía un poco de libertad y felicidad. Su cuerpo estaba tenso y aún no cruzaba la puerta para emprender el viaje.

«¿Cómo podría?» pensó.

Realizó su equipaje con dificultad meditando en lo que podría suceder cuando regresara allí, en como estarían las personas que alguna vez conoció: ¿La anciana que la ayudó con su escape seguiría con vida? ¿El pueblo continuaría muriendo de hambre? ¿Continuaría en el poder el mismo Sultán que mató a su madre? Eran tantas preguntas las que ocupaban su mente que no notó el momento en el que finalizó su labor.

Los llamados de Dumont desde la calle solicitando que ella saliese eran apremiantes, pero no podía evitar resistirse. La sola idea de pisar el desierto le horrorizaba más que convertirse otra vez en esclava aegisiana.

—¡*Señorita* Durand, es hora de marcharnos!

El golpeteó constante a la puerta era más demandante con cada minuto que pasaba.

—¡Amira, por favor sal inmediatamente! —exigió nervioso Dumont, olvidando cualquier rastro de cortesía, mientras utilizaba su cuerpo para golpear la puerta con fuerza, temiendo que quizás la joven hubiese cometido una locura.

No fue hasta que Amira escuchó el leve crujir de la madera, que salió del trance y se dispuso a abrir. Dean trastabilló al ingresar a causa del impulso previamente aplicado, tropezando con el baúl, que la joven se disponía a llevar al viaje, cayendo al suelo de modo estrepitoso.

—¿Te encuentras bien, Dean?

—Sí… solo ha sido un desliz. —Él se levantó con lentitud intentando no volver a tropezar. Su expresión de disgusto no pasó desapercibida por Amira.

Cuando Dumont se enderezó la observaba con molestia contenida y mostraba una expresión que solo un idiota podría llamar sonrisa.

—¿Por qué has tardado tanto en abrir?

—Lo lamento, aún no me encontraba apropiadamente vestida.

Dumont la observó de arriba abajo un par de veces antes de que el ligero tono carmesí apareciese en sus mejillas. Su lacio cabello negro caía hasta su media espalda atado en una trenza. Sus curvas se marcaban adecuadamente en el vestido amarillo resaltando sus pechos, hasta cubrir casi completamente las zapatillas del mismo tono. No cra tan escotado como los que solían utilizar las mujeres de clase alta, pero en sus pensamientos todas ellas podrían envidiarla, porque no había otra mujer que le provocara lo que ella. Se sintió avergonzado por imaginar a Amira de esa manera en su presencia, recordando cuantas veces al día la imaginaba en casa.

—Perdón, no quise apremiarte.

—No te preocupes —aseguró ella, con cierto desdén—, me encuentro lista para partir. —Sus palabras fueron más para convencerse a sí misma que para su acompañante.

Dumont ofreció su brazo con galantería, para escoltarla hasta el carruaje que los esperaba afuera de casa. En el instante en que Amira rozó la tela del jubón de Dumont, su mundo se derrumbó a su alrededor, perdiendo toda esperanza de regresar.

CAPÍTULO: II

VIAJE

l vaivén del carruaje fue lo que terminó por despertarla. Pensó que el cochero quizás transitaba por una vasta zona de rocas difíciles de evadir. Notando la amplia pradera que se extendía hasta perderse en el lindero del bosque: ramas, arbustos con flores y algunos árboles frondosos.

Alzó la vista encontrando el atardecer. La mezcla de los tonos rojizos, morados y celestes le parecían encantadores, eran tonos que solo había visto imprentados en las telas tradicionales de Zahar cuando era pequeña. Esos colores solían recordarle los momentos en los que su madre le tejía tapices magníficos o las telas de seda para danzar, sintiendo como su cuerpo y la música convergían en uno solo, a un ritmo armónico perfecto.

—Al fin despiertas. —La voz alegre de Dean la transportó de regreso a la realidad.

—¿Cuánto falta para llegar? —preguntó Amira con pesadez.

—Muy poco, estamos próximos a la posada. Allí pasaremos la noche y mañana continuaremos el viaje al Puerto de Gaegis.

—Entiendo. —Amira no dijo nada más. Volvió a enfocar la vista en el carruaje, ignorando la presencia del joven frente a ella.

—Ha sido un viaje muy callado. Ahora que has despertado, ¿no prefieres platicar un poco?

Amira suspiró. No se encontraba de humor para hablar con él. Estaba luchando un conflicto interno en el que se debatía si, el regresar a Zahar era una traición a sí misma o una obra del destino que años atrás le profetizaron.

—No realmente.

—*Señorita* Durand...

—He vuelto a ser una sirvienta que tan solo obedece las órdenes de su señor —interrumpió con ironía.

—No digas eso, comprendo que estás enojada por haber sellado el contrato sin tu consentimiento inicial, pero esta forma de acordarlo es la que he estado ejerciendo desde que empezamos a trabajar juntos. No podía saber que no querrías realizar este encargo en específico.

—Debiste preguntar desde el inicio, tal como siempre te he solicitado que hagas —recalcó ella con molestia.

—Será beneficioso para ambos —insistió Dumont—, adquiriremos suficientes ganancias como para abrir una galería en el centro de Falur. Podremos invertir y educar a otros en las artes. Entiende, yo no dudo ni un momento de tu talento, Amira, creo que tú podrás desempeñar el encargo sin inconvenientes.

—Habrá inconvenientes, siempre los hay. Solo esperemos que estos no terminen en desgracia o muerte —presagió ella, con dureza en su mirar provocando un leve nerviosismo en Dumont.

—Hablas como si conocieses a nuestro anfitrión.

—Quizás...

—¿Lo conoces? —Amira no respondió.

El carruaje se detuvo de forma abrupta, los caballos relincharon asustados alertando a los pasajeros, luego silencio absoluto.

Dumont asomó la cabeza por la ventana intentando averiguar la causa, pero un líquido rojizo cubrió su rostro y unas risas macabras lo rodearon.

—¡Desciendan del carruaje o los bajaremos a la fuerza! —La voz amenazadora de un hombre se escuchó a las afueras seguida de más risas.

Amira miró a su alrededor buscando algún objeto punzante con el que pudiera defenderse, encontró un alfiler, de unos veinte centímetros que mantenía las cortinas del carruaje abiertas. Lo tomó con precaución, ocultándolo en la manga izquierda de su vestido.

Los violentos improperios mezclados con el inconfundible sonido de baúles cayendo en la tierra, les indicó que su equipaje estaba siendo robado. Unas exclamaciones que no pudieron descifrar por completo, revelaban que sus pertenencias fueron alejadas del carruaje a algún lugar desconocido, sumado a los sonidos de tierra removiéndose.

—Son bandidos —murmuró Dumont asustado —, saldré primero e intentaré negociar con ellos, nos dejarán en paz si les entregamos nuestras pertenencias.

—No lo hagas, te matarán. Si mueres, se quedarán con tus pertenencias de todos modos.

—Les ofreceré bienes que no se encuentran con nosotros… alguna cosa será de su interés —titubeó—. Estamos cerca de llegar a la posada, allí podríamos abastecernos al salir de esta situación.

Un par de fuertes golpes al costado del carruaje seguidos de más risas y sonidos de espadas desenvainando fueron suficiente advertencia para abandonar el carruaje. La noche envolvió todo en un manto de plena oscuridad, dejando que solo las estrellas la luna iluminaran el escenario.

Dumont abrió la puerta tratando de mantenerse firme, al hacerlo, uno de los bandidos agarró su cabello y lo tumbó en el suelo. Otro bandido cubierto por un traje negro se aproximó hasta ella con intenciones de sacarla del carruaje, mas ella se resistió. Amira intentó inútilmente dar patadas para mantener la distancia del hombre que la jalaba del brazo: él era más grande y fuerte que ella. Mientras era arrastrada, notó que los baúles vacíos yacían junto al cuerpo sin vida del carretero. Miró como las salpicaduras rojas se esparcían sobre las ropas del hombre que la tiraba. La soltó en suelo boca abajo en la tierra, donde las filosas espadas de los bandidos la amenazaron por el cuello.

Dean se encontraba en la misma situación.

Se trataba de tres hombres, dos de ellos eran delgaduchos y vestían prendas del ejército, no eran bandidos comunes como creyó al principio, parecían soldados demasiado inquietos al no tener guerra en la cual pelear.

—¡Vaya! No esperaba encontrarme con recién casados —bromeó el líder.

Amira frunció el ceño.

No le agradaba la idea de que pensaran que estaba casada, pero no consideraba prudente mencionarlo en esa situación. Además, la peste a alcohol que desprendían hacía evidente que no podrían razonar con ellos.

—¿Hemos roto alguna regla, señor? —preguntó Dumont al soldado.
—Por supuesto que no, solo han estado en el momento y lugar incorrecto. Verán, últimamente ha estado todo demasiado tranquilo por aquí, así que decidimos divertirnos un poco.

—¿Qué haremos con ellos, Didier? —indagó el bandido junto a Dean.

—Imbécil, ¡¿cuántas veces debo decirte, Calvin, que no digas mi nombre cuando hacemos esto?! No ves que ahora tendré que matarlos.

—¡¿Matarme?! —exclamó Dumont asustado—, señor, estoy seguro de que podríamos llegar a un acuerdo sin necesidad de generar un derramamiento de sangre.

A Amira le sorprendió como en esas circunstancias Dean no perdía sus habilidades de negociante, era claro que estaba aterrado, aun así, intentaba aparentar firmeza.

El líder le indicó a su compañero que arrodillara a Dumont para hablar cara a cara. Mientras, el soldado que sostenía la espada junto ella, bostezó un poco. Amira comenzó a formular un plan para arrebatarle la espada y escapar de esa situación.

—¿Tienes mucho sueño, Travis? —El joven se puso firme de inmediato—. ¡Par de inútiles! Estamos en medio de un trabajo y ustedes actúan con ineptitud.

Didier no dijo nada más a sus hombres, sintiendo que cada palabra era perdida valiosa de tiempo. Volvió su atención hacia Dumont, encarándolo.

—Dime, ¿qué estás dispuesto a ofrecer que no pueda quitarte ahora? —instó Didier, con tono de superioridad.

—Tierras… una mansión… tengo propiedades en Falur que seguro le interesarán, pero debo firmar la documentación para traspasarlas.

Didier comenzó a reír como si hubiese escuchado la mejor broma de su vida, en seguida sus secuaces lo imitaron.

—¿Qué te hace creer que nosotros no tenemos propiedades? —se burló Didier—. ¿No nos ves? Somos soldados de alto regimiento, yo soy un general de guarnición. Tierras tengo.

—Quizás… ¿dinero?

—No, con lo que tienen en esos baúles es más que suficiente —aseguró.

—¿Qué es lo que desean entonces? —preguntó Dean, con semblante desesperanzado.

—Practicar. Todo ha sido sumamente tranquilo por estas tierras y necesitamos mantener nuestras habilidades de batalla, si es que empieza una nueva la guerra, ¿comprendes?

—No lo haga—suplicó Dean.

La sonrisa que Didier mostró era suficiente para helar la sangre del más valiente, no obstante, desvió su mirada hacia Amira, que diligentemente logró enderezar su cuerpo sin que se hubieran dado cuenta y así poder levantarse rápidamente para escapar, agradeciendo que su falda ocultaba sus piernas por completo.

—Su esposa ha permanecido muy callada.

Amira afrontó la mirada que el líder le dirigía.

Le observaba desafiante, no estaba intimidada en esa situación, ella vivió cosas peores que la prepararon para algo así. La muerte no la asustaba, en cambio ser quebrantada…eso era otro asunto.

—No es mi esposa —aclaró Dean.

La expresión desafiante de Didier se transformó en una lasciva en cuestión de segundos. Amira maldijo mentalmente a Dean por su aclaratoria.

—¡Vaya! ¡Una doncella! ¿Hace cuánto no vemos una por aquí? —bromeó el soldado junto a Dean.
—No lo sé, pero tengo intenciones de no dejar pasar esta la oportunidad —aseguró Didier con una sonrisa en su rostro.

Dean intentó moverse para detener la aproximación de Didier hacia ella, pero la espada en su cuello se presionó, dejando que tan solo un hilo de sangre se deslizara por su cuello.

Amira fue paciente, esperando el momento oportuno para actuar.

Travis retrocedió por señal de Didier permitiéndole aproximarse más a ella, acuclillándose y quedando a solo centímetros de su rostro.

—Hace mucho que no beso a una señorita… Jugaré contigo hasta cansarme y luego dejaré que mis soldados se diviertan… cuando yo acabe —musitó Didier con parsimonia.

Ella sonrió con burla, aparentando que le causaba gracia aquellas palabras; en realidad le aterraba la sola idea de pensarlo.

—No será hoy —aseguró ella.

Amira se impulsó hacía arriba con ayuda de sus piernas, provocando que el líder perdiera el equilibrio cayendo hacía atrás. Aprovechó el descuido para clavarle el alfiler, encajándolo al costado de su cuello. El actuar fue tan inesperado que los soldados no supieron cómo reaccionar hasta que ella comenzó a correr lejos del carruaje.

—¡Calvin, Travis!¡Vayan por ella! —exclamó Didier mientras presionaba la herida que no dejaba de sangrar.

La furia se adueñó de los ojos del general, violarla era lo mínimo que haría cuando sus hombres la trajesen de vuelta, cortaría su cabeza en pedacitos por tal atrevimiento. Una mujer había osado herirlo, no solo eso, había dañado su honor, humillándolo frente a sus oficiales.

Amira corría lo más rápido que los pliegues de su falda le permitían. Los árboles y arbustos parecían ser infinitos y esquivar todas las ramas sueltas requería habilidad. En un momento rasgó su vestido con algún matorral, pero no por ello detuvo su paso, mas su andar disminuyó. No podía ver hacía donde iba.

Había utilizado la única arma de defensa contra Didier y, a juzgar por la cercanía de los pasos que la seguían, no faltaba mucho para dieran con ella. «¿Cuántas veces tendré que pasar por esta situación?» se preguntó.

Detuvo su paso abruptamente al escuchar como unas cuantas rocas caían al vacío.

Un peñasco apareció de entre los árboles y agradeció verlo justo antes de caer. Buscó a su alrededor sin encontrar algún lugar para esconderse, mientras los pasos metálicos se escuchaban cada vez más cerca. Evaluó sus opciones: arrojarse era demasiado arriesgado y no había otro lugar para resguardarse que detrás del tronco de un árbol.

—¡¿Dónde está, señorita?! —Se escuchó a sus espaldas.

A solo un par de árboles de distancia se encontraban ambos hombres, buscándola en la oscuridad iluminada escasamente por la luna.

Llevó las manos hasta su boca en un vago intento por ocultar los sonidos de su respiración. Desvió unos instantes la mirada a su pierna descubierta. Le ardía. La sangre se deslizaba por su pantorrilla hasta manchar sus zapatos. El aire frío golpeó su cara mientras los leves espasmos en su cuerpo se hacían cada vez más visibles.

Estaba paralizada. Desconocía el futuro de su amigo, Dean. Lo abandonó, dejándolo a merced del hombre que les aseguró la muerte. Temió lo peor. No podía dejar de imaginar su cuerpo sin cabeza arrojado al costado de la carreta.

Cerró los ojos tratando de calmarse.

Los vagos y lejanos sonidos de acordeones se percibían a la distancia, llegando hasta sus oídos como un arrullo tranquilizador.

Miró a los soldados con cuidado de no ser vista, quienes clamaban improperios para que saliera de su escondite. Consideró por un momento sus acciones antes realizar cualquier movimiento: si permanecía oculta en ese lugar más temprano que tarde la encontrarían, pero si salía de su escondite debía ser muy rápida para no que no la capturaran.

El destino lo decidió por ella.

—¡Allí está! —Se escuchó a sus espaldas.
Amira abandonó su escondite a toda velocidad. Debía llegar al lugar donde provenía la música. No podía morir en esa situación, ella había sobrevivido a la ira del Sultán de Zahar cuando solo era una niña. No podía ser capturada por unos soldados de baja categoría.

—¡Rápido! No podemos dejar que llegue a la posada —declaró Travis, mientras aumentaban la velocidad.

Una casa de dos pisos apareció de entre los árboles.

Ella corrió hacia la puerta, sintiendo como los hombres que la seguían estaban cada vez más cerca de atraparla. Uno de ellos desenvainó su espada y la lanzó a un costado de ella con la intención de herirla. Falló, la espada cayó al suelo, clavándose en la tierra.

Ella golpeó la puerta de roble con desesperación. Intentó abrirla, pero estaba cerrada. Trataba de solicitar ayuda, mas de su garganta no salía ruido alguno, su respiración agitada no la dejaba hablar. De repente se encontró acorralada entre los dos hombres y la puerta.

—Ahora si no escaparás—dijo Calvin, mostrando una sonrisa maquiavélica.

Calvin se acercó a paso lento mostrándose un tanto agitado, mientras Amira buscaba algún espacio por donde escapar, pero no alcanzaba a ver nada.

«No quiero morir así».

Dejó caer el peso de su cuerpo contra la puerta, tratando de retroceder más, aun cuando sabía que no era posible. Cerró los ojos asustada, preparándose para el momento en que esos hombres la capturaran.

«No quiero morir así… no quiero morir así… no es mi destino» se repetía, mientras los metálicos pasos se aproximaban hacia ella con lentitud.

Ella empujó un poco más, rogando a los dioses de Aegis. Entonces cayó de espaldas impactando contra algo duro.

Miró por sobre su hombro, curiosa por saber contra qué había impactado, encontrándose con un torso cubierto por una tela que reconoció de inmediato: seda.

La seda era una de las telas más costosas en Aegis y solo personas con gran fortuna podían costearla, pero no fue solo eso lo que captó su atención, sino el aroma a incienso y especias lo que la desconcertó por completo. El hombre despedía aroma a desierto, perfumes y calor; era alguien que venía de alguna parte de Zahar, de eso estaba segura.

—¿Se encuentra bien? —Ella no respondió su pregunta.

La rasposa voz llegó hasta sus oídos haciéndole reaccionar. Se viró quedando frente al hombre sin ver su rostro. Su cuerpo se relajó de forma involuntaria, mientras sus manos presionaban con fuerza la dañada tela de su vestido.

—¡Oye! Esa mujer nos pertenece, así que regresa a dormir si no quieres tener problemas.
—Sí, mejor vuelve adentro —dijo Travis, con superioridad.

El hombre con aroma a desierto los miró con burla, ignorando por completo sus palabras. Volviendo a concentrarse en la mujer frente a él: estaba herida, agitada y muy asustada. Tan aterrada que no se dignaba a verle a la cara. No debía ser adivino para intuir que esos soldados estaban intentando aprovecharse de la joven y, a juzgar por la sangre que veía caer por la pierna descubierta, era muy probable que ya la hubiesen lastimado.

—¿Necesita ayuda? —Volvió a preguntar sin dejar de observar y evaluar cada movimiento de los sujetos.

Ella no respondió. Quería hacerlo, pero las palabras no salían, se sentía agobiada de solicitarle ayuda a un hombre que provenía del desierto.

—Si no responde, asumiré que lo que dicen esos hombres es cierto.

Amira apretó los puños hasta que sus nudillos se tornaron blancos. Estaba desesperada y sentía que no tenía otra opción, no podía permitir que la única persona que se ofrecía a intervenir la abandonara a su suerte, estaba indefensa. Debía tragarse su orgullo si quería salvar a Dean y a sí misma.

—Si no dice nada me marcharé —advirtió el hombre.

El hombre comenzó a darse vuelta, pero ella lo detuvo tomándolo de la manga. Amira encaró su mirada, tragándose su orgullo, encontrándose con un sol y una luna resplandecientes que la contemplaban con una expresión enigmática.

—Ayúdeme…por favor…

MIRADA

La brillante mirada de la mujer lo hipnotizó, era oscura como las noches desérticas, le hacían pensar en ágatas o turmalinas mezcladas en un matiz perfecto. Sentía el primitivo impulso de admirarla un poco más, pero se contuvo, no era el momento.

Tomó su mano impulsándola al interior de la posada, desafiando las costumbres de aquel reino por tocarla, pero aquella no era una situación normal.

—Permanezca aquí, me encargaré.
—¿Irá solo? —dijo Amira con inquietud.

Él intentó ocultar la divertida sonrisa que se formó en sus labios ante esa pregunta. Volvió a verla a los ojos, desviando solo por unos segundos la mirada a algún punto detrás de ella, para encararla de nuevo.

—Se cuidarme —aseguró él con una sonrisa confiada.

Amira no era de obedecer fácilmente, no obstante, en esa situación lo hizo. No fue hasta que la puerta de roble se cerró delante de ella, que notó la presencia de los demás hombres dentro de la posada.

En su mayoría bebían o platicaban animadamente en las mesas y otros bailaban al ritmo de la música. Ninguno se mostraba interesado en ofrecer ayuda al caballero que había salido en su rescate. Los odió por eso. Había estado sumida en sus pensamientos, tan angustiada por escapar que ignoraba su alrededor.

No se movió de su posición, pero desde allí pudo notar entre la penumbra a dos hombres con ropaje oscuro y turbante en su cabeza. Se mostraban serios y atentos a cualquier sonido, sus manos permanecían quietas en la empuñadura de sus espadas como esperando alguna señal que indicara su actuar.

—¡Pelea! —gritó un sujeto que apenas podía mantener el equilibrio por culpa de su embriaguez, al tiempo que apuntaba hacia la ventana.

Los hombres se arremolinaron tratando de observar a través del vidrio, mientras los sonidos de las espadas y gritos se propagaban por el lugar. El clamor de los hombres solicitando más era desagradable para ella.

«Cobardes». Ella era la responsable por ese enfrentamiento no se sentía bien aguardando en el interior cuando otro se encargaba de resolver sus problemas. No pudo evitar sentir que había enviado a un hombre a su perdición. Además, Dean aún yacía en manos del líder, si es que continuaba con vida.

«Soy una tonta» se recriminó.

Dos vidas se perderían esa noche por su culpa. Debía hacer algo.
Ella aproximó su mano a la puerta con intenciones de abrirla, pero la detuvo uno de los hombres con turbante, al mismo tiempo que el otro se recostaba sobre la madera de roble, impidiendo su salida.

—Por favor, apártese, señor —solicitó Amira, con firmeza.

Los dos hombres intercambiaron una divertida expresión de complicidad.

—Como mujer no debería dirigirse a un hombre tan directamente, mucho menos encararlo, es irrespetuoso, ¿no lo crees, Enver?

Ella lo miró de soslayo, era prácticamente de su altura, portando una túnica negra menos adornada que la del hombre que combatía fuera de la posada. Su cuerpo no era demasiado entrenado a simple vista, pero tampoco se notaba débil.

—Es Aegisiana, otra cultura, no debería sorprenderte su comportamiento. Las extranjeras son irrespetuosas con los hombres. Ellas no conocen su posición —indicó el otro hombre a su lado.

Amira se mordió los labios tratando de contener un improperio.

—Supongo que tienes razón, Enver. —Él la observó con superioridad intentando intimidarla—. Espere un poco más, señorita, ya pronto acabará todo.

—Pero… ¿qué dice? Su amigo corre gran peligro allá afuera, son dos contra uno y ¡ustedes no planean ayudarlo! —dijo espantada.

—No se preocupe, él puede fácilmente con esta cruzada.

—Quizás debamos dejar que lo presencie por sí misma, Zaid —sugirió Enver con sorna.

—Puede salir lastimada.

—Acepto el riesgo, déjenme salir —demandó Amira.

Zaid se dirigió a ella con un tono firme, más como una advertencia.

—No deseo tener un enfrentamiento innecesario.

Ella asintió comprendiendo de inmediato la indirecta, no debía intervenir en la disputa.

Enver sonrió divertido mientras se apartaba de la entrada. Giró el pomo de la puerta, abriéndola, incitándola con un gesto de su mano a que la atravesase.

Desde que él atravesó la puerta de la posada guardó silencio. Desenvainó su arma, una *kabila* brillante y afilada, lista para cortar todo cuanto se cruzará en el camino del guerrero.

Contempló con rencor, repulsión y asco a esos soldados que poseían las particularidades que él más detestaba en los hombres: eran unos abusadores de mujeres y los repudiaba con cada fibra de su ser.

Los soldados observaban con desesperación como aquel sujeto esquivaba cada uno de sus ataques sin problemas, advirtiendo casi de inmediato de que se trataba de un guerrero ágil e instruido en las artes militares.

—Debemos regresar con Didier, esto sale de nuestras manos —sugirió Travis, retirando el sudor de su frente.

Se pusieron a cada lado del guerrero con intenciones de rodearlo y atacarlo, pero este fue más rápido, descubriendo sus intenciones sin dificultad: interceptó el andar de Calvin rasgando parte de su brazo haciéndole retroceder.

—Si regresamos sin esa mujer, Didier nos matara —aseguró Calvin, con temor.

—Marcharse no es una opción. —La voz del guerrero los alertó.

Calvin corrió con dificultad hacia él en un nuevo intento por herirlo, pero volvió a esquivarlo.

Travis aprovechó el momento para embestirlo con su espada. Él se agachó, eludió y enterró su sable en la quijada del soldado, presionándolo lo suficiente para atravesarla. El sonido de la espada cayendo en la arena fue seguido por el cuerpo que la empuñaba.

Calvin cayó en el suelo. Aterrado. Se arrastró hacia atrás sin dejar de observar la silueta del guerrero que se aproximaba con lentitud en su dirección; su gran estatura amenazante, su rostro oculto entre las sombras recortadas por la luz a su espalda, lo hacían lucir como el mismísimo demonio.

—No me mate —suplicó, sollozando.

—No tengo intenciones...—los ojos de Calvin se abrieron esperanzados ante esas palabras—de dejarte con vida.

—¡NO! POR FAVOR...NO...

—Que los dioses de este reino perdonen tu alma, porque yo no lo haré.

Antes de que el soldado pudiera procesar lo que él dijo, cortó su garganta de un solo tajo.

El guerrero sacó un pañuelo de entre su túnica, limpiando los rastros de sangre del sable.

La puerta de la posada se abrió, revelando la figura femenina que había solicitado su ayuda junto a sus acompañantes. Su pecho se infló con orgullo, sintiéndose victorioso en la contienda que ahora podía presumir ante sus cófrades.

—La pelea terminó. Se encuentra a salvo, señorita.

Amira contempló la escena horrorizada, sangre en su derredor, los cuerpos de ambos soldados caídos en el piso, mientras las exclamaciones de los borrachos de la posada lo hacían más lúgubre. Sintió por breves instantes que había regresado a Zahar, donde ese tipo de escenas eran la regla y no la excepción.

Contempló la presencia negra junto a los cuerpos, demasiado imponente e intimidante, nada que ver con los ojos amables que la miraron minutos atrás. Él se giró mostrando una galante sonrisa que revelaba el orgullo de su hazaña. Amira se aproximó hasta él siendo seguida por los guerreros.

Al acercarse, su corazón dio un vuelco al percibir su intensa mirada. Desvió la vista tratando de calmar la repentina incomodidad que le producía su cuerpo; al calmarse lo suficiente, volvió a afrontarlo.

Distinguió el rostro masculino por primera vez gracias a las luces de la posada, el pelo café oscuro caía liso hasta sus hombros, enmarcando la línea dura de su mandíbula oscurecida por una barba de unos pocos días, resaltando el inusual tono de ojos: el izquierdo de un intenso gris plata, mientras el derecho era de color avellana.

Aparentando una confianza que ella estaba lejos de sentir en esas circunstancias, recobró su porte y se enderezó ante él.

—Debo marcharme. —Amira observó como el rostro de aquel hombre pasó de la más grata sorpresa a la indignación absoluta en tan solo segundos.

Ella no se sorprendió por la expresión descompuesta, no era tonta, era evidente que él esperaba un agradecimiento de su parte, pero su preocupación por el momento era otra. Necesitaba ayudar a Dean y solo lo haría si regresaba. Estaba segura de que podría derrotar a Didier si conseguía una espada o alguna cuchilla para defenderse.

—¿Por qué la prisa? —quiso averiguar él, con evidente disgusto.

—El líder de esos hombres aún tiene capturado a mi amigo, el señor Dumont.

—¿Dumont? —repitió él, con desconcierto.

Ella no pudo evitar preguntarse porque la actitud de ese hombre había cambiado de forma repentina y ahora se lucía afligido.

—¿Lo conoce? —preguntó Amira, con dificultad.

Sentía su garganta seca y la brisa fría de la noche le resultaba paralizante.

—Debíamos encontrarnos hace unas horas en esta posada. No imaginé que fuese capturado. —Realizó un gesto con su mano a uno de los hombres, quien se apresuró en acercarse.

—¿Dónde los emboscaron?

—En el camino principal, estábamos a solo minutos de llegar a la posada. Fueron tres hombres, dos yacen aquí y el líder.

—Busca los caballos y tráelo con vida —demandó él.

El guerrero asintió de inmediato y marchó en busca de su corcel. Él por otra parte, se viró hacia ella, examinando que se encontrase bien tras los acontecimientos recientes.

—No se preocupe, Zaid, traerá a nuestro amigo sano y salvo —prometió.

Ella no dijo nada, se sentía mareada y su visión era borrosa.

Un incómodo silencio se hizo presente entre ambos hasta que el jinete regresó dispuesto a partir.

—¿Tengo permiso para acabar con el líder?

—Sí.

—Volveremos enseguida, Gran Visir.

«Gran Visir» esas fueron las últimas palabras que Amira procesó, antes de que su cuerpo sucumbiera y la oscuridad la envolviera por completo.

CAPÍTULO: IV

SUGERENCIA

Sentía la garganta seca. Los rayos de luz que invadían la habitación, le resultaban molestos para sus ojos que se esmeraba por abrir. Estaba agotada, su cuerpo dolía como si hubiese batallado con un ejército.

Breves imágenes golpearon su mente como ráfagas, en ellas veía al Gran Visir escoltándola hasta la alcoba, depositándola en la cama y apartándose; otro recuerdo aun borroso mostró una mujer rubia cambiando sus ropas rotas por unas que no le pertenecían; después, uno de los guerreros cerrando la herida de su pierna; una última de una conversación entre el guerrero y el Gran Visir, en la que no entendía nada de lo que decían.

«El Gran Visir» recordó.

Ese hombre no era el que conocía. En su memoria permanecía viva la figura de un sujeto de unos cincuenta años, muy diferente del que la rescató, que aparentaba tan solo unos tres años más que ella.

No era inusual que hubiese otro visir. Tradicionalmente esos ancianos prestaban servicio hasta el final de su vida o la muerte del Sultán; no descartaba la idea de que el Gran Visir muriese en todo ese tiempo. Aunque, también estaba la posibilidad que fuese un visir de rango menor, un consejero del Sultán no tan importante como el que conoció, pero lo dudaba, sus ropajes de seda señalaban que era uno o el más alto miembro de la corte del dirigente. Y los guerreros lo llamaban *Gran Visir*.

«¿Qué hace el segundo hombre más poderoso de todo el imperio escoltando una simple artista?». Sus pensamientos fueron interrumpidos por la varonil voz de un guerrero.

—Ha despertado.

Ella desvió la mirada hasta el hombre que permanecía de pie junto a la puerta. Reconoció el apacible rostro de Zaid contemplándola con tranquilidad.

—Por lo visto la fiebre se ha esfumado.
—¿Tuve fiebre?
—Así es.

La noche anterior por causa de la escasa luz no pudo detallarlo con tanta claridad como en esos instantes. Zaid, al igual que el visir, era alto comparado con la mayoría de los hombres aegisianos, y su entrenamiento como guerrero era evidente por su recia constitución, poseía la complexión de un hombre cuya vida dependía del manejo de su arma. Ostentaba una espesa mata de cabello negro alborotado alrededor de su rostro y una barba que cubría casi por completo su cuello.

Él había sido el encargado de buscar a Dean.

«¡Dean!» se recriminó por cavilar tonterías cuando la vida su amigo había estado en peligro.

—¡¿Qué pasó con el señor Dumont?! —Se apresuró a averiguar, mientras apartaba las sábanas de su cuerpo.
—No se preocupe, él se encuentra abajo almorzando con el Gran Visir: Abdul al-Sfeir.

Amira no pasó por alto el apellido *al-Sfeir*, pertenecía a la estirpe de dirigentes del reino, un pariente muy cercano al Sultán. No obstante, decidió no darle demasiada importancia en esa ocasión. Su prioridad era Dean Dumont. Necesitaba verlo.

No desconfiaba de las habilidades de Zaid, conocía bien lo letal que podían ser las sables del desierto, pero no estaría tranquila hasta ver a su amigo sano y salvo.

En el instante en que sus pies soportaron el peso de su cuerpo, sintió una punzada recorrer por su pantorrilla. Por instinto llevó su mano hasta allí y volvió a sentarse en la cama.

Le dolía.

—Intente descansar un poco más. Enver dijo que la lesión no fue muy grave y que en un par de días volverá a caminar con normalidad —explicó Zaid, con suficiencia—, aunque debe tener cuidado de no forzar la pierna. No queremos que la herida se abra y retrase el viaje.

—¿No lo he retrasado ya? —Su voz sonó incrédula, mientras admiraba la altura del sol a través de la ventana.

—No.

—¿Por qué está aquí? Quiero decir… ¿no debería estar una sirvienta? —Zaid sonrió divertido a su pregunta, gesto que Amira reprobó.

—La única mujer en el local es la esposa del posadero y se halla preparando el almuerzo para los residentes.

—Comprendo —dijo Amira con recelo.

—En cuanto a su otra pregunta, tengo órdenes del Gran Visir de trasladarla al comedor tan pronto se encuentre lista. —La resplandeciente sonrisa volvió a aparecer en el rostro del guerrero.

Amira estaba comenzando a perder la paciencia ante la actitud burlesca que Zaid mostraba. Siguió la mirada de él, percatándose que ella era el origen de la diversión: tan solo llevaba puesto una ínfima y traslúcida bata, permitiéndole admirar casi por completo su cuerpo.

El sonrojo en sus mejillas se hizo presente de inmediato. Tomó las sábanas de la cama y se tapó con ellas, escondiendo su desnudez.

—¡Vete! —demandó avergonzada—, prometo avisar tan pronto me encuentre en condiciones de bajar.

Zaid intentó contener la sonrisa que se esforzaba en salir, asintió con la cabeza aceptando la solicitud de la mujer. Abandonó el recinto dejándola sola y su vez, jactándose de tan divertida escena. No consideraba nada tan divertido como el pudor femenino, sobre todo cuando a él no le interesaban en lo más mínimo.

Tan pronto la puerta se cerró Amira se dejó caer en la cama, cubriendo su rostro con las manos, avergonzada por la situación.

Era la tercera vez en el día que Dumont narraba la heroica historia de cómo Zaid lo rescató de una muerte segura, llegando en el momento preciso en que el líder Didier se disponía a cercenar su cabeza.

No obstante, los pensamientos de Abdul vacilaban entre reestructurar el viaje y la joven que dormitaba en su alcoba. Consideraba increíble como ella había resistido tanto rato despierta, según Enver había perdido una cantidad considerable de sangre.

Por fortuna, su amigo poseía los suficientes conocimientos médicos para hacerse cargo. Le recomendó descanso y un menjunje de raras hierbas que preparó durante la madrugada, además de comida y líquidos. Si los seguía debería poder caminar al día siguiente, aunque con algunas molestias. En cuanto a Dumont, de no ser por el morado en el ojo, la marca del puñetazo en el mentón y el corte en su garganta, se encontraba en perfectas condiciones.

Abdul suspiró cansado. Sabía que debían llegar a Zahar a más tardar en tres días o el Sultán haría una de sus acostumbradas rabietas, que en ocasiones podían resultar bastante peligrosas. No obstante, eso no era precisamente lo que lo agobiaba.

Observó por un momento su mano. El tacto de esa mujer le quemaba. Sentía un anhelo por tocarla, mantenerla segura, deseaba abrazarla hasta que ese débil semblante desapareciera… un deseo doloroso le hizo contener la respiración. El estómago le dio un vuelco demasiado placentero para podérselo permitir, no debía pensar así de ella, su deber era escoltar a ambos, no seducir a la mujer que acompañaba a Dumont y en especial cuando desconocía el vínculo que los unía.

Sin embargo, lo que más deseaba era contemplar sus ojos. Eran hipnóticos, no podía evitar sentirse completo y familiar al verlos, aunque el odio inmerecido que ella le dirigía era evidente; era como si algo muy superior lo invitara a admirarlos. No tenía sentido lógico, pero eso sentía. Solo ansiaba verlos y distinguirse a sí mismo reflejado en ellos.

Tenía una contractura en su cuello por dormir sin almohadones y los músculos agarrotados, sensaciones demasiado tangibles para su gusto. No durmió en absoluto durante la noche, la alcoba reservada con antelación por Dumont fue ocupada al no presentarse a tiempo, por lo que en un acto de generosidad cedió la suya a la mujer en aprietos.

La enorme carcajada de Enver sacó de sus pensamientos al visir.

—No saben lo agradecido que estoy por tener socios tan generosos y valientes. De no ser por ustedes, la señorita Durand y yo habríamos sucumbido ante la desgracia —dijo Dumont mientras daba un trago a su bebida.

—Ya le dijimos que no debe agradecernos, cumplimos con nuestro deber, eso es todo—indicó Enver.

—Aun así, me encuentro en deuda con ustedes y el Sultán.

El visir y el guerrero se dirigieron una mirada cómplice antes de que las carcajadas crearan eco en todo el recinto, ganándose algunas miradas de los ocupantes de las mesas vecinas.

Abdul consideraba insensato lo que estaba escuchando.

«Está delirando» pensó.

Nadie en su sano juicio diría semejantes palabras frente al Sultán, y si ese hombre deseaba continuar con vida sería mejor que no las divulgara.

—Por su bien, no repita eso —La voz del Gran Visir sonó más fría de lo que pretendía, poniendo en alerta a Dumont.

—Perdón, no fue mi intensión ofenderlos.

—No lo hizo —aseguró Abdul—, pero es suficiente de agradecimientos. Por el momento, tenemos asuntos más importantes que resolver.

Enver se levantó de su asiento y se colocó junto al visir en una postura defensiva, permaneciendo atento a cualquier provocación.

Dumont se removió levemente en su asiento, dando un último trago a su bebida, dispuesto a prestar total atención a lo que el visir iba a proponer. Se sentía incómodo ante esos hombres, más luego de presenciar la forma de matar de uno de los guerreros, comprendía la negativa de Amira al aceptar el trabajo. Intentaba actuar calmado, aparentando una seguridad de la que carecía.

—Su carruaje fue destruido, sus caballos asesinados, la artista se encuentra lesionada y asumo, que el broche se ha extraviado junto con las demás pertenencias que transportaban —enumeró Abdul.

—El broche se encuentra a salvo —intervino Dean, rebuscando en el bolsillo interno de su jubón, encontró el objeto y lo depositó sobre la mesa—, lo llevaba encima, consideré imprudente dejar una joya tan valiosa con posesiones vanas como la ropa o las pinturas.

El visir tomó el broche entre sus dedos, acariciándolo como si se tratase de un amuleto de alto valor para él, no por su valor económico sino de otra índole.

—Hizo bien, es una joya perteneciente a los antepasados del Sultán. Es muy valioso, hubiese sido una lástima que se extraviase —aseguró el visir—. Bien, aún queda por resolver como nos acomodaremos para continuar el viaje.

—¿A qué se refiere? —La expresión confundida de Dumont, lo hastió.

«¿Acaso no está prestándome atención?» se preguntó Abdul.

—Le dije que no tiene medio de transporte —recordó impaciente—, no tenemos tiempo de regresar a la ciudad por uno nuevo y después de cruzar el Mar Medio tengo camellos esperando a nuestra llegada. Sugiero que ustedes compartan nuestros caballos el resto del camino.

—Se refiere ¿A qué la señorita Durand y yo iríamos en el mismo caballo? —preguntó Dean, sin comprender.

—No. Enver será el jinete y usted su acompañante. En cuanto a la señorita Durand, seré yo quien la escolte. Su condición es delicada y no puedo permitirme alguna falta por parte de mis hombres —mintió.

Abdul confiaba en sus acompañantes, eran amigos más que sus guardianes y sabía que cualquiera que estuviese bajo su protección se hallaría a salvo. No obstante, encontraba la oportunidad perfecta para estar cerca del tacto de la artista de mirada hematita.

—No sé si…

—¿Algún inconveniente, señor Dumont? —La voz cortante del visir, además del improperio de interrumpirlo, le dio a entender a Dean que aquello no era una sugerencia sino una orden.

Un breve silencio envolvió la mesa.

El nerviosismo de Dumont no pasó desapercibido para Abdul, pero prefería hacer caso omiso. Estaba acostumbrado a que los hombres y las mujeres se inquietaran ante su presencia.

—¡Dean! —Se escuchó al otro lado de la posada.

La voz preocupada de la mujer fue ignorada por muchos de los residentes, menos ellos.

Abdul notó lo hermosa que era aún a esa distancia. Admiró como el vestido verde, que le había dejado la esposa del posadero, se ceñía a sus curvas realzando su cintura. El corte cuadrado resaltaba sus pechos dejándolos entrever sutilmente. Sus pómulos con un tono rosado, su nariz perfilada, sus labios finos, y sus ojos… ¡La consideró encantadora! Era la viva imagen del deseo.

—Amira… —murmuró Dean, ignorante de que había sido escuchado.

Abdul guardó p el nombre de la mujer en su memoria, como si lo hubiese grabado con hierro caliente sobre su piel.

«Ese nombre pertenece a nuestras tierras» pensó el visir con interés.

Dean se levantó con premura, acercándose con velocidad. Llevándose alguna que otra mesa en el camino, intentó auxiliar a la recién llegada que soportaba su peso en una de las paredes junto a la puerta. Ella por su parte, ignorando cualquier acto decoroso, le concedió un abrazo a su amigo, calmando ambos la angustia que tenían por el otro. Mientras que detrás de ella, se acercaba Zaid sobando su cabeza.

Abdul consideró tres cosas: la primera, el trato de ella y su apoderado era más íntimo de lo que esperaba; la segunda, era una mujer más fuerte de lo que había pensado en un comienzo, y tercera, ella estaba ocultando algo importante… y no le gustaba.

CAPÍTULO: V

GRACIAS

Ya atardecía, llevaban desde temprano viajando, los caballos avanzaban a paso acompasado, al tiempo que los jinetes parecían ensimismados en sus propios mundos, exceptuando a los guerreros del visir.

Todos a excepción de Zaid, que narraba la historia igual a una tragedia, reían divertidos de la astuta artista que noqueó al guardia con una vasija y pudo abandonar la alcoba sin él. Pero ahora, el silencio se mantenía entre los presentes, a no ser por las carcajadas de Enver.

—No le veo la gracia. —El tono molesto de Zaid no pasó desapercibido.

—¿En serio? ¡Es muy divertido! Es decir…tu eres un guerrero entrenado para aniquilar y ella es una mujer indefensa y ¡esta herida! —Enver volvió a carcajearse ante la fulminante mirada que su compañero le dirigía.

—No debí contarte nada.

—No te enojes, es solo que… tu eres… tu… —el soldado intentaba hablar entre risas.

—¡Ya me hartaste! —clamó Zaid enojado.

Zaid desenvainó su sable con agilidad, amenazando con cortar la garganta de Enver.

—¡Suficiente! —gritó el visir, acercándose en su imponente garañón negro—. Si continúas, Enver, provocarás un enfrentamiento y no tengo intención de luchar con ninguno de los dos.

Zaid enfundó su sable mientras Enver bajaba la cabeza con arrepentimiento.

Abdul estaba cansado del comportamiento infantil que ese par demostraba, sabiendo que se trataba solo de una de tantas fachadas que utilizaban para ocultar los sentimientos que tenían por el otro. Él solía pasar por alto esas tontas afrontas, pero no estaba de buen humor.

—Perdón, visir, no sucederá nuevamente —respondieron unísonos los guardias.

—Más les vale —advirtió Abdul.

Volvió a encaminar su caballo hacía adelante, al mismo tiempo, su mente divagaba en cómo tratar un tema particular con la mujer que viajaba con él.

Tras el nombre que Dumont susurró, la sospecha de que la artista era originaria de Zahar se acrecentaba con cada minuto. Ella carecía de las características físicas de una doncella de Aegis, exceptuando su piel de un ligero tono más claro al de las mujeres del imperio; no dudaría en encararla.

Sentía un deseo terrible por averiguar la verdad, pero no era el momento, debía ser paciente si ansiaba que ella confesara voluntariamente. Sin embargo, no era eso lo que lo tenía tan malhumorado.

Después de todo lo que hizo: solventar su hospedaje, ceder su alcoba, ¡salvar su vida! Ella no le agradeció, no le correspondió ni con una mirada. Nada. Nunca había conocido a una mujer tan desagradecida. No estaba acostumbrado a ese trato, por el contrario, las señoritas siempre se acercaban gustosas o peleaban por un poco de su atención, aunque no la ambicionara.

Ella actuaba diferente… lo intrigaba y lo desafiaba. Pocos hombres habían conseguido tal proeza y nunca una dama. Además, se sentía debilitado, como si su mente solo fuera consciente del tacto que la mujer delante de él ejercía sobre su cuerpo.

El aroma a flores que desprendía su cabello extasiaba su sentido del olfato, los accidentales roces entre sus manos le quemaban y el calor de su cuerpo chocando contra el suyo era arrollador.

Se arrepentía, nunca había soportado tal tortura y pensar que pudo evitarlo le molestaba. Recordando que horas atrás, ella se opuso a ser su acompañante…

Amira discutía con Dean en voz baja, casi susurros, para no ser escuchados por el visir.

Abdul pretendía prestar toda su atención al garañón, alimentándolo con algunas manzanas, cuando realmente intentaba enterarse de la conversación de la pareja a pocos metros.

—¡Me niego! Dumont, esto no lo acordamos —objetó ella, alzando su voz unos cuantos decibeles.

Los dos guerreros que estaban a las afueras del establo, readaptando el equipaje sobre los caballos, pudieron escucharla. Se dirigieron una expresión confusa entre ellos, preguntándose a que se había debido ese grito, antes de regresar a su labor.

—Baja la voz —pidió Dean, incómodo, a la vez que la ayudaba a apoyarse contra la pared de troncos—, fue una orden directa del visir, viajaremos así hasta llegar al puerto de Gaegis.
—¿Una orden del visir? ¿Por qué no me sorprende? —comentó ella, con sarcasmo—. Debiste aclararle que montaría con cualquiera menos con él.
—Lo intenté, pero insistió. Dijo que no deseaba comprometer tu salud porque nuestro viaje podía retrasarse. Y si realmente él mató a esos dos hombres como escuché, pues… estarás bien.

Dean estaba seguro que si las miradas liquidaran, se hallaría varios metros bajo tierra.

Ella se mostraba furiosa, sin importarle que el visir se encontraba prácticamente junto a ellos. Dumont pensaba una forma de persuadirla, sin terminar en una discusión peor a la que se desarrollaba.

—Estaré junto al Gran Visir, no tiene idea de lo que son capaces. —Amira suavizó la voz, tratando de expresar su punto de otra manera.
—¿De qué son capaces? —instó Dumont a continuar.
—¿Conoces los *helvurir*? ¿El Gran Visir no lo mencionó?
—¿Qué es un *hel...helvurir*? —Él sonó intrigado.

Abdul centró toda su atención a la conversación. Mostrando curiosidad por la mujer que no solo conocía la palabra, sino que la pronunciara a la perfección.

—Imagina unas enormes habitaciones divididas en pequeñas alcobas, llenas de telas de toda clase de colores, almohadones mullidos, gran variedad de olores dulces y piedras preciosas; donde las mujeres son instruidas en el baile, la recitación y el arte, mientras son custodiadas por eunucos.

—¿Algo similar al harén del rey? —indagó intrigado.

—Es parecido en ciertos aspectos, pero no son iguales —aclaró ella—, las reglas de allí son diferentes, al igual que las mujeres que lo habitan.

—¿Quiénes son esas mujeres?

—Comúnmente, son las esposas, sirvientas, hijas y concubinas del Sultán.

—¿Eso es malo? Suena maravilloso, un lugar donde se encuentran llenas de lujos.

—No se escucha terrible mientras acates órdenes, porque si intentas salir de allí sin autorización, tu vida correrá peligro. De hecho, tu muerte está asegurada.

La enigmática expresión de Dean no le dijo demasiado a Amira, que esperaba ansiosa una respuesta.

—Pero…solo cabalgarán juntos—acertó él, con sencillez—, nosotros estaremos detrás de ustedes. No podrá hacer nada que no pueda ver.

—En ocasiones, pecas de falsa inocencia —comentó Amira, desilusionada.

Abdul decidió que era momento de intervenir. No era de conocimiento público los helvurir de la casa del Sultán y ella los había descrito como si hubiese estado en uno. Por el bien de esa mujer, esperaba equivocarse.

—¿Hay algún inconveniente? —preguntó Abdul.

Su voz era un susurro cálido detrás de ella. Demasiado cerca.

Con un rápido movimiento Amira se dio la vuelta para encararle, cruzando la mirada. Percibiendo como la deliciosa fragancia de especias y el calor que el masculino cuerpo desprendía, estaba a solo centímetros de ella. Se sentía apresada ante su peculiar mirada bicolor.

—De hecho, sí —murmuró, temiendo moverse—, es solo que me sentiría más cómoda viajando con un jinete como el señor Dumont… o alguno de sus guerreros.

—Comprendo, pero el señor Dumont no tiene un caballo y mis hombres carecen de delicadeza al cabalgar. —Su voz era pausada, incluso tentadora—. ¿Acaso viajar cómo mi acompañante es tan terrible?

Ella se quedó sin aire. No se había dado cuenta de que aguantaba la respiración. Sin saber que decir, se aclaró la garganta y retrocedió un paso torpemente. La tensión que emergía entre ellos aminoró un poco, gracias a la distancia recién puesta.

«Sí» pensó Amira.

—*No lo es*—*respondió ella, sin mirarle.*

✦ ✳ ✦ ✦ ✦ ☩ ✦ ✦ ✦ ✳ ✦

Desde que abandonaron el establo no se habían vuelto a dirigir la palabra. Ella no tenía intenciones de hablar con el visir, pero por más que le desagradara la idea de hacerlo, le debía agradecimiento y el solo pensar en dárselo afloraba su mal carácter.

«¿Por qué de entre tantos hombres debía salvarme el Gran Visir?» pensó por enésima vez.

Era inverosímil. Dentro de la posada, por lo que ella pudo apreciar, residían por lo menos unos quince hombres, todos ellos con ropajes aegisianos y en su mayoría, ebrios.

«¿Por qué ninguno de ellos abrió la puerta?» suspiró con tedio.

Ella desvió su mirada al cielo teñido de colores rojizos y purpúreos. La noche se presentaría pronto y, a juzgar por la boscosa planicie de enebros y sabina que se extendía hasta perderse en un punto lejano, tendrían que detenerse antes de llegar al puerto de Gaegis.

El visir levantó su mano derecha por unos instantes, interrumpiendo el avanzar de los caballos.

—Acamparemos esta noche —anunció Abdul.

—Yo sugiero que continuemos —contradijo Dean—, he pasado con anterioridad por este camino y llegaremos en un par de horas como mucho.

El visir le dirigió una mirada de pocos amigos por su interrupción, no estaba de ánimos y, aunque él también sabía que estaban próximos a llegar, temía que los asaltaran durante la noche. En especial en un puerto donde era bien sabido que desembarcaban piratas y reclusos.

—¡No! Acamparemos —demandó imponente el visir— ¡Ustedes! —Se dirigió a los guerreros—. Recojan unos cuantos leños para hacer la fogata. Me adelantaré.

Los guerreros asintieron con intenciones de acatar su orden tan pronto el visir se marchara.

Abdul agitó las riendas del garañón acrecentando su velocidad, dejando atrás a sus acompañantes que no mostraban indicios de querer seguirlo.

—¡No los alcanzaremos si no avanzan! —aludió Dean alarmado.
—El Gran Visir revisará el perímetro mientras nosotros buscamos la leña —explicó Zaid.

Cuando el caballo desapareció en el horizonte, comprendió las palabras de Amira. Era demasiado inocente en ocasiones, pero en esa situación no estaba dispuesto a cruzarse de brazos. Aprovechó que el galopar se detuvo para descender del animal.

—¿Qué está haciendo? —preguntó Enver, con curiosidad.
—Iré tras el Gran Visir, debe necesitar ayuda con la señorita.
—Si va solo es posible que lo pique algún escorpión u otro animal. Estas tierras están plagadas de bichos venenosos —comentó Zaid mientras bajaba de su caballo.
—Además, tardará el triple en llegar a donde se encuentran si hace la ruta a pie —intervino Enver, imitando la acción de su compañero.
—Lo mejor será que nos ayude a buscar madera. Mientras más pronto la recojamos, más pronto nos reuniremos con ellos —aseguró Zaid, amarrando las riendas de su corcel en el tronco de un árbol.

Dean no quería quedarse, pero los guerreros tenían razón, tardaría demasiado si emprendía a pie. Sin embargo, la opresión en el pecho y la creciente furia que acaecía en su interior no lo dejarían tranquilo hasta que volviese a verla.

El garañón avanzaba a gran velocidad, a un ritmo vertiginoso, incluso alentador. Sus crines danzando en la brisa, emitiendo algunos leves gruñidos mientras galopaba entre los matorrales. El aroma de la vegetación, a naturaleza fresca la hacían sentir revitalizada.

Era maravilloso.

Amira disfrutaba de la más mínima sensación de sentir a tan poderoso animal bajo ella. No recordaba la última vez que había cabalgado tan libre y lo extrañaba: la brisa fría recorriendo sus brazos, rozando su rostro y enmarañando cada hebra de su cabello, era un deleite divino.

No fue hasta que el garañón detuvo su andar, que cayó en cuenta de que ambos se habían quedado solos, como temía horas atrás. Consideraba que todos los hombres del imperio eran iguales, solo buscaban una cosa: quedarse a solas con una mujer.

Abdul saltó del palafrén desesperado por poner distancia entre ellos. Su cuerpo estaba entumecido y su entrepierna adolorida por el persistente roce del cuerpo femenino, sumado a la constante cabalgata.

Comenzó a revisar la llanura alrededor del árbol, buscando señales de algún depredador o insecto venenoso al asecho, mientras sujetaba las riendas del palafrén manteniendo una distancia considerable entre ellos.

—Acamparemos aquí, no parece que haya nada peligroso —comentó sin mirarla.

—Está bien, era lo que deseaba, ¿no?

Él la miró sin comprender. Ella evaluó su expresión confusa y prosiguió.

—¿No deseaba quedarse a solas conmigo, Gran Visir?

Él abrió la boca levemente. Sorprendido. No esperaba que ella descubriese su propósito de platicar sobre sus sospechas.

—Ahora que lo menciona, señorita…

—Lo sabía —interrumpió molesta—, déjeme advertirle que no tengo ninguna intención de ceder a sus insinuaciones, no pretendo intimar con usted —sentenció.

Abdul ladeó su lengua dentro de su boca solo un poco y la presionó contra sus dientes, un gesto que solo acostumbraba a hacer cuando se avergonzaba o incomodaba. Ella estaba en un error, aunque la idea de compartir lecho lo tentaba, no eran esos los motivos que lo impulsaron a estar a solas con ella.

—No tengo intención de compartir mi cama con usted, me disculpo si le di esa impresión —mintió él.

Las mejillas de Amira se tiñeron de rojo. Giró el rostro, concentrando su mirada en otro lugar que no fuera el visir.

—Mi propósito es platicar y le aseguro, señorita, que el tema de conversación no posee relación alguna con intimar.

—Comprendo —dijo ella, aún avergonzada.

Amira comenzó a moverse con dificultad, tratando de pensar en una posición que le permitiese descender sin que su pantorrilla se viera comprometida. No sería problema si el caballo fuese de tamaño promedio, pero este era uno de los ejemplares más grandes y altos que había visto, por lo que se removió un par de veces más, pero se lastimaría si saltaba del garañón.

Abdul la observó, notando como la falda del vestido se enredaba en la alforja mientras ella intentaba bajarse. Después de un minuto se quedó quieta con una expresión reflexiva que él no pasó por alto. ¿Quizás le pediría ayuda? Pero no. La mujer era más terca de lo que él había supuesto.

Ella comenzó a deslizarse por el costado del caballo, aguantándose de las crines y la silla. Cerró sus párpados esperando el impacto contra la pierna, mientras se sujetaba con más fuerza de las cerdas tratando de disminuir la velocidad.

Tan pronto dejó de caer, pensó con ánimos de victoria que su plan había sido un éxito, pero al abrir los ojos su respiración abandonó sus pulmones. Unos fornidos brazos sostenían su cuerpo por la cintura evitando que cayera.

El dorado y la plata se ensombrecieron, eran ojos peligrosos, seductores, fascinantes y se entrelazaron con los de ella, impidiendo apartar la mirada. No entendía que tenían esos ojos, pero cuando los veía no se sentía como ella, era una sensación diferente, como reconocerse después de estar mucho tiempo perdido.

Sus zapatos ya habían tocado el césped bajo ella, pero lo ignoraba, su mente se encontraba nublada. Abdul se debatía en lucha con su cerebro entre soltarla o no, perdiendo la batalla, sus brazos se apretaron herméticamente a su alrededor.

—Permítame —Su voz pausada erizó la piel de ella involuntariamente—. Amira...

En cuanto él pronunció su nombre entró en sus cabales. Desvió el rostro, rompiendo la mirada hipnótica en un intento de despejar su mente del encanto.

Él retrocedió un paso, reduciendo un poco la tensión que se había creado entre ellos. No fue hasta que ella se enderezó, manteniendo el equilibrio, que retiró el contacto de su cuerpo.

Ella contempló con interés una de las ramas del árbol tratando de calmarse, preguntó con voz seria:

—¿Dónde escuchó ese nombre?

Él actuó como si la conversación que estaba a punto de ocurrir careciese de importancia. Se aproximó a su garañón, lo tomó por las riendas y lo afirmó a uno de los árboles, relajando su silla para que descansara. Le dio la espalda a la mujer que esperaba ansiosa por su respuesta.

—El señor Dumont lo mencionó en la posada. Sé que es su nombre y sabe bien que no estoy obligado a tratarla con cortesía antes de mencionarlo.

Amira se mordió el labio inferior intentando no expresar una maldición. Dean había dado información muy valiosa sin saberlo. Se culpó por no pedirle guardar el secreto de su nombre, pero nunca pensó que él lo mencionaría, no era usual que la llamara de ese modo a no ser que se encontraran a solas.

—Ya veo...yo... —ella se cruzó de brazos, incómoda.

Que el visir conociese su nombre real, la había metido en un enredo con el que pensaba que no tendría que lidiar jamás. No sabía que decir en su defensa ni cómo explicarlo.

Él la miró por el rabillo del ojo, esperando algún comentario de su parte. Ella no parecía querer comentar nada más, por lo que tendría que realizar las preguntas incómodas.

Silencio.

—No se…quiero decir…no podría… —ella intentó formar alguna palabra, pero le fue imposible, estaba demasiado nerviosa.

Abdul suspiró. Por un breve segundo creyó que le daría la información de buena gana, pero se quedó callada.

—Es un nombre con un significado bastante poderoso.
—Supongo que sí —dijo Amira sin importancia.
—*Princesa* —La miró con incredulidad—. ¿No le parece poderoso?
—Es un derivado del nombre de mi madre.
—¿Realmente? —Se hizo un breve silencio antes de continuar—. Entiendo, el Sultán se mostrará interesado al ver que una de sus odaliscas escapó.
—¡No soy una odalisca! —Los ojos de Amira se abrieron horrorizados ante su conclusión.

Los castigos por escapar del *helvurir* eran varios y todos culminaban en la muerte. Intentó retroceder sin éxito, su herida acalambró la pantorrilla por unos segundos provocando que perdiera el equilibrio. Su cuerpo se balanceó hacia atrás preparado para caer, pero una mano grande la sostuvo, enderezándola.

—Tomé asiento, se hará más daño si continúa de pie —ordenó él, al final.

Se aproximó hasta su cuerpo y sin pedir permiso la cargó. Ella no dijo nada, no quería ni podía moverse.

Su cuerpo se adecuaba al de él de forma incomprensible para ella. Solo cuando el visir la dejó sentada en el césped recostada contra el tronco de un árbol, fue consciente de que una parte de ella anhelaba el contacto, haciéndola sentirse segura. Algo incoherente, ya que él era su peor enemigo en esos momentos.

—¿Por qué piensa que escape del *helvurir*? —preguntó curiosa.

Ella no pensaba que parecía una odalisca. No lo fue, nunca danzó para el Sultán ni captó su atención, afortunadamente, ya que en ese entonces era tan solo una niña.

Él se sentó frente a ella con las piernas cruzadas, apartando algunos mechones de cabello que escaparon frente a su rostro.

—El *helvurir* no es conocido en otros reinos, y lo describiste de tal manera que solo alguien que estuviese allí podría saberlo.
—Lo leí en libros hace años —mintió, fingiendo seguridad.
—¿Qué libros? —se burló él, con incredulidad—. Esa información solo se encuentra en registros del Sultán. El *helvurir* es tan privado que los mismos habitantes del imperio dudan de su existencia.

Amira no respondió, no sabía cómo rebatir ese argumento. Se sentía amenazada, su mente solo pensaba en escapar.

—¿Qué edad tenía cuando sucedió?
—¿Cuándo ocurrió qué? —preguntó ella, sin comprender.
—Cuando fue forzada a vivir en el *helvurir*. —Ella no respondió, pero la mirada quebrada que él percibió fue suficiente.

«Era una niña» concluyó Abdul con tristeza.

Contempló su semblante, debatiéndose entre indagar más o no, divisando a una mujer que se encontraba acorralada e intentaba por todos los medios ocultarlo. Abdul pensó que sea lo que fuere que le ocurrió a ella, debía ser muy difícil de hablar. La miró unos segundos antes de tomar su decisión.

«Me arrepentiré de esto» pensó el visir con desanimó.

—Escuche, Amira, conozco el castigo y no pretendo destruir su vida. Su trabajo es ser la artista del Sultán por tiempo limitado y es lo que pretendo que haga. —Ella lo miró escéptica—. No tengo intenciones de que el Sultán sepa su identidad.
—¿Por qué?
—No me gusta el derramamiento de sangre innecesario —aseguró él.

Ella buscó en sus ojos algún rastro de mentira, una expresión que le indicara falsedad, pero no la encontró. Era tan insólito, el visir que ella recordaba no escuchaba razones y sus ojos brillaban ante la idea de la sangre. Tan diferente a la persona en frente.

—Lo más adecuado es que platique con Dumont, no queremos que el Sultán se entere de su nombre real. —Abdul le brindó una sonrisa gentil, antes de levantarse y sacudir ligeramente sus pantalones con las palmas de las manos.

A la distancia el sonido de los caballos acercándose llamaron la atención de ambos. Amira lo miró interesada, mientras él le daba la espalda encaminándose hacia sus compañeros. Ella concluyó que fue algo del momento, un impulso que no repetiría.

—Visir —Él volteó a mirarla con el ceño fruncido, atento a lo que tenía que decir.
—¿Sí, señorita?
—Gracias —Su voz sonó llena de honesta gratitud, sin ningún deje de orgullo o falsedad.

Abdul la miró incrédulo por unos instantes, no esperaba esa respuesta. Sus finos labios se curvaron, traviesos. Luego le dio la espalda, dispuesto a reunirse con sus acompañantes.

Amira maldijo entre susurros, sabiendo que no podría olvidar esa sonrisa absolutamente devastadora por más que lo intentara.

CAPÍTULO: VI

ZAHRA

Esa mañana, tan pronto el sol iluminó el camino, se levantaron recogieron las mantas que utilizaron durante la madrugada y continuaron su destino. Era evidente el agotamiento en los rostros de los viajeros tras la noche a la intemperie.

Dumont, nunca había probado la experiencia de dormir fuera y la aborreció por completo: los mosquitos lo atosigaron, la hierba bajo su cuerpo le causaba comezón, no tenía con que retirarse la suciedad del rostro en la mañana, el frío nocturno era insoportable y, lo peor, no existía la privacidad.

Miró con desagrado al jinete que encabezaba la contienda, preguntándose qué técnicas utilizaba para no bostezar cada dos minutos como a él le ocurría.

El cansancio de Abdul no era ocasionado por la incomodidad del entorno sino por una mujer: *Amira*. Reanudaba la conversación que tuvo horas atrás en su memoria… la resistencia, la mirada perdida y el temblor que demostraba solo de pensar que alguien más sabía su nombre y no cualquier persona. Sospechaba de los causantes involucrados en esas reacciones, pero sin pruebas y sin información suficiente no podría deducir nada más; aunque el recelo estaba presente.

Después de un par de horas de intentar conciliar el sueño se rindió, ordenando a sus guerreros descansar mientras él vigilaba el campamento. Ahora su tormento no era la conversación, sino el aroma de la mujer entremezclado con el suyo propio. Le estaba creando ideas pecaminosas en la cabeza y se sentía sumamente tentado a realizarlas.

Amira se removió un poco en el garañón, recostando sin querer la espalda contra el pecho del visir. En cuanto hizo contacto volvió a erguirse, sintiendo la penetrante mirada por encima de su cabeza, para después regresar al camino. Aún nerviosa, en su mente no dejaba de rememorar lo ocurrido la noche anterior y las preguntas incómodas que le realizó Dean esa mañana.

Observó de soslayo a su amigo que continuaba enojado con ella.

Suspiró.

Su cuerpo aún olía al del visir. Necesitaba bañarse, quitar el aroma de ese hombre de su piel, que solo la mareaba.

Lo único que agradecía de esa mañana era que su pantorrilla dolía mucho menos y podía moverse con mayor facilidad, solo necesitando ayuda para bajar del caballo.

—Llegamos —La voz del visir la sacó de sus pensamientos.
—Estaba muy cerca, como mencioné —comentó Dumont, enojado. Si hubiesen continuado el camino se hubiera ahorrado la experiencia de dormir en el suelo.

El visir ignoró el comentario. Tensó sus muslos e instó al caballo a moverse siendo imitado por sus hombres.

El puerto de Gaegis, resurgió de entre las ruinas de asedios pasados —siendo el más reciente por parte del rey de Anapat—, levantándose en una imponente ciudadela con gigantescos muros que resguardaban el puerto y sus habitantes.
Parecía la urbe más prospera y tranquila que hubiese existido. Los residentes de la ciudad en su mayoría eran pescadores, comerciantes y capitanes que habían regresado al culminar la guerra. El comercio florecía a pasos agigantados, notándose en los voluptuosos y elegantes vestuarios coloridos de las doncellas: en las túnicas y jubones de los señores, pero sobre todo en las construcciones detalladas de su iglesia, el puerto, el bastión y las casas. Era una ciudad renacida de la destrucción.

Amira se sorprendió por el notorio cambio que mostraba tras veinte años de visitarla. Sentía deseos de explorar sus alrededores, pero sabía que no tendría oportunidad de hacerlo.

El visir se mostraba concentrado por llegar al puerto y sin ánimos de ser interrumpido. La seriedad de su rostro intimidaba. Ella consideró extraño que un hombre con semejante porte no fuese Sultán.

El olor a humedad flotante, sal y algas inundaron el ambiente tan pronto se acercaron a la costa. En la entrada del puerto había unos treinta navíos que se extendían por el litoral: entre galeras, falucas y solo un par de carracas, todas de carácter comercial y entre ellas sobresalía un galeón, alzándose con majestuosidad ante los demás barcos. Los corceles detuvieron su andar frente a este.

Dumont admiró el navío con verdadero asombro, examinándolo. Adoraba la navegación, era un placer culposo en el que solía pasar su tiempo libre y ese barco lo fascinó al instante de verlo: calculó desde su posición que la *eslora* era de unos cuarenta y dos metros, yendo desde el largo eje de proa hasta la popa; la manga de unos diez metros de ancho y puntual de casi treinta metros. De casco ligero, estrecho y redondo, pero no podría estar seguro de las medidas hasta abordar. Tenía tres velas rojas que la diferenciaban de los demás navíos, retocando con una flor dorada que adornaba el castillo de proa envuelta por un par de hilos de oro extensos hasta las amuras.

«Una maravilla» pensó Dean ansioso por abordar.

—Este es el *Zahra*. El segundo navío favorito del Sultán —dijo el visir—, dentro podrán encontrar todo tipo de comodidades.
—Se ve muy lujoso —comentó Dean.
—¿Realmente? —dijo Abdul con sátira.
—¿Qué significa? —preguntó Dumont con interés, ignorando el comportamiento del visir.
—Flor —respondió Enver, con tedio en la voz.
—Es un amable gesto del Sultán prestar este navío solo para escoltarlos —agregó Zaid, tratando de disipar el arisco ambiente que se había formado.

Dumont sonrió halagado ante las palabras del guerrero. Sintiéndose vanagloriado y respetado por un dirigente que desconocía. Después de todo, Dean era un aristócrata poderoso en la corte de Aegis y debía ser tratado con lujos a su altura.

Amira lo encontró sospechoso. «¿Por qué tomarse tantas molestias? ¿Cuál es el motivo real de esa cortesía?».

—Cualquier navío hubiese servido para el mismo fin. —Ella contrarrestó— ¿No será más bien qué el Sultán no desea que el Gran Visir viaje incómodo?

Abdul la observó con seriedad, evaluando cada gesto como si intentase leer sus pensamientos. Estaba impresionado por la astucia de la joven, al descubrir el engaño de Zaid.

—Así es —susurró Abdul contra su oreja.

Ella se estremeció un poco ante el gesto.

«¿Me rozó con los labios deliberadamente?» pensó Amira.

Descendieron de los caballos y abordaron el buque por la rampa de madera. La cubierta no difería de cualquier otro galeón a no ser por el aposento del capitán, que estaba ubicado en la proa, mientras que los camarotes destinados a la realeza yacían en la popa. Los tripulantes en su mayoría se encontraban recostados en el suelo descansando y con algunas botellas de licor entre las manos. Deslucían la magnificencia del buque.

Tan pronto el visir tocó el piso de cubierta el barco cobró vida. Los marineros empezaron a moverse buscando apremiantes al capitán. No fue hasta que pasados unos minutos que un hombre con una larga barba canosa, turbante y túnicas blancas se acercó apresurado hasta el grupo.

—Bi…Bienvenido, Gran Visir—tartamudeó el hombre nervioso.
—Gracias por el recibimiento, capitán Nadim. —El tono punzante en su voz alertó al oficial, notando como el visir observaba con malos ojos a ciertos marineros que continuaban sin moverse.
—Esperábamos recibirlos a principios de la tarde —confesó el nauta—, su pronta llegada solo enaltece su eficiencia.

«También realza su ineficiencia» pensó Abdul antes de continuar.

—¿El Zahra se encuentra listo para navegar?
—Sí, en un par de horas podremos zarpar sin inconvenientes.
—¡Un par de horas no es estar listo, capitán! El galeón debía estar preparado para partir en el instante en que yo ingresara —suspiró, tratando de calmarse—. Si no fuese yo, sino el Sultán el que estuviera presente, no perdonaría su ineptitud. Bien es conocido su carácter.

—Lo siento mucho, Gran Visir. —El hombre se arrodilló ante ellos con la cabeza gacha en señal de arrepentimiento—. Es mi responsabilidad, acepto el destino que elija para mí.

Abdul lo miró con impaciencia, notando como la tripulación empezaba a reunirse a su alrededor, atentos y curiosos a lo que él haría. No deseaba empezar una revolución en cubierta. No tenía tiempo para lidiar con eso, su único interés era llegar a Zahar lo más pronto posible.

—Levántese, capitán y prepare todo para zarpar. No habrá castigo en esta ocasión, pero que no se repita.

Los ojos del marino se abrieron sorprendidos ante la decisión, ofreciendo reverencias acompañadas de efusivas palabras de agradecimiento al visir.

—Escoltaré a nuestros invitados —informó al capitán—. ¿Están preparados los camarotes?

—Sí, Gran Visir, sus exigencias fueron realizadas: las ropas nuevas se hallan en los baúles, los barreños fueron agregados y las camas recién tendidas con sábanas limpias, tal como lo solicitó antes de partir a visitar a la reina; pero…

—¿Pero?

—No esperamos la presencia del caballero —dijo el capitán apuntando a Dumont—, no tenemos un baúl con ropa masculina habilitada en la alcoba disponible.

—No hay problema, estoy seguro de que Zaid no tendrá inconveniente en prestarle algunas prendas al invitado del Sultán.

Zaid lo observó indignado, sabiendo que el visir se estaba vengando por su malogrado intento de calmar el ambiente.

—Encantado, Gran Visir Abdul —dijo el guerrero, resignado.

—Si es todo lo que nos ocupa. Preparen los barreños, priorizando el mío… —ordenó. Abdul miró de reojo a la mujer junto a él solo por un instante, antes de volver la vista a Nadim— y otro para la señorita.

Amira agradeció mentalmente, podría quitarse la suciedad y el aroma de él de su cuerpo.

—Enseguida.

—Por último, tan pronto zarpe el barco preparen el desayuno para nosotros y sírvanlo bajo cubierta —dijo el visir con un tono más tranquilo—, y comiencen los preparativos para esta noche.

—¿Preparativos? —preguntó Nadim, sin comprender. Abdul suspiró con impaciencia.

—El recibimiento para nuestros invitados.

—¡Oh! Sí, Gran Visir.

Luego de una leve reverencia el capitán se marchó a desempeñar sus funciones. Intentando probar su eficiencia al visir, logró zarpar tan solo una hora más tarde.

Enver se retiró junto a Zaid para supervisar los alimentos que serían servidos en el desayuno y ayudar con los preparativos para esa noche.

El visir decidió escoltar personalmente a sus invitados, no porque fuese su deber sino como una excusa, deseaba estar un breve momento a solas con la mujer que tantas incomodidades le causó al amanecer.

Avanzaron por la proa hasta llegar a las cámaras que poseían paredes de madera de cedro oscuro tallado, y las puertas de los aposentos del mismo material, aunque más claro.

Dean contó las puertas llegando a la conclusión de que solo había cuatro camarotes.

—El grabado es exquisito —comentó Dumont admirando las flores talladas en la pared.

—El antiguo Sultán no escatimó en gastos para la realización de este barco —explicó el visir—, era su favorito y, por ende, el del Sultán actual también.

Caminaron por el pasillo hasta detenerse frente a cuatro puertas, dos de ellas juntas y las otras enfrentadas. El visir le indicó a Dumont que su camarote era el primero de la izquierda, quedando junto al de él, mientras que el de Amira se ubicaba al fondo a la derecha.

Dean agradeció por las molestias tomadas antes de retirarse a su alcoba y cerrar la puerta tras de sí, dejando a la pareja en un angosto pasillo.

—Ahora que…

—Con permiso —interrumpió ella, antes de desaparecer tras la puerta del camarote, dejando al visir solo.

Él llevó sus dedos hasta la sien presionándola apenas para mitigar el dolor que comenzaba a formarse. Lo dejaría pasar por esa ocasión, si acaso volvía a irrespetarlo no dudaría en mostrar lo temible que podía llegar a ser.

✦ ❋ ✦ ✦ ✦ 🛡 ✦ ✦ ✦ ❋ ✦

El aroma penetrante de pétalos de borraja flotaba en el agua a su alrededor.

Aspiró la esencia por octava vez mientras frotaba la piel de los brazos, retirando cualquier rastro de mugre o impureza. Añoraba esa manera lujosa de bañarse. En Aegis, no solían asearse tan a menudo como ella, porque los baños solían ser compartidos por la mayoría de los ciudadanos, pero no disfrutaba la experiencia tanto como ahora.

«¿Y cómo no hacerlo?» pensó extasiada.

La tina estaba al costado de la ventana con vista directa al océano.

Parecía mágico. Todo a su alrededor lo era: la enorme cama tendida con sábanas de seda y decorada con coloridos almohadones, rodeada por amplias cortinas azul oscuro otorgándole privacidad. Frente al dosel reposaba un baúl repleto de vestidos tradicionales de Zahar, y en medio de la alcoba, un escritorio equipado con tintas y papel listo para ser utilizado. Un tocador lleno de joyas y un librero junto a la puerta.

Era amplia y gracias a las lámparas aromáticas colgadas en el techo, el intenso olor de los aceites e incienso se impregnaba por todo el ambiente.

Emitió un suspiro profundo que relajó cada parte de su cuerpo mientras se recostaba. Sus ojos se cerraron y las imágenes de lo ocurrido la noche anterior molestaron su mente.

El aire helado traspasaba la manta que utilizaba como cama, sus huesos calaban el frío hasta hacerla temblar y sus dientes tiritaban por más fuerte que apretara la mandíbula. La fogata estaba apagada a esas alturas de la madrugada. Trataba de conservar el calor convirtiéndose en un ovillo y soplando sus manos con el cálido aliento de su boca, pero era inútil. El vestido que le dieron en la posada era de una delgada tela de lino, no era una prenda adecuada para pasar la noche a la intemperie, sin una tienda y zapatos adecuados.

Escuchó pasos andar por el césped temiendo lo peor: bandidos.

Miró al derredor, los guerreros dormían con tranquilidad cerca de los caballos, Dean descansaba no muy lejos de los leños consumidos y el visir ya no estaba debajo del árbol... ¡Era él quien causaba el ruido!

Se preguntó qué hacía despierto, para después remplazar ese pensamiento por otro más aterrador. Temió que intentase propasarse con ella mientras dormía, a pesar de dejarle claro que no pretendía acostarse con ella. Aun así, era el visir de Zahar, no podía confiar en él.

Observó lo que hacía tratando de no moverse, no quería que se percatase de que estaba despierta. Lo vio acercarse hasta su caballo con cuidado de no despertar a sus guerreros, soltó unas cintas de las alforjas y, tras unos minutos de buscar, extrajo una enorme capa negra con incrustaciones de zafiro a los bordes.

«Se ve muy cálida» pensó Amira.

El visir comenzó a acercarse mesuradamente en su dirección, cerró sus ojos y presionó sus puños preparándose para atacar en el momento en que se dignara a tocarla. Gritaría. Su voz sonaría tan alta que despertaría a Dean y la ayudaría a escapar, o por lo menos le conseguiría tiempo.

El contacto nunca llegó, en su lugar un susurró suave e insistente repetía su nombre cerca de su oreja, pero ella no se movió. Pretendiendo dormir.

—Amira...Amira...

Escuchó una exhalación profunda antes de que algo suave y cálido la cobijara. Ella esperó un par de minutos antes de abrir los ojos. Buscó al visir pensando que se localizaría cerca de ella, pero él se encontraba nuevamente recostado en el tronco del árbol con su mano reposando sobre la empuñadura del sable, atento ante cualquier inconveniente.

Si no hubiese estado en esa postura alerta, quizás hubiera cometido la osadía de acercarse y agradecerle el gesto.

Lo vigiló unos instantes más hasta percatarse que él le devolvía la mirada con cierta diversión, como si hubiese sido atrapada haciendo una travesura infantil. Ella cerró los ojos rápidamente y volteó su rostro a otro lado, dejando que el olor a especias del oriente e incienso de la capa la cobijaran.

Sin darse cuenta cayó dormida.

Al amanecer, los rayos de sol rozaron su cara hasta despertarla. Al abrir los ojos, se topó con el rostro de Dean a centímetros del suyo, regalándole una expresión de molestia y repulsión. Estaba muy enojado y no era tan usual verlo fuera de sus cabales.

—¿Qué sucede? —preguntó sin comprender.

—Eso debería preguntar yo —respondió con ironía—. ¿Por qué estas durmiendo con una prenda de hombre? Una muy lujosa debo agregar.

Amira no entendía a que se refería hasta sentir la suave tela entre sus dedos, recordando lo ocurrido horas atrás. No tuvo que preguntar por su mal carácter, era evidente lo que Dean pensaba. Se sintió ofendida, su amigo especulaba que ella se acostó con…

—No es lo que piensa, no ocurrió nada entre nosotros —intervino el visir.

A Abdul no le gustaba que dudaran de su honor y ese hombre insinuaba que había abusado de una mujer. Acto que jamás concebiría.

—¡¿Cree que yo puedo creer algo como eso?! —dijo Dumont, en tono irónico—. No soy estúpido.

—¿Realmente? —preguntó el visir en el mismo tono, enarcando una ceja.

—No voy a permitir que un general, comandante o cualquiera que sea tu estúpido cargo, se aproveche de… —Dumont no se detuvo al notar los constantes, alarmados e inusuales gestos que le hacía Amira para que se callara, hasta que ella lo interrumpió.

—¡Cállate! —gritó alarmada— ¡Él es la mano derecha del Sultán!

Tragó con dificultad. Dean miró a su espalda, notando como los guerreros estaban preparados para desenvainar sus sables y arremeterlos en su contra.

Abdul les hizo una seña a los guerreros y regresaron a sus labores con los caballos. Se acercó con andar altivo e intimidante hasta Dumont, deteniéndose justo frente a este, inclinándose un poco para encararlo a su altura.

—Lamento informarle que yo no soy un general o comandante cualquiera —advirtió el visir—, tal como dice la señorita, soy el hombre más poderoso de todo el imperio después del Sultán.

Dumont inclinó la cabeza, con nerviosismo y cierto desagrado, en modo de disculpa.

—Por esta vez dejaré pasar la afronta sin castigo, el malentendido es por mi culpa, pero le advierto que, si vuelve a injuriarme, no vivirá para contarlo.

Se cruzó de brazos y se giró dándoles la espalda en dirección a los caballos. Saldaría cuentas con Amira después.

Salió de la bañera con cuidado de no resbalar y secó su cuerpo con una toalla. Al terminar, revisó el baúl, extrajo un vestido y unas babuchas, agregó un leve maquillaje muy similar al que solía usar su madre y se puso el velo sobre la cabeza. Nunca pensó que tras tantos años fuera de Zahar, volvería a utilizar esa clase de ropa.

Ya lista, abandonó el camarote con intenciones de desayunar. Al cerrar la puerta tras de sí y girarse, notó como una mujer salía de la alcoba del visir, casi chocando con ella.

La joven la examinó de arriba abajo, le dedicó una sonrisa ladina y una mirada de desagrado cuando acabó de analizarla. Amira iba a decir algo por el modo descortés con que la observaba, pero su cantarina voz habló primero.

—Debe ser la invitada del Sultán.
—Lo soy —asintió ella.

Amira detalló lo grácil que era. Llevaba un vestido de seda azul con corte cuadrado que resaltaba de modo sutil sus pechos y una falda que caía con delicadeza dejando entrever una de sus piernas a hasta sus pies, dependiendo de la posición. Era evidente para ella que se trataba de una odalisca o concubina.

—No estaba enterada de que había más mujeres a bordo —comentó Amira.
—No las hay, solo somos dos. —La joven realizó una pausa y sonrió coqueta, mirando de reojo la puerta de la habitación del visir—. Fue una petición especial, no es costumbre que se lleven mujeres a los viajes.

—Entiendo.

—Pero que falta de cortesía. —La joven realizó una leve inclinación de cabeza, dejando que su espeso cabello ensortijado se desparramara sobre sus pechos—. Mi nombre es Jalila, soy la favorita del Sultán.

✧ 71 ✧

CAPÍTULO: VII

DISGUSTOS

Abdul estaba más cansado de lo que esperaba, pero la molestia física no se comparaba con la tortura mental. Su cabeza no dejaba de recordarle lo bien que olía su aroma sobre la piel de esa mujer, la suavidad de su tacto, su mirada de hechicera…

«No es para mí» se advirtió.

Se removió dentro de la tina, intentando reducir la presión de su entrepierna dolorosamente endurecida.

—Vaya, y yo creía que no habías notado mi presencia, Abdul.
—Gran Visir o visir —corrigió él.

No tuvo que levantar la mirada para saber a quién pertenecía esa voz, o de donde provenía. Estaba seguro de que la mujer saldría de su escondite más tarde que temprano y ya estaba acostumbrado a esa clase de peligro.

—Que buena vista tienes, pudiste notarlo a esa distancia —bromeó el visir, concentrado en limpiar su cabello.

Ella abandonó su escondite tras las cortinas de la cama, portando una sonrisa tan resplandeciente como seductora.

—No es algo que pueda pasar desapercibido —aseguró ella, divertida.
—¿Cuántas veces debo ordenarte que no ingreses a mis aposentos sin mi autorización? ¿No es tu camarote lo suficiente cómodo?

La jovial risa retumbó por la recamara.

—¿Qué tal la visita a los reyes de Aegis?
—Lo mismo de siempre, quieren mantener la distancia con el imperio, pero al mismo tiempo desean que sigamos importándoles telas, comida y especias.
—Un mes de viaje perdido —dijo ella entornando los ojos.
—No en realidad, encontré a la artista.

Él la siguió con la mirada. Estoico. Intentando discernir sus verdaderas intenciones, mientras ella rodeaba la tina acercándose. Conocía de memoria el caminar pausado, acompañado del vaivén de sus caderas queriendo seducirlo.

Se posó detrás de él y sumergió un dedo en el agua caliente. Con toda la lentitud del mundo, rozó el musculoso pecho del visir deteniéndose en sus hombros y cuello, comenzando a masajearlos.

—Estás tenso, déjame ayudarte un poco.

Abdul cerró sus ojos percibiendo el suave tacto de la joven acariciándolo. Dejó caer la cabeza hacia atrás, recostándola en el borde de madera, disfrutando de la sensación. Era grandioso esa clase de contacto cuando se acababa de llegar de un largo viaje a caballo y de malos lugares para dormir.

Las manos se movían agiles sobre el borde de los omóplatos, arrastrando suavemente todos los dedos de arriba abajo, con firmeza, pero sin presionar demasiado. El contacto era delicioso.

Sus párpados estaban pesados y su mente en blanco, mostrando un desierto nocturno que no tardó en transformarse en unos ojos de obsidiana, mirándolo con profunda intensidad. «Amira» recordó.

Abrió los ojos, alarmado, removiendo el contacto de inmediato y mojando su rostro un par de veces para apartar la visión en su cabeza.

—¿Hice algo mal?
—No —certificó Abdul.
—¿Entonces por qué...?

Hizo un gesto con la mano, ordenando que cerrara la boca, ignorando su pregunta; no deseaba dar explicaciones. Le solicitó que acercara la bata blanca sobre la silla del escritorio y, tan pronto la obtuvo, abandonó la tina cubriéndose con la tela, tratando de ignorar la mirada lujuriosa que ella le destinaba.

—No deberías estar aquí, Jalila. Es peligroso, podría costarte la vida —advirtió Abdul con seriedad.

—¿Qué es la vida sin un poco de aventura? —preguntó sonriente, ganándose un suspiro por parte del visir.

—Debes aprender a medir tus aventuras —insistió—, si alguien le comenta al Sultán que estuviste en mi habitación, la muerte será el menor de tus problemas. —Ella bufó sarcásticamente.

—El Sultán… como si le importara lo que hago o deje de hacer.

Ella caminó seductoramente, acercándose hasta quedar solo a centímetros de distancia del cuerpo del visir. Abdul bajó la cabeza, encarándola con preocupación.

—Sí le importas, eres su concubina favorita, te ha visitado más de una vez y siempre exige que bailes para él, muy por encima de las demás.

—¿Entonces por qué me envió a ofrecer un espectáculo para dos extraños? —preguntó Jalila.

Abdul no contestó.

—Ambos sabemos que el Sultán tiene interés en otra odalisca, así que se deshizo de mí para que no interfiriera.

—Conoces mejor que nadie como se rige el *helvurir*, no deberías ponerte celosa —aconsejó Abdul.

—No lo estoy, solo me preocupa mi estatus, por más que me desagrade el *helvurir* dependo de él.

—No tendrías por qué —aseguró él, con gentileza—, en realidad eres la favorita del Sultán.

—Pero él no es mi preferido —aclaró ella, dirigiéndole una profunda mirada cargada de deseo.

—¿Realmente? —dijo él, fastidiado—. ¿Vas a insistir de nuevo?

—Puede ser… —ella sonrió con coquetería, acercándose, intentando eliminar la distancia que los separaba.

Abdul admiró sus labios unos instantes, tentado a ceder, hacía demasiado tiempo que no yacía con una mujer y últimamente su entrepierna vivía en agonía, pero no lo hizo. No era a ella a quien demandaba su cuerpo. Apartó las manos ágiles que se posaban sobre su pecho y dio un paso atrás, agregando distancia entre ambos.

—¡No, Jalila! —regañó Abdul—. No sé cuántas veces debo rechazarte para que lo entiendas. ¡Eres la mujer del Sultán!

—¡No es justo! —criticó ella.

—Debes aceptarlo, ya han pasado suficientes años para que te hicieses una idea.

—¡Es tu culpa! Si hubieses asumido el cargo, ambos podríamos... —Jalila tomó el objeto más cercano que encontró —un libro— arrojándolo contra el suelo con frustración—. Estoy harta de pretender amar a un hombre que no quiero.

Hubo silencio por varios minutos. Abdul no estaba seguro de que decir, siempre ocurría lo mismo cuando ella aparecía de improvisto, algo que se repetía desde que eran adolescentes. La comprendía, sabía lo herida que estaba por su constante rechazo, pero lo cierto era que, además de la atracción física, nunca podría corresponderle como ella quería, y no estaba dispuesto a cometer traición por una aventura.

—No dependía de mí. Tú fuiste escogida por mi padre para convertirte en odalisca y entrenada para ser concubina. Tu destino estaba sellado mucho antes de que el trono quedara vacante.

—Eso lo acepto, lo que me molesta es que ...

—¡No! Jalila, si alguien llegase a escucharte serias castigada.

—Pero...

—¡Basta ya! —rugió el visir, con el cuerpo tenso por la rabia contenida—. No vuelvas aquí a no ser que yo lo ordene, pero ten claro que si sucede no será para intimar. No tengo intenciones de acostarme contigo, Jalila, no pasará hoy ni mañana, ¡no sucederá!

Abdul fue cruel. Nunca la rechazó con semejante dureza, pero estaba agobiado de sus asedios, de su obcecación insana. Necesitaba hacerla entender que lo que sugería era una locura, pecado, traición pura y sin posibilidad de arrepentimiento.

Jalila se arrojó de rodillas en el suelo, atemorizada por el enojo del visir, suplicando misericordia. Bajó la cabeza avergonzada, esperando el golpe... tal como solía hacer el Sultán cuando desobedecía. Sabía que había llegado muy lejos, pero decidió continuar porque nadie le sacaría de la cabeza que ella debía estar junto Abdul.

Transcurrió un minuto, luego otro y el golpe no llegaba. Temerosa, alzó el rostro topándose con la impávida expresión del visir.

—Levántate —ordenó.

Ella se apresuró a levantarse con torpeza, casi tropezando con sus propios pies. Confundida, sin comprender porque no la había castigado.

—Sal de aquí, no deseo verte hasta la noche —decretó con tal seguridad, que era imposible objetar.

Jalila intentó realizar una reverencia en respeto, pero no la concluyó ante la cruel mirada del visir. Ella nunca lo vio tan furioso y esperaba jamás volver a hacerlo. Sin tentar más su buena fortuna, abandonó los aposentos con prontitud.

✦ ❋ ✦ ✦ ✛ ⛨ ✛ ✦ ✦ ❋ ✦

Bajando por la escotilla se encontraba el tercer puente del navío. Extendiéndose de proa a popa, aprovechando por completo el espacio disponible y decorado con lujo. Estaba separado por dos paneles que se extendían a lo ancho con grabados de madera: dividiendo la cocina y el salón comedor, que solo los oficiales de alto rango podían utilizar.

Era obvio para Amira que el Zahra no se trataba de un barco común, el lujo se encontraba a donde se mirara, siendo el salón comedor el más ostentoso entre todas las áreas.

Al entrar, era recibida por un amplio espacio despejado y cubierto con una alfombra. Los sillones llenos de coloridos almohadones rodeaban las cuatro esquinas de las paredes, a excepción de la puerta. Pequeñas mesas de madera talladas permanecían frente a los asientos para cada comensal. Al igual que el pasillo, las paredes tenían grabados de flores que se propagaban por el salón, emulando la ornamental forma de un trilobulado.

Durante el desayuno Amira se encontró sola, siendo atendida ocasionalmente por algún tripulante de las cocinas, preguntando si deseaba algo más, a lo que ella respondía con una negativa cortés.

Se cuestionaba el motivo qué llevó a la mujer a la alcoba del visir, pero más importante por qué le importaba.

Se abrumó tanto al verla, sintiéndose enojada, asustada e insegura, haciéndole imposible reaccionar más que con frases escuetas. Además de afrentada por el modo en que esa mujer la examinó, haciéndola sentir diminuta.

«Soy la favorita del sultán» recordó.

Consideraba que si la mujer fuese una de las esposas del Sultán tendría sentido su forma de mirarla, pero no lo era, ella parecía más una consorte. Las sultanas no solían presentarse de esa manera, por lo que no tenía ningún derecho de verla con superioridad.

—¿Amira? —La dudosa voz de Dean captó su atención.
—Señor Dumont, un gusto escuchar su voz —bromeó ella, recibiendo un ceño fruncido como recompensa —, y es señorita Durand —aclaró con firmeza.

Él tomó asiento junto a ella mirándola con desconcierto absoluto, sin poder reconocerla. Lucía tan diferente: ojos sombreados por líneas negras, pómulos ligeramente enrojecidos y sus labios sonrosados, poco habitual en ella. Si no estuviera tan cautivado por su rostro hubiese notado el largo traje rojo que se ceñía al cuerpo entre telas de gasa y satín, o las extrañas mangas abiertas que exponían los brazos, pero que a la vez cubrían las muñecas con pulseras doradas.

—¿Cómo conocía el cargo del visir? —curioseó enojado.
—¿Cómo no lo sabías? —Ella le devolvió la pregunta, evadiendo la verdad—. Zahar es el imperio más grande que existe, por lo que esa clase de cargos deberían ser de conocimiento público. En especial para los aristócratas.
—Debo haberlo olvidado —dijo más para sí mismo, que para ella.

Dean carraspeó un poco al sentir como su garganta se trababa, el verla de ese modo le quitaba el habla. Apartó la mirada por breves instantes y luego volvió a encararla, recordando el motivo por el que se acercó a la joven.

—Señorita, debo decirle que me siento indignado con su comportamiento de esta mañana y la noche anterior.

Amira suspiró con impaciencia, Dean la trataba con demasiada propiedad cuando se encontraba enojado, pero claro, mencionar su primer nombre a desconocidos no entraba en su parámetro de cortesía.

—¿Te refieres a qué desperté con la capa del visir? —Dean realizó una graciosa mueca que solo podía interpretarse como disgusto.

—Más bien, cómo llegó a cubrirla —siseó enojado.

—Me conoces, sabes que sería incapaz de ceder a un acto tan impropio como ese —refutó Amira.

Ella pensó brevemente cuál podría ser la razón de ese comportamiento tan grosero en él: ¿envidia? ¿Celos?

—He notado como el visir la mira, no me extrañaría que intentase hacer algo.

«Sí, definitivamente está celoso» concluyó Amira.

—Si ese fuese el caso, debes confiar en mí; yo no cedería.

—No me malinterprete, señorita, confío en usted, sin embargo...

El puño de Dean se cerró presionando con fuerza las uñas contra su piel, mordiéndose el labio inferior, como si estuviera conteniéndose. Volvió a mirarla y tras un suspiro que le dio valor, dijo:

—¿Ustedes intimaron? —Ella rio divertida ante la ocurrencia, pero al notar la seriedad en su rostro, se detuvo.

«¡Habla enserio!» pensó ofendida.

—¿Es seria esa pregunta? —La incredulidad llenó el rostro de Amira con rapidez.

—Me refiero a que tantos años de instrucción, de corte y etiqueta, de soportar perjurios de otros por educar a una esclava extranjera, ¿fueron acaso desperdiciados? ¿Procedió como una esclava? ¿Intimó con el visir?

Amira se carcajeó ante el absurdo interrogatorio. Si antes se sintió enojada ante esa acusación estaba furiosa, pero no lo demostraría, le negaría la satisfacción.

—No me ofenda, señor, los rumores se propagan con facilidad y no queremos insultar a nuestro anfitrión —advirtió ella pretendiendo una voz amable y cortés, usando un lenguaje distante e impersonal. Si él podía hablarle de esa manera, ella también.

Nunca en todos sus años trabajando con Dean había insinuado algo similar, y muchos de sus clientes solían hacerle obsequios durante la realización de sus encargos. Era inexplicable su comportamiento. Amira se levantó del sillón con desazón.

—Lo lamento, no he querido insultarla.

Él la miró con una expresión dolida, sabía que el comentario marcaría un antes y un después en su relación, por eso estuvo reacio a hacerlo, pero la duda fue mucho más fuerte. Escuchando como las palabras de la mujer se percibían frías y cargadas de rabia, se lamentaba cada segundo el haberlo hecho.

—Permita recordarle que fue usted el que insistió en aceptar este encargo, yo me opuse rotundamente —agregó Amira, observando el arrepentido rostro de su acompañante.

—Concédame un momento para…

—Algo más, señor, lo que haga durante mis horas laborales es de su interés —interrumpió Amira—, sin embargo, lo que pase en mi cama, no le concierne —expresó antes de marcharse, dejando a su apoderado en la más vacía soledad.

CAPÍTULO: VIII

DESÁFIO

El llamado a la puerta interrumpió su lectura por tercera ocasión. Estaba disgustada tras la plática con Dean, no deseaba ver a nadie y quería estar sola. Ignoró adrede los primeros dos llamados con la vaga esperanza de que se marcharan.

«¿Por qué no me dejan tranquila?» pensó.

—Señorita Durand. —Amira reconoció el tonó insistente.

Se levantó de la cama disgustada, no le agradaba que interrumpieran su lectura, en especial cuando leía precisamente para no enojarse. Luego de tantas horas cualquiera apostaría que sus ánimos se hubiesen calmado, pero no era así.

Abrió la puerta, realizando su mejor esfuerzo por aparentar serenidad.

—¿Qué necesita, señor Enver?

Él la observó sorprendido, no esperaba que la artista se viera como alguien de su tierra. Admitía que el cambio de vestimenta en las mujeres era impresionante. Amira hizo un sonido con su garganta, atrayendo su atención.

—El capitán solicitó su presencia en el salón comedor.
—¿El capitán? —indagó extrañada.
—Sí —Ella enarcó una ceja, sin entender—. El espectáculo que lleva coordinando todo el día se encuentra listo y no desea avisarle al visir hasta que todos estén presentes.

—Comprendo —suspiró cansada—, deme un momento.

Amira no estaba de ánimos para asistir a ese tipo de eventos, pero faltar sería una afrenta que probablemente generaría una discusión con el visir y no se sentía capacitada de controlar su temperamento en ese instante.

Tomó la capa roja que descansaba sobre la silla, se la puso cubriendo su cabeza con la capucha. Cerró la puerta tras de sí siguiendo a Enver, pensando que quizás la distracción le sentaría bien.

Antes de bajar por la escotilla, admiró la tranquilidad del oleaje, iluminado por los resplandecientes rayos de la luna. El aroma dulce del incienso entremezclado con canela inundaba el pasillo, y podía percibirlo desde el instante en que ingresaba.

Al llegar, notó que el salón no había cambiado demasiado a comparación con esa misma mañana, a excepción del color de las cortinas que fueron sustituidas, la alfombra ya no estaba y todas las mesas se encontraban servidas.

Un conjunto de cinco tripulantes, se hallaban sentados al costado derecho portando instrumentos que no había notado antes en el salón. A la izquierda, el capitán junto a Dumont en completo silencio y al fondo de la estancia decorado con pomposidad, el asiento destinado al visir.

Tres tripulantes pulcramente vestidos, servían las bebidas, permaneciendo atentos ante cualquier solicitud. Uno de ellos se avecinó hacia ella con cortesía, conduciéndola hasta un sillón vacío junto a la puerta.

Notó como Enver se erguía orgulloso y con aire protector junto al asiento de su líder, esperando a que este ingresara.

Dos golpes al suelo retumbaron en el salón advirtiendo la presencia del visir al otro lado de la puerta. Zaid entró primero deteniéndose junto a esta, con una postura firme. Los presentes imitaron su acción, incluso Dumont que no estaba seguro de lo que ocurría. La tensión en el ambiente era casi palpable, las expresiones nerviosas de los tripulantes ante la opinión del visir los carcomía, se veía con claridad en sus rostros. Abdul ingresó a la estancia.

En cuanto ella posó sus ojos sobre él, fue imposible ignorarlo.

Él exudaba poder, control absoluto sobre la habitación, sensualidad cruda y abrazadora. Portaba un *caftán* negro lleno de motivos estilizados por hilos metálicos y unas botas negras. Su lacio pelo se extendía hasta sus hombros enmarcándole el rostro, contrastando con la delicada sombra de barba de un par de días. Se negó a mirar sus ojos, temiendo que él la mirase de vuelta.

Esa era la imagen de un hombre diferente al que conoció. Intimidante, era la mejor forma de definirlo.

Amira creyó imposible que él no fuese el Sultán, demasiado imponente, demasiado real. Se sintió intimidada, su cuerpo se estremeció y agradeció que no notara su presencia mientras avanzaba a su lugar.

En cuanto tomó asiento en el sillón, realizó un movimiento con su mano derecha sumado a un asentimiento de cabeza y el espacio cobró vida. La tensión se disipó. Las *darbukas, el arghul,* el laúd y el pandero, comenzaron a sonar acompañados de cánticos de los tripulantes, dando inicio al banquete.

—Zaid —llamó Abdul, siendo atendido en el acto—, toma asiento junto a Dumont y vigílalo.

El guerrero asintió, acatando la orden con prontitud.

Abdul ignoraba la presencia de Amira intencionalmente. Se dio cuenta de su apariencia en el mismo momento en que entró y tuvo que contener el impulso de admirarla. Aún cubierta por la capa podía sentir como una invisible atracción lo forzaba a verla, pero se contendría. Él era el Gran Visir de Zahar y nunca cedía a sus impulsos…por más tentadores que fueran.

Dio un par de aplausos y la música se detuvo, recibiendo la atención de los presentes.

—Esta noche honramos la presencia de nuestros invitados, que como están enterados, retratarán las maravillas de nuestro reino. —Él realizó una pausa, concentrándose en no mirarla.

Amira se repetía que haber asistido a esa cena fue un error, pero su instinto se había encendido demasiado tarde. Sería una descortesía abandonar el recinto cuando el visir daba el festín en su honor. Lo peor no era eso, sino que sus ojos no dejaban de contemplarlo y por más que intentaba concentrarse en la comida frente a ella, le era inevitable. Aun así, se obligó a comer un poco mientras desviaba su atención al suelo.

Transcurrida una media hora, el visir anunció:

—Es tradición organizar un gran recibimiento a personas importantes desde el primer día —prosiguió Abdul—, no obstante, nuestro encuentro infortunado no dio oportunidad de hacerlo, pero ahora que descansamos en el Zahra, es un hecho. —Dio un par de palmadas fuertes y agregó—. Bienvenidos.

El retumbar de los *darbukas* marcaba el paso acelerado de la música, otorgándole la entrada a Jalila. Deteniéndose en el centro de la estancia, dejó caer el velo que la cubría por su espalda, revelando un vestido azul cubierto de zafiros. Sus manos hipnóticas convertían movimientos lentos a rápidos sin perder la delicadeza —sin duda por años de entrenamiento— y los brazos descubiertos podían confundirse con serpientes danzando. Las caderas aceleraron la velocidad casi como si la mitad inferior de su cuerpo temblara, para después contorsionarse atrás, demostrando sensualidad.

Dean permanecía tan absorto al espectáculo que era el único entre todos que no probaba bocado. Nunca había visto a una mujer bailar de forma tan provocativa como esa. Un insoportable calor lo invadió de repente y tuvo que abrir el primer botón de su camisa para respirar.

Jalila no apartaba la mirada del visir, aunque el baile era para los invitados. Los gestos que realizaba, cada sonrisa que demostraba, toda inclinación era provocativa y completamente dedicada a él. Sin embargo, a esa distancia podía notar que él pretendía prestar atención, pero no lo hacía, sus ojos no dejaban de desviarse a la mujer tras de ella.

Un par de movimientos más a las caderas, seguidos de una pose delicada con las manos sobre su cabeza, dieron el cierre perfecto a la interpretación. Los presentes no dudaron en aplaudir fascinados por el espectáculo, les era grato ver a una mujer tan importante realizar un baile que solo el Sultán tenía el privilegio de presenciar.

—¡Es magnífico! —Aplaudió Dean, ovacionándola.

Jalila agradeció los aplausos con asentimientos. Después de esa interpretación debía esperar un poco más antes de empezar la siguiente por órdenes del visir; sin embargo, no desaprovecharía de poner a prueba a su nueva rival.

La ovación terminó y Jalila solicitó el permiso de palabra ante el visir. Abdul estuvo renuente a dárselo, pero consideró que la joven deseaba agradecer a los invitados, sobre todo a Dumont que no dejaba de aplaudir, aun cuando los demás ya habían acabado. Accedió.

—Es un placer haber sido honrada para entretener a los invitados —comentó Jalila—, sin embargo, es tradición que cuando hay otra doncella presente, ambas realicen la interpretación. Sería una descortesía no hacerlo.

Los murmullos comenzaron a extenderse por el salón, pues ninguno de ellos recordaba una costumbre así. Abdul la miró con desaprobación por inventar algo semejante, entendiendo que su intención era ridiculizar a Amira. Él tenía intenciones de detenerla, pero la exaltada reacción de Dumont lo interrumpió.

—¡Es una soberana tontería, no lo haría jamás!

La reacción de Dean captó la atención de los presentes solo hasta que Amira se levantó del asiento y caminó a paso firme hasta el centro de la estancia.

Desde un comienzo ella estaba al corriente de las tradiciones y esa en específico no existía, por el contrario, en el *helvurir*, interrumpir un baile asignado a otra podía ser penado por la primera esposa del monarca.

Eso era una afronta directa y lo sabía. Originalmente tenía intenciones de negarse, alegar cansancio y marcharse a su alcoba, pero el comentario de Dumont la hizo cambiar de opinión. Continuaba enojada y cualquier cosa que él dijera, lo tomaría personal y como una afronta. Necesitaba demostrarle a su *apoderado* que ella no le pertenecía ni podía decidir por ella.

Amira no temía bailar. Nunca lo hizo ni cuando era niña, por el contrario, fue la danza lo que originó su estatus en el *helvurir* y también la principal causante del desastre. Aun así, cuando se encontraba a solas practicaba, era lo único que podía hacer para sentirse más cerca de su madre.

La seguridad rebosaba en la expresión de Amira al instante en que dejó caer la capa al suelo, achicando la confianza de la joven frente a ella.

—Acepto, señorita.

Jalila miró el duro semblante del visir. Tragó con dificultad sabiendo que habría un castigo por su comportamiento, pero no le importó. Sonrió ante su adversaria, se dieron la espalda arrodillándose en el piso, quietas como estatuas, esperando la señal que iniciaría la música.

Clap, clap.

Aplaudió el visir. Dos golpes a los *darbukas* acompañados por el *arghul* marcaron la entrada de la canción, que repetía el mismo ritmo una y otra vez, sin descanso.

Jalila comenzó a bailar alrededor de Amira, evitando que se moviera y a la vez presumiendo sus habilidades: tenía los brazos cruzados ante el pecho en una posición rígida contrastando con la inquebrantable vibración de la cadera. Sentía la mirada de la mujer sobre su cuerpo mientras le regalaba una arrogante sonrisa intentando intimidarla, pero la expresión paciente de Amira la descolocó. Retrocedió un paso atrás, disminuyendo la velocidad de la vibración, cambiando a movimientos sutiles que subían y bajaban con su cadera. Sabía que estaba fuera de ritmo para el ojo experto, pero no había nadie allí que lo fuera.

Amira aprovechó la oportunidad para moverse. Después de instantes de escuchar los matices de la melodía, su cadera vibró siguiendo el compás sin romper el ritmo ni una sola vez, dando vueltas sobre su propio eje. Sus brazos se desplazaron delicados hasta su cabello, liberándolo de su encierro. La sonrisa que mostraba en su rostro era honesta y placentera, se percibía a leguas que lo estaba disfrutando.

Detuvo el movimiento de caderas, pero no el ritmo, su torso vibraba a la misma velocidad que el sonido que los *darbukas* marcaban, inclinándose hacia atrás, recogiendo el velo que Jalila dejó caer en el suelo anteriormente.

«Craso error» pensó Amira.

El velo era para ella como el sable para un guerrero. Un arma peligrosa y mortal.

Ella detuvo la vibración de sus brazos regresándola a sus caderas, mientras que utilizaba el manto para crear ondas que acompañaban su cuerpo, enalteciéndolo. Giró un par de veces más antes de desplazarse al frente, quedando cerca del visir. Dejó caer el velo a sus pies, a la vez que sus brazos extendidos formaban ondulaciones desde los hombros hasta las manos, emulando los movimientos de una serpiente.

Con agilidad Amira se agachó para recoger el velo del suelo, y mientras se erguía sus ojos finalmente se toparon con los del visir.

Abdul observaba a Amira con dolorosa agonía.

Su boca estaba seca desde el instante en que dejó caer la capa al suelo. Pensando que ella no podía ser real. Era una mujer lujuriosa, sensual, luciendo un traje que enaltecía su figura. El modo de mover sus caderas selectivamente mientras su pecho permanecía en reposo era hipnótico y en el instante en que soltó su oscuro pelo alrededor de su rostro... pensó que explotaría.

No podía dejar de admirarla: su cuerpo, su erotismo, su sonrisa. Todo de ella lo enloquecía y cuando se aproximó hacia él, creyó por primera vez en su vida que perdía el control de sus impulsos. El movimiento de brazos era atrayente, pero no fue hasta que sus miradas se encontraron que todo se desvaneció.

Por alguna razón las personas ya no existían en la estancia, solo importaban ellos dos y el sonido apenas perceptible de la música.

Amira elevó los brazos arqueándolos ligeramente sobre su cabeza, uniendo las manos por las palmas a la vez que realizaba pequeños movimientos con el cuello, sin romper el contacto. Era inexplicable lo que esa mirada causaba en ella, sensaciones de reconocimiento tan fuerte que podían turbar su mente. La veía como dos seres que se conocían desde antes de nacer, como si él supiera sus secretos, como si...

Su corazón latía frenético a la vez que su mente intentaba convencerla de que era causado por la intensidad del baile. Volvió a aumentar la vibración de sus caderas, esta vez desplazándose de izquierda a derecha y aprovechando el velo para cubrir su sonrisa.

Él se levantó aproximándose, quedando a una ínfima distancia de su cuerpo sin dejar de mirarla, mientras ella continuaba danzando tan atrapada como él, como una polilla que va directo a la luz.

Abdul no podía evitar preguntarse ¿Quién era ella? ¿Por qué no podía dejar de verla? No comprendía qué estaba pasando, pero sea lo que fuese no deseaba que acabara. Se sentía completo, un sentimiento arraigado y correcto.

La música se paró al igual que los movimientos de Amira.

Se contemplaron con intensidad, hasta que la ovación a su alrededor finalmente los regresó a la realidad. Ambos rompieron el contacto concentrándose en cualquier cosa que estuviera cerca de ellos, hasta que los aplausos acabaron.

—Una excelente interpretación por parte de ambas —dijo Abdul, sintiéndose culpable por no haber visto la interpretación de Jalila, que no dejaba de mirarlo con resentimiento—, es hora de que todos vayamos a descansar, mañana será un día largo y finalmente llegaremos a Zahar.

Amira abandonó la estancia al escuchar esas palabras, ignorando a los presentes con intenciones de felicitarla. Lo único que pudo percibir antes de salir fue un par de miradas de dos hombres importantes.

Uno la admiraba con lujuria y el otro, con desconcierto.

CAPÍTULO: IX

PROMESA

Amira, no durmió en toda la noche reprochándose por su osada actitud. Lo que había hecho podría acarrearle problemas si llegaba a oídos del Sultán. Los bailes de Zahar no eran conocidos en Aegis o por lo menos no al nivel de danzarlo. Podría ser descubierta por su imprudencia.

Tenía miedo.

Estaba asustada de que fuese obligada a danzar para él y terminase como prisionera del *helvurir* como tantas otras lo fueron antes que ella. Recordaba doncellas de Anapat, de Aegis, incluso del mismo Zahar; las conoció como sirvientas, odaliscas o concubinas. Todas infelices y atrapadas.

«Fui imprudente».

Resopló por tercera vez en menos de una hora, concentrada en mirar el azul de las cortinas sobre su cabeza. Desde que se acostó la noche anterior las admiraba tratando de olvidar lo que hizo, pero sobre todo a él.

El visir…su mirada…ese par bicolor e hipnótico…

«¿Qué es lo que me atrae de ese hombre?» se preguntó.

Algo en él captaba su atención por más que intentara convencer a su cabeza de lo contrario. No estaba enamorada, pero era imposible negar que cuando sus miradas se cruzaban el mundo a su alrededor desaparecía, su cuerpo reaccionaba de formas inesperadas y, sobre todo, la sensación de conocerlo aumentaba.

La forma en que había danzado para él difería por mucho a como inició. Por un momento pensó que estaba soñando, invitándolo a participar en ese baile privado en el que solo existían ambos y, si no hubiese sido porque la música acabó, él habría bailado con ella. Estaba segura de eso.

Definitivamente no lo conoció cuando niña. Ese hombre era imposible de olvidar. Él le transmitía una emoción trascendental, podría decirse que milenaria, como ver su propia alma reflejada en sus ojos. Hallaba paz y felicidad plena que la forzaban a sonreír. Un sentimiento indescriptible con palabras.

Aún no había llegado a Zahar y ya estaba en manos del visir: una sola palabra de él, un desventurado comentario al Sultán y estaría muerta.

No quería salir de su habitación.

El golpeteó constante en la puerta informándole que el desayuno estaba servido fue ignorado. No le apetecía encontrarse con Dumont y mucho menos con el visir, no quería dar explicaciones y estaba segura de que en cuanto Dean la viera le haría cientos de preguntas.

—*Señorita Durand, se le solicita en el salón comedor* —repitió Zaid con impaciencia.

—¡No asistiré, desayunaré aquí, me encuentro indispuesta! —gritó ella, sin moverse.

El resoplido al otro lado de la puerta fue señal suficiente para ella, sabiendo que Zaid no insistiría más en su cometido, a no ser que deseara ser embestido por una vasija nuevamente.

Sus párpados se cerraron, sumiéndola en los recuerdos del visir: en su mirada, su sonrisa y las sensaciones que le provocaba. No supo cuánto tiempo permaneció así hasta que el golpeteo volvió.

Exhaló con fuerza, impacientándose por la insistencia de Zaid. Acercó un libro pesado para tenerlo a mano en caso de ser necesario y golpearle la cabeza como la vez pasada. Giró la perilla y abrió la puerta.

—Dije que estoy… —las palabras se atoraron en su garganta— indispuesta.

—No parece que lo esté —dijo el visir, arqueando la ceja, sonriéndole ladinamente. Ella no supo que responder, por lo que él prosiguió—. Sé que no es correcto, pero ¿puedo pasar? Necesito que hablemos con urgencia y en privado.

Amira retrocedió un paso sin oponerse, permitiendo que el visir ingresase a su camarote. Cerró la puerta y se quedó admirando la madera de esta, mientras esperaba a que él hablara. No quería girarse, estaba nerviosa por lo que tenía que decir; al mismo tiempo, se recriminaba por dejarlo entrar, había jurado nunca permitirle el ingreso al Sultán o a alguno de sus hombres a su alcoba.

Se estaba ablandando y no le agradaba.

Abdul miró su espalda percatándose de que las ropas y el peinado eran los mismos de la noche anterior. Su cabello suelto se desparramaba en leves ondas mientras el vestido mostraba algunos pliegues fuera de lugar. Las comisuras de sus labios se curvaron ligeramente. Lo confortó saber que no había sido el único en pasar la noche en vela.

—Señorita, dese la vuelta —ordenó sin derecho a réplica.

Amira se giró con lentitud hasta enfrentarlo, centrándose en el turbante o la decoración de su túnica blanca. Entonces él prosiguió:

—¿Por qué accedió a danzar con Jalila? Pensé que había descubierto el engaño —preguntó él, intrigado.

—Lo hice, pero necesitaba demostrar un punto importante —confesó avergonzada.

«A Dumont» concluyó Abdul desconociendo sus motivos.

—Eso quiere decir… ¿qué esa manera de bailar frente a mí, era para su apoderado?

Su semblante se mantuvo serio, pero no se escuchó ápice de celos o disgusto en su voz, de hecho, no se escuchó emoción alguna. La pregunta fue neutral, como si se estuviera conteniendo.

Amira negó agobiada por los recuerdos de la noche anterior. Al comienzo, sus intenciones eran demostrarle a Dumont que desconocía muchas cosas de ella, pero al mirar al visir sus propósitos desaparecieron. Bailó para Abdul con fervor y se arrepentía de haberlo hecho.

—Creo que es hora de que me conceda un poco más de información, Amira.

—No le he dado el derecho de llamarme por mi nombre —le reclamó.

—Recuerde que no necesito su permiso para hacerlo, pero… —él buscó en su mirada renuente alguna negativa—. ¿Le incomoda?

—¿Qué clase de información desea? —Evadió Amira, no sabiendo cómo responder su pregunta—. ¿No le he dado ya la suficiente?

Él hizo una pausa, exhaló y volvió a hablar.

—Su forma de bailar es superior a la de una odalisca, mostró tanta experticia… incluso más que Jalila.

—Aprendí cuando niña —confesó Amira.

—Lo sé, asumo que también fuiste instruida en la lectura, canto, idiomas, bordado y danza, mucho antes de irte a Aegis.

«Ya lo sabe» pensó Amira alarmada, mordiendo su labio inferior, «Ya sabe quién fui en el *helvurir*»

—Es probable.

—No es necesario que intentes ocultarlo, pero si mis sospechas son ciertas y estoy seguro de que lo son —sonrió él, satisfecho—, representará un problema si el Sultán llega a enterarse.

—¿Va a chantajearme o forzarme con la condición de que guardará mi identidad?

Él enarcó una ceja con seriedad.

Por su mente ni siquiera pasó la posibilidad de extorsionarla, realmente le indignaba que tuviese tan mal concepto de su persona. Necesitaba demostrarle que no era como esos hombres que la lastimaron, que podía confiar en él. Si las cosas continuaban así, no dudaba en que el Sultán la atraparía en su *helvurir* o la mataría. Siendo más probable lo segundo.

—Por supuesto que no, sería incapaz de forzarte a nada. —Amira no pudo evitar percibir la sinceridad en sus palabras—. Y chantajearte no traería ningún beneficio.

—¿Qué es lo que desea?

—No quiero que por una imprudencia del Sultán perdamos relaciones con Aegis o provoque un conflicto armado —confesó Abdul—, sé que el señor Dumont es un burócrata bastante influyente en la corte y se molestaría mucho si algo llegase a ocurrirte.

Amira no respondió, su relación con Dumont en esos momentos era un tema que no deseaba tratar.

—Bueno, es muy tarde ya puesto que todo el navío me vio danzar, no es difícil sacar conclusiones. Seré descubierta por el Sultán en poco tiempo.

—No te mortifiques, me cercioraré de que nadie mencione este hecho —aseguró el visir—, el único que me preocupa es Dumont, pero dudo de que toque ese tema con el Sultán.

—¿Por qué tomarse tantas molestias? —preguntó Amira sorprendida.

Abdul caminó un paso delante, luego otro y otro más, limitando la distancia que separaba sus cuerpos. Ella estaba atrapada con la espalda pegada a la madera de la puerta, percibiendo como el fresco aliento se entremezclaba con el suyo, embriagándola. Centró su mirada, fija a la altura de su esternón, nerviosa por su cercanía.

—Mírame—demandó Abdul.

Ella no se movió. Descubrió la sequedad repentina en su boca y como solo una mirada de él hacía que su cuerpo la traicionase, reaccionando ante la tensión.

—Mírame…Amira. —De ninguna forma alzaría la vista. Si lo hacía, estaba plenamente segura de que colapsaría ante la tentación.

Abdul se contenía intentando no tocarla, pero necesitaba que lo viese a los ojos. Ansiaba demostrarle que era sincero con lo que iba a decirle, sin embargo, no tuvo otra alternativa más que hacerlo. Tomó su barbilla con delicadeza, inclinando la cabeza, aprisionándola. Entrecerró sus ojos involuntariamente, sin apartarlos de la mirada de ella.

—Necesito que confíe en mí —musitó Abdul.

Ella tragó con dificultad, desechando los involuntarios e impropios pensamientos que aparecían en su mente. No caería ante el visir ni ante nadie.

—¿Por...por qué debería? —Su voz no fue tan segura como le hubiese gustado.

El masculino aliento golpeó el rostro de ella, turbándola, haciéndole desear cosas que normalmente no querría. Sintiendo como sus piernas temblaban, le costaba mantenerse de pie ¿Tal vez le exigió demasiado a su pierna herida? ... no, ese no era el motivo.

Abdul tragó con dificultad, sus labios secos clamaban por probar los de ella. Podría hacerlo, deseaba hacerlo, lo exigía su cuerpo. Todo su ser anhelaba probar un beso de esa delicada boca.

—Necesitarás de un aliado poderoso al llegar a Zahar. —Hizo una pausa, disfrutando del aroma a borrajas de su cabello—. Y soy el único que... puede...protegerte —titubeó, demasiado aturdido por la cercanía.

Amira relamió sus labios instintivamente, un acto demasiado provocativo para él.

—¿C... Co...Cómo p...puedo creerle?

«Estoy enloqueciendo» pensó Abdul al mirar sus húmedos labios a tan corta distancia.

El visir podría jurar que una pizca de deseo se mostraba en su mirada obsidiana y, cuando por un segundo, ella mordió su labio inferior, él tuvo que contener la respiración.

Necesitaba calmarse o cometería una locura. No era el momento indicado y ella había sido muy clara en el pasado. No podía dejarse llevar por sus impulsos, no debía, si deseaba ganar la confianza de Amira no podía actuar con deshonra, debía mantener su palabra.

—Lo prometo —juró Abdul.

Amira gimoteó al escucharlo, aun debatiéndose en confiar o no. Estaba jadeando débilmente, pintando imágenes en su cabeza en donde correspondía a lo que él le ofrecía. Tentada a tomarlo, acortar la distancia y besarlo.

Toc toc.

Con actitud resuelta, Abdul retrocedió un pasó separándose, intentando calmarse. Admiró el sonrosado rostro de la mujer y el agitado vaivén de su pecho.

Ella cubrió su boca con la mano derecha, retirándose de la puerta tratando de respirar, totalmente contrariada.

Abdul abrió la puerta con una expresión amenazante. Enojado. Miró al responsable como si se tratara de un ser diminuto.

—¿Qué sucede? —masculló el visir.

El guerrero tragó con dificultad, comprendiendo que interrumpió un asunto importante. Inclinó la cabeza para disculparse—también para evadir la intimidante mirada que emitía su amigo—y entregó el recado con prontitud.

—El navío se prepara a desembarcar. Hemos llegado a Zahar, visir.
—Busca al vendedor de camellos y el carruaje —ordenó Abdul con seriedad—, nos reuniremos con el Sultán antes del anochecer.
—Sí, visir. —Enver se dio vuelta dispuesto a marcharse hasta que recordó—. ¿Qué pasará con Jalila?
—Dejaré que Zaid la escolte al palacio después de que partamos, no quiero imprudencias.
—Sí, visir. —Enver realizó una pequeña reverencia y se marchó a cumplir las órdenes.

SEGUNDA PARTE

Lo antiguo se transformó en algo nuevo,
fue mágico y perfecto.

CAPÍTULO: X

ZAHAR

Los rojizos tonos surcaban el cielo cuando los camellos atravesaron los enormes muros de piedra, y las custodiadas puertas de la ciudadela. Siendo recibidos al instante por tres guardias, que emprendieron a escoltar el carruaje como si estuvieran esperándolo desde horas atrás.

Amira no podía creer que después de tantos años regresaba allí, al lugar donde nació y al cual no deseaba volver jamás.

«El destino es muy difícil de rebatir» pensó admirando el árido paisaje a través de la ventana del carruaje.

Zahar emergía entre las arenas del desierto en una imponente ciudadela, y su capital Zanabaq —a donde se dirigían—, era considerada una ciudad próspera y tranquila como ninguna otra en el reino. Zanabaq, en sus orígenes había sido el oasis más grande de todo Zahar, por ello fue escogida como la ciudad principal y donde moraría la familia real, o eso decían los libros de historia.

Las edificaciones se extendían por lo amplio de la ciudadela. Construcciones cuadradas cubiertas por patrones geométricos, siendo las obras más grandes los techos de cúpula y los arcos, y las pequeñas plazas entre las calles decoradas con palmeras y dátiles, se encontraban colmadas de niños y adultos disfrutando de la tarde.

Aunque la ciudad yacía en pleno desierto, los días calurosos ni las heladas noches eran un problema para sus habitantes. La fortaleza se encontraba rodeada de acueductos y canales que ayudaban a equilibrar las temperaturas, manteniendo el ambiente agradable para todos.

En la plaza más grande de la fortaleza se localizaba el bazar, donde se vendían, alimentos, ropajes y telas, artilugios y joyas de gran valor, entre otras. También se prestaban diferentes servicios: curtidores, sastres, alfareros, herreros, y gran variedad de artesanos.

Zanabaq continuaba siendo en esencia la ciudad que Amira recordaba. Llena de colores rojizos, azules, dorados y ocres; olores a incienso, aceites, aromas picantes y dulces, donde el comercio crecía al igual que el número de habitantes. Un lugar que no era todo lo que aparentaba.

Ella apartó la mirada brevemente, posándola en el hombre junto a ella que no dejaba de moverse, ajustando otra vez la túnica azul y el turbante que le habían sido otorgados esa misma mañana.

—¿Acaso le incomodan las ropas, señor Dumont? —indagó el visir con diversión.

—Por supuesto que no, pero no estoy acostumbrado a estos trajes tan largos —se excusó avergonzado.

—Son ropas frescas, adecuadas para este clima tan distinto al suyo.

Dumont asintió, aunque continuaba con ganas de arremangarse y subir la túnica hasta sus rodillas, mirando con cierta envidia al hombre frente a él: portando una camisa negra, pantalones a juego y botas negras.

—¿No tiene calor, Señorita? —preguntó el visir, tratándola con cordialidad mientras no estuvieran solos, por supuesto.

Abdul trataba de captar la atención de ella, después de estar evitándolo tras su encuentro de la mañana. Encuentro, que se vio frustrado por Enver, al que se encargaría de reprender en persona. No porque hubiese hecho algo mal, sino por interrumpirlo en medio de una conversación importante.

—No, la temperatura es agradable, visir —respondió ella sin mirarlo.

Dumont la miró como si estuviese loca y lo comprendía. Su vestido era incluso más largo que la túnica que él llevaba.

Amira regresó la atención al paisaje, mentalizándose en estar tranquila en cuanto el palacio del Sultán apareciese en el horizonte.

Ensimismada como estaba se sorprendió al ver como un hombre sacaba el cuchillo y amenazaba a una mujer en uno de los callejones que acababan de pasar.

—¡Están asaltando a esa mujer! —exclamó alarmada señalando por la ventana.

—No nos concierne, por favor vuelve a tu asiento. —Amira miró a Dumont con incredulidad.

«¿Por qué actúa con tal apatía?» se preguntó sin comprender.

—No me mires así, si nos involucramos retrasaremos nuestro encuentro con el Sultán y llegar tarde ante un monarca es una gran falta de cortesía.

La incredulidad aún permanecía en el rostro de Amira. Dumont estaba recordándole las reglas básicas de etiqueta, en lugar de hacer lo correcto. En ocasiones las creencias de ese hombre podían desesperarla.

—El señor Dumont tiene un punto —intervino el visir—, no obstante, hay faltas que se permiten cuando es por una causa noble.

Amira lo encaró por primera vez desde que ingresaron a la ciudad, asombrada. Él sacó la mano por la ventana, ordenándole al cochero que detuviera el carruaje al instante. Enver se acercó a la ventana, montado en su camello, tan pronto el coche se detuvo.

—¿Dónde se encontraba la mujer? —inquirió el visir.
—Como a tres casas de distancia, entre uno de los callejones, vestía de ocre y llevaba un velo blanco, mientras que el asaltante tenía una barba muy larga y ropa andrajosa, casi rota —explicó Amira.
—¿Es suficiente con esa descripción, Enver?
—Sí, visir —dijo el guerrero—, tan pronto lo encuentre me reuniré con usted en el palacio.
—Apresúrate —ordenó Abdul.
—Sí.

Enver hizo un extraño sonido con su lengua y partió a toda velocidad.

—El que esto ocurra tras un mes de ausencia no es un buen presagio —pensó el visir, en voz alta.

El visir volvió su atención a sus acompañantes, mostrando un semblante serio y autoritario. Dio un par de palmadas haciendo que el carruaje retomara su curso.

—Ya resuelto el problema, es hora de transmitirles las reglas para su encuentro con el Sultán.

—¿Reglas? No estaba enterado que las había —comentó Dumont.

—¿En su corte no hay un proceso antes de ver a los reyes?

—Por supuesto —dijo Dean, como si fuera evidente—, creí que eran iguales.

—No es lo mismo un rey que un Sultán y por ello las reglas son distintas —aclaró el visir.

Dumont asintió, comprendiendo que debía escuchar con atención cada palabra que iba a decirle, aunque eso le desagradara. Necesitaba que su primer encuentro con el Sultán fuera perfecto. No podía permitirse errores si quería convertirse en su primera opción en cuanto a arte se refería.

—Primero y principal, está estrictamente prohibido mencionar su primer nombre a no ser que el Sultán lo solicite, en caso contrario solo dará su apellido —dijo el visir, en forma maquiavélica.

Amira las conocía, en total eran trescientas veinticinco. Se había instruido desde muy temprana edad con el reglamento, por eso no pudo evitar sorprenderse al escuchar esa. Miró al visir quien le devolvió la expresión con complicidad y lo entendió.

El visir intentaba salvaguardar su identidad ante el Sultán, tratando de que Dumont no cometiese las mismas faltas que hizo frente a él.

—Segundo, deberán ingresar a la habitación con la cabeza gacha, esperarán a que el Sultán les indique que se acerquen y besarán su mano con respeto, retirándose tras otra reverencia.

—¿No le parece que son demasiados pasos? —se quejó Dumont, confundido.

—Suena más complicado de lo que es —admitió él—, por fortuna, podrán verme a mí realizarlo primero, solo deberán imitar lo que haga.

Esa regla era cierta y una de las más importantes, el modo correcto de presentarse: demostraba respeto y fidelidad absoluta. Era casi tan transcendental, como la prohibición de mentirle al Sultán.

—Tercero, si el Sultán abandona la estancia deben mantenerse erguidos y solo reverenciar en el instante en que pase frente a ustedes —explicó Abdul—, cuarto, la más importante: nunca deben mentirle al Sultán, a no ser que quieran perder la cabeza—concluyó el visir.

—Son demasiadas reglas… —susurró Dumont, con cierto nerviosismo.

Abdul ignoró su comentario apenas perceptible.

—Eso cubre lo básico para causar una buena impresión.

—¿Qué debo hacer en caso de que desee platicar de política o religión? —preguntó Dumont.

—Dudo que el Sultán toque esos temas, señor, pero le recomiendo evadir la conversación acerca de la religión. Nuestro pueblo no cree en seres superiores solo en sus gobernantes.

—No tenía idea —dijo Dean sorprendido.

—En cuanto al tema político, puede platicar de ello libremente con cierta moderación; al Sultán le abruma esa clase de conversaciones.

Amira prefirió ignorar la plática, estaba demasiado nerviosa como para concentrarse en algo más que no fuese el paisaje, mientras Dean despejaba algunas dudas que se habían formado tras escuchar las reglas.

El palacio apareció entre los edificios como un espejismo en la arena.

La construcción era imponente, majestuosa incluso, repleta de tonalidades azules, dorados y blancos. Un enorme muro de piedra caliza rodeado por canales de agua creaba la ilusión de cascadas, que conducían hasta la entrada principal. Sobresaliendo el muro, se apreciaban las tres gigantescas terrazas abovedadas alzadas unas sobre otra, formando varios niveles repletos de vegetación: caléndulas, dátiles, palmeras y gran cantidad de lirios blancos, flor que daba nombre a la ciudad.

Al atravesar las murallas, se revelaban los jardines repletos de rosas del desierto y lirios, ubicados estratégicamente para representar una flor desde las alturas. Una enorme fuente de mármol yacía en el centro y detrás de ella, las amplias escaleras que conducían a la entrada del palacio.

El carruaje aparcó al pie de las escaleras y tan pronto la puerta fue abierta por uno de los guardias, Dumont descendió del vehículo emocionado. El visir fue el siguiente en bajar, siendo recibido con una leve inclinación por parte del guardia. Él ignoró el gesto ofreciendo la mano en apoyo para la mujer dentro del carruaje.

El roce entre sus manos fue mínimo, pero al mismo tiempo significativo, acompañado de una mirada de complicidad y gratitud por parte de Amira. Expresaba lo que no se animaba a decir en voz alta. Cuando tocó el suelo, Abdul soltó su mano, apreciando como el diminuto contacto había mejorado su humor.

—Vamos —pidió el visir.

Dumont admiraba las estructuras fascinado, nunca había visto tanto lujo ni siquiera en el palacio del rey de Aegis. Los detalles en la decoración, los colores combinados entre figuras geométricas y ornamentos proporcionaban una sensación mágica al entorno. Los pasillos de mármol dividido por celosías otorgaban la luz necesaria, ahorrando el uso de lámparas durante el día.

Después de varios minutos de atravesar habitaciones, se detuvieron frente a una puerta de roble vigilada por dos guardias a cada lado.

—El Sultán se encuentra al otro lado de la puerta —advirtió Abdul, con seriedad—, no habrá inconvenientes mientras sigan las reglas.

Dean asintió nervioso, pero a la vez preparado. Estaba ansioso por conocer al Sultán del más poderoso imperio, dueño de tierras que se extendían por el desierto y que podría llegar a ser la perdición de muchos si no se conocía el camino. Enderezó el turbante sobre su cabeza y alisó con cuidado la tela de su túnica. Tratando de verse presentable para causar una excelente impresión.

Amira estaba abatida, los malos recuerdos la invadieron tan pronto puso un pie en el palacio. Intentaba no pensar en ellos porque se vería cara a cara con el dirigente. Temía ser descubierta y regresar al *helvurir*, sin embargo, su instinto no dejaba de decirle que corriera lejos de allí, que no entrara. Se sentía como un cordero a punto de ingresar a la boca de un tigre.

Abdul los miró con atención notando las diferencias en los semblantes, centrándose en la mujer. La agonía en su expresión, recordándole a las esposas que enterraban a un ser querido, algo extraño considerando que conocería al líder de un imperio y no iba rumbo a un velatorio.

Emitió un suspiro antes de que anunciaran su presencia al Sultán.

La puerta se abrió revelando el salón del trono, una alcoba demasiado sencilla en comparación con el resto del palacio, pero no por eso menos majestuosa.

El piso de piedra caliza se unificaba con las paredes hasta el techo creando un lienzo en blanco. El espacio estaba rodeado de naturaleza gracias a los balcones en ambos flancos, enalteciendo el trono de madera ornamentado con joyas. El único cuadro que decoraba todo ese espacio se encontraba sobre el trono, captando la atención de Amira por completo.

No le costó reconocerlo. La firma con su apellido de artista se encontraba en el costado inferior derecho. En él, se mostraba una casona tan detallada que parecía cobrar vida en la pintura, rodeada por árboles verdes y naranjas formando un paisaje otoñal.

Fue un encargo que realizó meses atrás, podía recordarlo con claridad porque el cliente le solicitó excelencia absoluta en muy corto tiempo, ya que se trataba de un regalo. Ella jamás podría haber sospechado que era para el Sultán de Zahar. De saberlo se hubiese negado.

El visir ingresó a paso lento siendo seguido por ambos.

La habitación estaba habitada por seis hombres distribuidos a cada lado de la estancia, todos vestidos con ropajes similares al del visir. En el centro yacía el Sultán sentado, portando un caftán azul oscuro y dorado, demostrando una actitud de superioridad absoluta.

Ella se asombró. Parecía bastante joven, alrededor de unos veintisiete o veintiocho años, muy alejado de la imagen que recordaba del dirigente. Tenía el pelo corto, castaño, alborotado y sus ojos eran de un dorado intenso, similares a los de un tigre.

Abdul se aproximó hasta él ofreciendo una inclinación de cabeza, para después tomarle la mano y besar su anillo de forma respetuosa. Mientras que Dumont memorizaba todo con premura sabiendo que sería el siguiente.

—Finalmente llegaron —dijo el Sultán en voz baja mirando al visir con disgusto.
—Hubo ciertos inconvenientes, pero he traído a la artista y su apoderado tal como solicitó —se disculpó el visir.

El Sultán mostró una sonrisa ladina y sus ojos dorados brillaron con picardía.

—Yo no solicité al apoderado —corrigió este—, solo a la artista.

—El señor Dumont es el responsable de la integridad de la señorita, fue una de las condiciones para poder venir.

—¿Están casados?

—No, Sultán, pero ese tipo de preguntas debería realizarlas directamente a ellos.

—¿Aconsejándome tan pronto, Gran Visir? —bufó torciendo los ojos con fastidio.

—Es mi trabajo —le recordó el visir.

El dirigente se puso de pie en dirección al visir. Abdul lo observó expectante hasta que sus brazos lo envolvieron en un abrazo. Reaccionando con lentitud, correspondiendo el gesto inusual por parte del Sultán.

—Es bueno tenerte de vuelta, hermano.

Dumont presenció la escena avergonzado e incómodo, recordando como ofendió al visir días atrás. Esperaba que el malentendido no trajera inconvenientes para la negociación.

Amira nunca imaginó que el visir era el mismísimo hermano del Sultán. ¡Era una idiota! por un momento realmente pensó que podía confiar en él, pero ahora que conocía la verdad lo creía imposible.

Lo más probable era que el visir revelara su identidad, entonces ella sería castigada por escapar del *helvurir* y luego ejecutada.

Prestó atención al dirigente en cuanto comenzó a caminar directamente hacia ella, deteniéndose a pocos metros de distancia, mientras la examinaba.

—Permítame presentarme, soy el Sultán Rajah Zein al-Sfeir o si lo prefiere *El astro del alba*.

Ella inclinó la cabeza en una reverencia para después hacerlo con su cuerpo, con un gesto leve que denotaba respeto.

—Es un placer tenerla en mi palacio, señorita Durand —dijo Rajah, mirándola con intensidad como si intentara descifrarla—, no sabe lo mucho que admiro su trabajo, tiene un don inigualable.

—Me halaga, Sultán.
—Cuando recibí esta obra quedé tan encantado, supe de inmediato que sería la encargada de crear todas las pinturas del palacio.
—Exagera sobre mis capacidades, Sultán, solo soy una simple artista.
—Para mí, es la más talentosa de la época.

El dirigente estiró su mano esperando que la joven la recibiera. Amira besó el anillo inclinando la cabeza, demostrando que estaba a sus órdenes y lo respetaba; definitivamente era mentira.

El Sultán observó a Dumont con interés, analizando el perceptible temblor en el cuerpo del hombre. Posó el anillo enfrente esperando su actuar. Dean estaba nervioso, sintiendo como los brazos temblaban ligeramente. No obstante, consiguió su cometido.

—Señor Dumont, sea bienvenido a mis tierras, espero que su estadía sea agradable. —Dean agradeció con otra inclinación de cabeza.
—Es un honor para mí estar frente a tan magnánima figura. —El Sultán levantó las cejas sorprendido ante las palabras del hombre.
—¿Es con usted que debo negociar los encargos de la señorita?
—Sí, Sultán.

Aquella pregunta la alertó.

—Disculpe, Sultán, ¿ha dicho encargos? ¿Más de uno? —intervino ella, sintiendo como su instinto le advertía que debía escapar de allí ¡Ahora!
—Por supuesto, tengo planeado alrededor de diez cuadros: de paisajes grandes y de la familia real.

Amira observó a Dumont contrariada.

Él nunca mencionó más de un encargo y luego de evaluar su expresión por unos instantes, se dio cuenta que él estaba al corriente de ello. ¡Le había mentido desde el principio!

—No creo que exista inconveniente alguno —dijo Dean, ignorando la fulminante mirada que ella le dirigía. —, pero la cantidad que sugiere podría tomar meses o incluso un año en su elaboración.

Dean hizo a un lado el nerviosismo, mostrándose como el hombre seguro y experto en negocios que era.

—La señorita Durand posee varios contratos pendientes, por eso se nos hace imposible quedarnos por tanto tiempo, a no ser que usted desee resarcirlos—explicó Dumont, interpretando una voz inocente, pero al mismo tiempo seria—, en ese caso ella trabajaría con exclusividad, Sultán, por ese periodo de tiempo.

El Sultán sonrió con tal expresión, que Amira pensó que así debía verse retratada la arrogancia.

—Estoy dispuesto a resarcirle todos esos contratos, mientras ella realiza mis pinturas.
—Sultán, eso sería demasiado, no podríamos aceptar tanta generosidad. —Dean pretendió negarse, realizando otra reverencia en disculpa.
—Caballero, no me ha comprendido. —La voz del dirigente se notaba impaciente al igual que su expresión. —Estoy solicitando una suma por el servicio de la artista y no aceptaré una negativa.

Amira sintió como el aire abandonaba sus pulmones. Tenía deseos de correr, no quería quedarse ni podía. La expresión ingenua de Dumont no dejaba de inquietarla. Quería intervenir y gritar, pero era imposible, un acto tan irrespetuoso podría ameritar que le cortasen la lengua.

Dean evaluaba que decir a continuación.

Ella lo miró suplicante, rogándole en silencio que se negase, que no pensara ni siquiera la propuesta, pero sabía que él lo consideraba seriamente. Quedarse en el palacio garantizaba una vida repleta de seguridad económica para Amira y también para él. No tendrían que buscar clientes ni tampoco soportar malos tratos.

Ante el silencio, el Sultán prosiguió con su oferta.

—Pretendo hospedar a la señorita Durand en el palacio, hasta que termine los encargos, aunque puedo asegurarle que surgirán nuevos.
—¿Se renovaría el contrato? —preguntó Dumont, interesado.
—Tengo planes de decorar gran parte del palacio con sus obras, tantas que necesitará dos vidas para culminar el trabajo —bromeó Rajah.
—Yo permaneceré junto a ella —Lo último fue dicho como una exigencia, que no pasó desapercibida por el Sultán.

—Su solicitud es bien recibida, puede quedarse junto a la señorita Durand, mientras ella lo requiera —aseguró él, con serenidad.

—¿En cuánto al precio? —sondeó Dean.

—Tres bolsas de oro por las primeras obras…

Los ojos de Dumont brillaron al escuchar el monto. Una pintura encargada por una familia adinerada en Aegis costaba solo dos monedas de oro y el Sultán pagaría tres bolsas por las primeras diez; era el negocio de su vida.

—Además de la cantidad para resarcir los contratos —culminó.

Sonrió complacido. Consideraba que era un buen precio para comprar a una mujer tan particular.

Ella sintió la furia formándose en su interior como si se tratase de una tormenta de arena, una que estaba a muy poco de enterrar todo a su paso. Estaba impotente en esa situación, nuevamente era intercambiada como una esclava y Dean parecía no darse cuenta.

—¿Acepta, señor Dumont? —preguntó el dirigente.

—¿No debería preguntar primero a la señorita Durand, Sultán? —intervino Abdul, acercándose—, es ella la que desempeñará el trabajo después de todo.

Amira miró al visir con desesperanza. Él la observó apenado, entendiendo al igual que ella que su intento sería en vano, cuando el Sultán tomaba una decisión nadie podía hacerlo cambiar de parecer. Ni siquiera él.

—¿Por qué lo haría? —indagó extrañado, ante la sugerencia—. Mencionaste que el señor Dumont es su apoderado, los negocios le corresponden a él —rebatió.

—Cierto, pero es una muestra de cortesía con nuestra invitada, a la que está solicitando dejar toda su vida para quedarse en el palacio, Sultán —le recordó con voz severa, como si se tratase de un padre reprendiendo a su hijo.

Dumont escuchó atento las palabras del visir, rememorando como ella se resistió a ir a Zahar aun a costa del dinero. Pensó en lo que podría estar sintiendo Amira en esa situación, en la similar sensación de ser vendida al mejor postor, a renunciar a todo lo que estaba acostumbrada por habitar en el palacio y por un momento creyó que debía negarse de verdad.

—Vivirá en un palacio no en una prisión —objetó fastidiado.

—No todas las prisiones poseen barrotes, Sultán.

El monarca bufó entornando los ojos ante las palabras de su hermano. Volvió a centrar su atención en el hombre frente a él, esperando a que le diera una respuesta antes de que su paciencia se agotara.

—¿Acepta, señor Dumont? —repitió el Sultán.
—Sí, es un trato.

CAPÍTULO: XI

RUPTURA

Un pesado silencio casi asfixiante se esparció por el salón, vertiginoso como una plaga. Las expresiones diversas de los presentes eran dignas de retratar, mostrando desde la satisfacción más pura hasta la miseria absoluta.

Amira no sabía cómo continuaba de pie, en una postura compuesta cuando en su interior estaba destruida. Había sido traicionada por su amigo, el hombre en el que confió desde que era una niña, el que la protegió y defendió de los demás. Él, que desafió las convicciones sociales por ayudarla… era el mismo que la había trasferido al Sultán sin notarlo. Eso hizo, la vendió.

—Es magnánimo, Sultán, muchas gracias —respondió Dumont, inclinando su cabeza.

—No hacen falta los halagos, sé bien que lo soy —aseguró sonriente—. Encargaré que preparen una alcoba para usted, creo que las habitaciones al este del palacio podrían ser de su agrado. Poseen una encantadora vista a la ciudad.

—Suena maravilloso —dijo Dean.

El Sultán desvió su atención a la mujer callada junto a Dumont. Frunció el ceño al notar lo inmóvil que se mostraba que, si no fuera por la oscilación en su pecho, podría jurar que se trataba de una escultura.

«Una muy bonita y especial» pensó Rajah.

—Señorita Durand, solicité que le preparasen una alcoba en el *helvurir* real. Estoy seguro de que le encantará.

Amira no respondió, intentando procesar las palabras que se transformaban en un eco dentro de su mente. ¡Él había preparado una alcoba con antelación para ella! El Sultán tuvo la certeza desde el comienzo de que Dumont aceptaría su oferta.

«Arrogante» pensó.

—¿No podría quedarse en alguna otra área? —intervino Dumont, recordando lo que Amira sentía por ese lugar—. Una de las alcobas contiguas a la mía, por ejemplo.

—En su reino no conocen el *helvurir*, pero en todo Zahar no hay lugar más seguro para una mujer.

—¿Resguardadas por guardias? —indagó Dumont.

—Por eunucos —agregó rápidamente.

Dumont asintió, convenciéndose de que quizás ella exageraba en cuanto al terror vivido allí. Pensando que era un lugar repleto de comodidades para las mujeres.

—Permaneceré tranquilo si se encuentra bajo su protección —dijo Dumont.

—Visir Amir. —Un anciano de cabellera canosa y barba muy larga, dio un paso al frente—. Escolte a nuestro invitado a su alcoba y ayúdelo en lo que necesite.

El anciano asintió y tras realizar una reverencia imitada por Dumont, abandonaron el salón rumbo a las habitaciones del ala este.

La mandíbula de Amira se tensó, los nudillos de sus puños se apretaron hasta tornarse blancos. No lo aceptaba, se negaba a volver al *helvurir*, prefería ser castigada o morir antes de regresar allí.

Ella contempló desafiante al Sultán, transmitiéndole en silencio que no estaba dispuesta a ceder a sus deseos. Lo observó tan vehemente que se sintió intrigado por ella.

—No tengo intenciones de permanecer en el *helvurir*, Sultán —participó Amira, enojada—, en realidad, no planeo quedarme en absoluto.

Las palabras sorprendieron a los presentes descolocándolos lo bastante para conseguirle tiempo, mientras Rajah digería la afronta. Amira aprovechó la oportunidad para salir corriendo hacia los balcones con intenciones de saltar. Debía ser rápida o los guardias que vigilaban la puerta la retendrían.

—¡Atrápenla! —demandó el Sultán.

Los visires intentaron sujetarla, pero ella los esquivó sin dificultad. En su mayoría eran ancianos que no podían moverse demasiado rápido.

Cuando sus manos acariciaron el borde sintió que podría salirse con la suya. Miró al fondo con temor, la distancia que la separaba de su escape era una altura de casi siete metros, pero valía la pena el intento a quedarse en el *helvurir*. Con agilidad subió una de sus extremidades al muro, pero una mano detuvo su avance.

Ella se giró, encontrándose con dos tonos de ojos profundos, repletos de preocupación. El Gran Visir la haló atrayéndola a su cuerpo, la sujetó por los brazos, forzándola a bajar del muro sin que opusiera resistencia, obligándola a regresar al salón.

Los pasos del Sultán, lentos pero firmes, retumbaron por la habitación trayendo consigo un mal presagio. Amira lo esperaba atenta, había cometido varias faltas graves al intentar escapar, pero prefería eso a volver al *helvurir*. Intentó zafarse del agarre del visir un par de veces, pero este la sostenía firme atrás de ella.

—Quédate tranquila o empeorarás la situación —susurró Abdul, junto a su oído.

El dirigente se detuvo frente a ella, analizándola con interés de arriba abajo. Posó su mano debajo de la barbilla obligándola a encararlo. El Sultán estaba furioso, sus ojos relucían un fuego penetrante y peligroso, uno que intimidaría a un ejército, pero Amira lo miró con la misma intensidad.

—Eres una fiera que necesita ser domada. —Él sonrió con desdén al recordar un evento del pasado.

El sonido retumbo por el salón como un eco.

Ella sintió como su mejilla se enrojecía por la fuerza impregnada en la bofetada: una que demostraba furia contenida. El impacto fue tal que tuvo que regresar la cara a su posición original, encarando al Sultán con la misma intensidad. Dándole a entender que no se sometería por un simple manotazo.

—No me quedaré en su *helvurir*.

—¿Pretendes continuar con tu desobediencia? —se burló con incredulidad. Nunca una mujer lo afrontó de esa forma y a él le encantaban los desafíos.

Alzó la mano de nuevo, preparándose para atestar otro golpe a la mejilla de la mujer. Ella cerró los ojos esperando el impacto, pero nunca llegó. Amira abrió los ojos curiosa, encontrando una impensada escena.

El visir detenía con su mano el brazo del Sultán. Debatiéndose en una lucha silenciosa por el poder y el control de la situación, en la que ninguno estaba dispuesto a ceder.

—Está siendo imprudente, Sultán —reprochó Abdul, con mesura—, esto puede acarrearnos problemas con el reino de Aegis.

—Castigo la insolencia, Gran Visir, no veo que problema pueda traernos.

—No debería tomar represalias contra una extranjera, a la que parece haber retenido contra su voluntad encerrándola en cualquier alcoba del *helvurir*. —El reclamo del visir llamó su atención lo suficiente para considerar sus palabras.

Apartó el brazo evaluando la situación. Meditó la conversación ocurrida hacía unos momentos durante un largo minuto, comprendiendo los motivos de la mujer para intentar escapar.

—Le ofrezco mis más sinceras disculpas, señorita Durand. No me di cuenta de que mis palabras podían malinterpretarse.

Amira estaba confundida, no esperaba una reacción semejante de parte del hombre que acababa de golpearla. Se notaba más calmado, pero su expresión no demostraba arrepentimiento; no confiaba en él.

Ella no respondió.

—Gran Visir, escóltela al *helvurir*. —El rostro de ella volvió a descomponerse. El Sultán al notar su expresión, agregó—. No se preocupe, señorita, no tendrá por qué relacionarse con personas inferiores a su clase. Además, podrá vagar libremente por el palacio a diferencia de las demás mujeres.

—¿Por qué tanta libertad? —indagó Amira suspicaz.

El Sultán sonrió intrigado por el comentario de la mujer.

—Necesitará desplazarse con comodidad para pintar el palacio.

Ella iba a objetar, pero el visir suplicó junto a su oído que guardara silencio. Amira quiso resistirse, no obstante, su instinto le indicó que obedeciera.

—Gran Visir, recuerde la orden que acabo de darle.
—Enseguida, Sultán —respondió Abdul, brindando una reverencia.

Abdul la miró con una expresión impávida que no aceptaba réplicas. En cuanto solicitó que lo siguiera, ella lo hizo sin oponerse.

El Sultán permaneció en el salón completamente intrigado, no solo por el comportamiento de la mujer, sino por el arrebato de su hermano mayor.

El caminar presuroso del visir, alertó a muchos de los eunucos en cuanto se adentraron a los pasillos del *helvurir*. Ganándose algunas miradas seguidas de leves inclinaciones respetuosas.

La pareja transitaba en silencio, no porque no tuvieran nada que decir, sino todo lo contrario. Era tanto lo que necesitaban hablar, que de haberlo hecho en los pasajes hubiesen atraído demasiada atención.

Cuando el visir se detuvo frente a la enorme puerta azul, un escalofrío recorrió la espalda de Amira hasta su cuello. Abdul lo notó, pero prefirió guardar silencio.

Abrió la puerta y con un gesto de la mano le indicó que entrara a la alcoba. Esperó un par de minutos, pero la joven no parecía querer moverse.

El estupor de Amira evocaba gran cantidad de emociones por el lugar en donde se hallaba, se preguntaba: ¿cuáles eran las posibilidades? De todas las alcobas de *helvurir* —que eran más de cien—, justo habían preparado esa para ella.

Aún sin entrar, se daba por enterada del contenido de la alcoba como si hubiese estado allí el día anterior y no casi veinte años de ausencia. Aquella habitación fue en una época los aposentos de su amada madre, y también su condenatorio.

—Señorita Durand, por favor ingrese.

La impaciencia en la voz del visir no pasó desapercibida para ella, aunque quisiera, su cuerpo parecía incapaz de obedecer sus órdenes. Sus pies no se movían.

Al no obtener respuesta, Abdul la tomó de la mano arrastrándola al interior. Estaba dispuesto a reprender su comportamiento, a replicarle su actitud que podía haber provocado algo mucho peor a una bofetada, a decirle que debía ser cuidadosa porque ahora ella le pertenecía a Rajah, pero se vio privado de hacerlo al notar su condición.

Amira contemplaba su alrededor agobiada al ser tan exacto a como lo recordaba. El calor de las lágrimas acumuladas le quemaban los párpados y en cuanto cerró los ojos por un breve segundo, estas recorrieron sus mejillas. Quería hablar, pero no podía.

—Amira… —llamó Abdul, con honesta inquietud.

Esperaba cualquier reacción de esa mujer menos la que estaba admirando en ese momento. Suponía que intentaría escapar, que lo golpearía, que haría un escándalo, pero jamás creyó verla tan frágil. Era la viva imagen de una mujer rota, destruida y verla fuc dcvastador.

—¿Qué te sucede? ¿Es por el golpe del Sultán? —indagó confundido—. Si no me hubiese tomado desprevenido, lo habría impedido.

Ella negó con un ínfimo movimiento de cabeza, mostrando una mueca deforme que solo un idiota podría llamar sonrisa. El líquido salino no dejaba de fluir, ella ya no sabía si llorar ante el abrumo de su sentir o la humillación de hacerlo frente al Gran Visir.

—Re …regresé —sollozó, demasiado fuerte como para ser ignorado.

El pecho de Amira se contrajo dolorosamente antes de que sus piernas flaqueasen y se derrumbara sobre la suave alfombra del piso, viéndose acabada por primera vez desde que escapó, sintiéndose derrotada ante el destino.

En el pasado su madre estuvo allí para protegerla, pero ahora ya no existía. Estaba sola y no podía confiar en nadie, no después de que Dumont la traicionara de semejante manera.

Los recuerdos de los últimos instantes en que vio a su madre en esa alcoba la golpearon tan fuerte que parecía que un puñal se había alojado en su pecho y de no ser por los fuertes brazos que la envolvieron protectoramente hubiese caído al suelo por completo.

Ella alzó la mirada con pesar, abochornada ante la exposición de sus emociones. Esperaba ver en los ojos del hombre que la sostenía algún rastro de burla, superioridad, incluso antipatía; mas solo encontró en ellos comprensión, angustia y honesta preocupación.

Rendida ante lo ocurrido y los recuerdos que la atormentaban, se dejó abrazar por el visir. Él la recibió en un gesto cariñoso, acunándola en su pecho, permitiendo que se desahogara entre sollozos y lágrimas.

CAPÍTULO: XII

REVELACIÓN

Zaid caminaba con firmeza por los pasillos haciendo oídos sordos de su acompañante. En ocasiones, el guardia no podía evitar preguntarse cómo el Sultán, de entre todas las mujeres del *helvurir,* había escogido a una tan indiscreta como favorita.

—Si el Gran Visir vuelve a dejarme atrás haré que el Sultán te azote por obedecerle. Es una total falta de respeto que me hayan dejado —se quejó Jalila—, soy la mujer del Sultán, no una simple criada.

El guerrero pensó que solo se trataba de una de entre tantas, y consideraba que, si la joven no aminoraba ese comportamiento tan impertinente, dejaría de ser favorecida muy pronto.

—Es un asunto que debe discutir con el Gran Visir directamente, señorita Jalila, solo sigo órdenes.

—No me importa. Es deber de los guardias proporcionarnos comodidades, en especial a la favorita del Sultán.

—Lo sé, pero solo seguí las órdenes que me indicó el Gran Visir.

Jalila continúo quejándose hasta llegar a sus aposentos, de los que Zaid no tardó en marcharse a la brevedad después de haberla dejado dentro. No lo creía posible, pero estaba verdaderamente exhausto de escucharla.

Él tomó rumbo a los cuarteles del palacio yendo por el camino más corto, con intenciones de toparse con Enver. Hacia muchas horas desde la última vez que lo había visto y no podía evitar preocuparse. Suspiró con pesadez. En ocasiones se sentía atareado por sus deseos de mantenerlo a salvo.

Avanzó con paso presuroso por los pasillos del *helvurir*, teniendo presente el desagrado del Sultán por cualquier hombre —que no fuese eunuco— que intentara ingresar allí sin sus órdenes.

Él estaba siguiendo los edictos del Gran Visir, pero de igual forma sentía incomodidad y cierto temor por ser reprendido, al estar en la estancia destinada solo a los miembros más próximos de la familia real. Algo que consideraba absurdo pues, de entre todos los guardias del palacio, era el que menos interés poseía en las mujeres del Sultán.

Atravesó dos pasillos completos, dejando atrás el área de las sirvientas y las concubinas. Se adentró en el corredor real, destinado a la madre, hermanas y esposas del Sultán; ignorando a uno que otro eunuco vigilando la entrada de alguna alcoba.

Pasó frente a un par de habitaciones más, antes de detenerse de modo abrupto. Al principio, especuló que se trataba de una ilusión causada por su mal descanso esas últimas noches, pero al mirar de nuevo se dio cuenta de que era una imagen real y bastante peligrosa.

El estupor no lo dejó reaccionar como es debido. Quedándose de pie estático en la puerta, observando: el Gran Visir sentado en el suelo abrazando a la artista, sin que ninguno se percatara de su presencia.

Zaid no estaba seguro de cómo actuar, pero sabía que si algún otro veía esa escena podía causar serios problemas a su amigo. Aproximándose con sumo cuidado de no hacer ruido, tomó el pomo de la puerta intentando cerrarla con delicadeza. Hasta que advirtió que estaba siendo observado.

La saliva se quedó atorada en su garganta unos instantes al verse descubierto por Abdul. Esperaba algún reproche, pero en cambio recibió un asentimiento solicitándole que prosiguiera junto a un *gracias*, leyéndolo en sus labios pese a la distancia.

Al acabar su misión, se encaminó rápidamente a los cuarteles, no sin antes jurarse nunca mencionar lo que había visto a ninguna persona.

La pesadez que habitaba en sus párpados le dificultaba abrirlos. Por primera vez en mucho tiempo una sensación extraña de seguridad la reconfortaba.

—Despertaste al fin. —La calmada voz del visir regresó a Amira a la realidad.

Ella se alarmó al recordar el contexto en el que se encontraba. Retrocedió con ayuda de sus manos y pies, hasta golpear por accidente la espalda contra la pared. Azorada. Desconocía cuánto tiempo había dormido en el pecho de ese hombre.

Buscó la ventana más próxima con la mirada, divisando el cielo nocturno y la luna en su apogeo. Eso la tranquilizó un poco, pensando que solo habían pasado un par de horas en esa incómoda situación.

El visir estiró sus piernas y brazos entumecidos por permanecer tanto rato en la misma postura, se levantó y caminó hasta ella, ofreciendo su mano caballerosa para ayudarla a levantarse del suelo.

—Puedo hacerlo sola —aseguró ella, renuente a mirarle.
—Lo sé, pero no es malo aceptar ayuda cuando se la ofrecen.

Amira suspiró con pesadez, ignorando la mano extendida de Abdul, antes de levantarse.

Él sonrió de medio lado con cierta impaciencia. El que le permitiese abrazarla horas atrás había sido solo un evento fortuito que dudaba que se repitiese, al igual que el día en que le agradeció.

—Lo es cuando es el hermano del Sultán quien ofrece la ayuda.
—¿Eso será un problema para que confíe en mí? —preguntó Abdul, incrédulo.
—¿Qué cree?

«Una mujer exasperante» pensó Abdul.

—Sabes que debemos hablar, no es una conversación que pueda evadirse —comenzó él, con semblante serio—. Tu actuar fue muy imprudente, arriesgado y pudo costarte la vida. No conoces el temperamento de Rajah, ni de lo que es capaz.
—No necesito conocer a este Sultán para saber que es igual o peor que su padre —aseguró.

—¿Qué sabes de mi padre? —preguntó él, intrigado.

Ella apartó el rostro a otra parte renuente a contestar. Aprovechó la oportunidad para llevar su mano hasta la mejilla agraviada. El solo roce de sus dedos ardía, lo que indicaba que en unas horas se formaría un moretón en el rostro.

Al pasar un minuto en absoluto silencio el visir intuyó que no obtendría respuesta a su pregunta.

—Lamento mucho no haberlo evitado —confesó al mirar el enrojecimiento en el rostro.

—No es su responsabilidad detener la mano del Sultán, al contrario, su deber es sostener a la víctima para que la golpee con facilidad —se burló Amira, cuyá expresión desapareció al notar el semblante masculino.

La seria expresión le recordó que él detuvo el segundo ataque, arriesgándose a un castigo peligroso por haberlo desafiado y, de no ser por la excusa que inventó, probablemente ella se encontraría en el cepo más cercano, siendo azotada por su insolencia.

—¿Por qué me ayudó? —indagó Amira.
—¿Lo hice? ¿Realmente? —preguntó él, con sarcasmo.
—Si continuamos de esa manera la conversación no llegará a ningún lugar —respondió ella, disgustada.
—Ya sabes lo que siento cada vez que trato de platicar contigo —rebatió Abdul, frunciendo el ceño.

Ella suspiró, tratando de dejar todo el enojo que sentía en su contra, a pesar de que la tuteara sin su consentimiento. No podía confiar en él, pero debía admitir que se estaba tomando demasiadas molestias en ayudarla.

Sin decir nada, atravesó la alcoba pasando frente a él como si no estuviese y tomó asiento en la cama.

Sintió la suave tela entre sus dedos, añorando los momentos en que solía acudir a su madre cuando tenía un mal sueño y ella solía recibirla entre las sábanas con una sonrisa que irradiaba el más puro amor maternal.

—Gracias por protegerme del Sultán. —La voz de la joven irradiaba tal sinceridad que Abdul no pudo evitar sorprenderse. Amira ignoró su reacción—. También… por acompañarme en un momento de fragilidad —concluyó con vergüenza.

—¿Eso quiere decir que ya confías en mí?

Amira intentó contener una sonrisa maliciosa antes de responder.

—¿Confiar? —repitió—, no confío en nadie, visir. Me permití hacerlo con Dumont y mire como termino todo. —Estiró sus manos mostrando su alrededor—. Además, usted es el hermano del Sultán. Su mano derecha.

—No es culpa mía haber nacido en la misma familia que él —se quejó el visir.

—Pero sí decidió seguirle y aceptar la responsabilidad.

Abdul guardó silencio un momento, tratando de pensar otra manera de abordar los temas de su interés sin que ella fuese esquiva. No era tonto, siempre supuso que si se enteraba de su parentesco con Rajah se mostraría renuente a confiar en él.

No la culpó, cualquiera que tuviera relación directa con el Sultán sería digno de sospecha. Él más que nadie sabía de lo que era capaz su hermano y solo recordarlo lo turbaba.

—Las circunstancias por las que sigo al Sultán son privadas, pero puedo contarte si confías en mí.

—¿De qué me serviría? La información que puede darme no me será de utilidad.

—Lo será —aseguró el visir—, lo prometo.

—Lo promete —recalcó ella, escéptica.

Amira se levantó de la cama acercándose lo suficiente para tocar con la punta del dedo índice el pecho del visir. Acusadoramente.

—Prometió protegerme y ahora me encuentro atrapada en el *helvurir* —replicó enojada, caminando de un lado a otro—, presa en la misma habitación de mi madre.

—Evité que sufrieras un castigo peor que lo… ¿qué dijiste? ¿La habitación de tu madre? —dijo intrigado.

Las manos de Amira cubrieron su boca en acto reflejo. Había revelado demasiado y podía verlo en la expresión del visir. Se reprendió por haber expuesto algo tan importante; fue muy descuidada.

El estupor de Abdul fue inexpresable. Se quedó inmóvil observándola fijo, sin decir una palabra. Sus pensamientos traían a colación historias del pasado que su padre le relató, una de tantas ocurría en la habitación en la que se encontraban, y no podía evitar el desconcierto al recordarlo.

La mente de Abdul unía las piezas del rompecabezas con facilidad. Recapitulando todos los detalles de las conversaciones previas con ella y rellenando los faltantes con las historias de su padre.

«Que iluso fui» se dijo para sí, reprendiéndose por no descubrirlo antes.

Al principio, creyó que Amira era una odalisca o alguna criada que escapó del *helvurir*. Luego de verla bailar, imaginó que fue una de las pocas seleccionadas para ser concubinas al crecer: mujeres tan talentosas desde la niñez que eran apartadas y educadas para convertirse en esposas sin necesidad de pasar por el proceso de selección regular. Sin embargo, ella...

—Eres la hija de Samira, ¿verdad? —Amira apartó la mirada, retrocediendo un paso, sintiéndose acorralada—. Es hija de la segunda esposa de mi padre.

CAPÍTULO: XIII

CONFIANZA

Él continuaba observándola, frunciendo el ceño, esperando con paciencia una respuesta de su parte, pero ella no demostraba ninguna intención de hablar.

—¿Es la hija de la sultana Samira? —La voz del Abdul fue exigente y un tanto intimidante.

Amira retrocedió otro paso, él avanzó uno, ella descorrió dos más y él la siguió. Repitieron la misma acción hasta que, sin notarlo, tropezó con el dosel, cayendo de espaldas en el colchón. Tomó asiento de inmediato, tropezando con la repentina cercanía del visir, quien tomó asiento frente a ella en la cama.

—¿Y bien? Responde por las buenas, Amira —suplicó el visir—, no me obligues a revelar esta información a mi hermano, ambos sabemos que no acabaría bien.

—¿No tiene intenciones de decírselo? —Ella lo miró desconcertada. Sorprendida incluso.

Él negó con la cabeza guardando silencio. Contempló sus ojos durante un momento, buscando una señal, algún gesto que le indicara que mentía. Era lo más lógico que lo hiciese, pero no fue así. Como cada ocasión en que él solía hablarle con semejante seriedad, podía encontrar sinceridad en su mirada.

La confortable sensación de seguridad la invadió de nuevo, y sus fiables instintos parecían haberla abandonado. No poseía otra opción que confesarle la verdad, después de todo su identidad ya había sido expuesta.

—¿Promete guardar el secreto, Visir?

—Lo juro —dijo él, dibujando una pequeña *X* con su meñique sobre su corazón.

Una diminuta sonrisa apareció en el rostro de Amira al presenciar ese gesto, rememorando la característica seña que solían hacer los niños con honor. El dibujo sobre el corazón quería decir *por mi vida*.

—Soy la única hija de la sultana Samira.

La expresión de sorpresa del visir no satisfizo a Amira, que esperaba un poco más de bullicio ante la confirmación.

—No se nota muy sorprendido —comentó ella.

—Lo estoy —aseguró—, es solo que… mi padre me mencionó esto cuando era solo un niño.

—¿Le contó de mi existencia?

—No exactamente, él me informó que su segunda esposa estaba embarazada mucho antes de que intimaran…

Ella lo miró con malos ojos, pero aguardó en silencio a que continuase.

—Cuando el bebé nació, su visir le sugirió aniquilarlo, pero al ver a la recién nacida quedó tan prendado de la criatura que prefirió resguardarla en el palacio y prepararla para ser una de las consortes de sus hijos.

Amira entornó los ojos con incredulidad, revelando con una sonrisa insolente que no creía una palabra de aquella historia, con excepción quizás del destino decidido para la recién nacida.

«Las mejores mentiras son las que se entrelazan con la verdad» recordó Amira.

—Hermosa historia, pero dígame, ¿el Sultán mencionó como sabía que la mujer estaba embarazada antes de intimar? Quiero decir, si la dirigente del *helvurir* lo hubiese notado, jamás hubiese permitido que la pareja consumase la unión, por lo que el embarazo no era evidente.

—Es cierto, nunca lo comentó y yo era tan pequeño en ese entonces que no pregunté —confesó el visir intrigado—. ¿Me dirá la respuesta?

Ella meditó unos momentos pensando cuidadosamente que decir. No deseaba tocar temas demasiado delicados para ella. Así que, tras la breve pausa, comentó:

—No haré el relato demasiado largo, solo diré que mi madre ya había dado a luz cuando fue llevada al palacio, como una criada para el Sultán.

—¿Una criada? ¿Samira fue una sirvienta del *helvurir* antes de convertirse en esposa? —indagó asombrado el visir.

—No, pero era la intención inicial. Su padre, descubrió la posición política de mi madre y convertirla en criada no sería algo prudente.

—Su madre gobernaba en un reino que ya no existe, ¿no es así?

—Existe, solo que con otro nombre y bajo otros gobernantes —dijo Amira, con evidente incomodidad en su voz.

El visir la miró con la más sincera extrañeza, mientras intentaba recordar algún lugar que sus antecesores conquistaran para convertirlo en parte del imperio. Después de meditarlo por unos minutos, se dio por vencido y le indicó a la joven su desconocimiento.

—Zanabaq, años atrás era conocido como la capital del antiguo imperio de Ktar. —Hizo una pausa notando el desconcierto en el rostro de su acompañante, parecía atónito ante el descubrimiento.

—Imposible —rebatió incrédulo—, Zanabaq era un oasis deshabitado cuando mi padre llegó.

Ella mostró una sonrisa perspicaz antes de proseguir.

—Eso es lo que dicen los libros —concordó Amira.

«Libros escritos por los antepasados del Sultán» pensó ella.

—Dígame visir, ¿cómo es posible construir el palacio, la ciudad y las murallas que la protegen en tan corto tiempo? Durante mi infancia, a no ser por la pintura de las paredes y alguno que otro decorado, no llegué a ver construcción alguna. Y estuve ocho años viviendo aquí, en un palacio que, según los expertos, tomó casi seis años erigir.

—No podría asegurarlo —dijo no muy convencido—, mi padre me mantuvo alejado, preparando mi educación —confesó—, pero ahora que lo mencionas, recuerdo que la capital fue trasladada a Zanabaq en ese entonces y no se me permitió venir hasta que fui un adolescente.

—Es cuestión de sacar cuentas o hablar con algún superviviente de ese entonces. —Ella lo meditó unos segundos—. Aunque dudo que los haya.

—Prosigue, ¿por qué mi padre se casó con Samira?

—Según mi madre, la decisión del Sultán se debió a que no quería rebeliones por parte del pueblo. Al casarse con la reina, limitaba el número que podían alzarse en su contra.

—¿Y tu padre? ¿Qué ocurrió con él?

Una sombra de tristeza se posó sobre el semblante de Amira, tragando con dificultad, buscando el valor suficiente para decir las palabras sin que sonaran dolientes.

—El Sultán Antara… mi padre… —su voz se quebró un poco, realizando una breve pausa antes de continuar—, fue asesinado por propia mano del Sultán Hasam, el mismo día en que tomó a Samira como esposa.

El rostro desencajado del visir le hizo comprender a Amira que él no solo le creía cada palabra, sino que además se cuestionaba quien fue su padre en realidad. Sin entender muy bien el motivo, sintió pena por él, una enorme tristeza la embargó al notar el desconcierto en su semblante, e instintivamente —ya que ella se negaba a pensar que podría haberlo hecho de alguna manera intencional— posó su mano sobre la de él, consolándole.

Él tomó su mano apreciando el contacto que le ofrecía, a la vez que con el pulgar acariciaba ligeramente sus dedos, meditando sus palabras. Aquel gesto ínfimo era muy significativo, en especial para Amira, que sin darse cuenta bajaba sus barreras ante el visir cada vez más.

El silencio que inundó la habitación no era incómodo, por el contrario, se percibía mucha paz a su alrededor. Una calma similar a la que se siente luego de una fuerte tormenta y Abdul, que se debatía en el que creer, no podía evitar sentirse tranquilo. La unión de sus manos lo llenaba de serenidad inexplicable y le daba la impresión de que todo saldría bien.

Toc toc.

El repentino sonido de la puerta los sobresaltó, separándose de inmediato. Ninguno dijo nada, esperando que el responsable del ruido decidiera marcharse o diera pista alguna de su identidad.

Amira no conocía a ninguna mujer del palacio para que estuviese tocando a su puerta y dudaba mucho que Dumont lograra penetrar la seguridad del *helvurir.*

El tocar se repitió nuevamente seguido de la voz de una mujer que ella desconocía. No obstante, por la palidez repentina que había adquirido el visir después de escucharla, dedujo que se trataba de una persona muy importante.

—Es la primera esposa de Rajah —susurró el visir—, la sultana Rania.
—¿Es la dirigente del *helvurir*? —él asintió en respuesta a su pregunta.
—No puede encontrarme aquí.
—Por supuesto que no —dijo ella, con tono evidente.

Abdul comenzó a evaluar sus alrededores buscando un escondite pertinente, mientras se reprochaba por ser tan descuidado. Ningún hombre, que no fuese el Sultán, debía permanecer en la alcoba de una mujer del *helvurir* o sería gravemente reprendido.

Consideró ocultarse bajo la cama, pero sería muy evidente. Evaluó el armario junto a la puerta, mas el decorado hueco de la madera revelaba su interior. La cortina azul frente al balcón no era lo suficiente larga como para evitar que se viesen sus pies y detrás del bastidor adyacente al tocador, ocurría el mismo inconveniente que con el armario.

—*¡Abra la puerta!* —La voz se escuchó más apremiante y los golpes contra la madera aumentaron su intensidad.

Amira notó como la paciencia de la sultana comenzaba a agotarse, por lo que, sin vacilar, se acercó al tapiz decorativo adyacente al tocador y lo corrió a un costado. Debajo de este, se apreciaba un portón blanco de material y color semejante al de las paredes, dificultando que fuese localizado.

Empujó el portón hasta abrirlo, revelando un pasadizo angosto, sucio, cubierto por telarañas y polvo.

Abdul no tuvo tiempo de salir de su estupor, pues tan pronto la artista abrió el escondrijo, comenzó a empujarlo para que entrara en él. Al cumplir su misión con éxito se giró, encarándole con seriedad.

—Guarde silencio y no haga el menor ruido.

El atónito visir se debatió si su sorpresa por haber descubierto aquel pasadizo era superior al hecho de que ella quisiera ayudarlo. Luego de un minuto de considerarlo, concluyó que el que ella deseara protegerlo le parecía más impactante que cualquier cosa. Sin embargo, también cabía la posibilidad de que lo hiciera para no ser castigada. Aun así, Abdul prefirió pensar que lo había hecho por él.

—Gracias —susurró Abdul.

Ella inclinó la cabeza en respuesta.

Tan pronto ocultó el escondite cerrando la puerta y recolocando el tapiz, asegurándose que no podría ser descubierto, se encaminó a atender a la disgustada mujer que no dejaba de tocar.

Al abrir se encontró con dos mujeres de apariencia contradictoria. Una de ellas, la que había estado golpeando, dibujaba una expresión de incomodidad y vergüenza. La otra en cambio, vestía un caftán verde intenso lleno de hilos dorados y una mueca evidente de disgusto en su expresión. Supo de inmediato que ella debía ser la sultana.

Inclinó la cabeza respetuosamente, aprovechando la oportunidad de apartarse de la entrada, permitiendo el acceso de las mujeres a la alcoba. Ya adentro, la sultana miró a los alrededores de la habitación, buscando cualquier indicio de algo fuera de lugar, siendo infructuosa.

—He sido informada de que es la nueva invitada del Sultán, señorita Durand —dijo Rania disgustada, evaluando la apariencia de ella con severidad—, comprendo que es aegisiana y que su cultura sea muy diferente de la nuestra, pero le solicitó que mientras permanezca en nuestras tierras intente adaptarse a nuestro modo de vivir. Puede comenzar, atendiendo al llamado de la puerta con prontitud.
—Sí, sultana —respondió Amira, realizando otra inclinación ante ella.
—Bien, una falta por parte de una extranjera es entendible, lo dejaré pasar en esta ocasión, pero que no se repita —advirtió Rania, suavizando la expresión dura en su rostro—. Le traje un presente, será de ayuda durante su estadía en el palacio.
—Es un honor recibir un obsequio de su parte, sultana.
—Sultana Rania, querida —corrigió ella, esbozando una sonrisa que denotaba superioridad—, prefiero ser llamada por mi nombre después de mi título.
—Sí, sultana Rania —respondió Amira.

Rania se maravilló por la adecuada conducta de la chica que, de no ser por su tardía respuesta al dejarla entrar, manifestaba tal cordialidad y respeto ante ella que la desconcertaba. De los pocos aegisianos que conocía, ninguno jamás actuó tan propiamente en su presencia.

—Ahora, lo que nos atañe —continuó la sultana—, ella es Zully, una de mis criadas. —Hizo un ademán con la mano enseñando a la mujer, luego prosiguió—. Es su nueva dama de compañía, será la encargada de guiarla y proporcionarle lo que necesite. Comenzará su función mañana mismo.

Amira deseaba rechazar el *regalo* de la sultana, pero su nerviosismo de verse descubierta sumado a la escena que realizó frente al Sultán y la prisa por sacar al visir de su escondite, supondría una falta grande. Tener como enemiga a la gobernante del *helvurir* podría ser muy arriesgado por lo que, con pesar, aceptó.

Le agradeció con otra leve reverencia provocando en la sultana una sonrisa complaciente. Sin más que agregar, ambas mujeres se retiraron de la alcoba encaminándose a sus respectivos aposentos.

Amira las despidió en la puerta, verificando que las damas hubiesen desaparecido sin intenciones de regresar. Gracias a esa precaución, se percató de que ahora su habitación tenía a los costados de la entrada a dos eunucos, siendo imposible para el visir salir por allí.

Al retornar a la alcoba, se apresuró a sacar a Abdul de su escondite. Estando en condiciones decadentes y sin ventilación apropiada, podía llegar a ser mortal. Apartó el tapiz y abrió la puerta con prisa, encontrando al visir sentado en el piso, recostado contra una de las paredes con la respiración agitada. Él le obsequió una mueca tan agradecida al verla que la hizo estremecer.

—¿Se encuentra bien? —preguntó Amira, colocándose a su altura.
—Es un pasaje terrible… con razón no se… utiliza—bromeó el visir, entrecortado.

Al culminar sus palabras, comenzó a toser incontrolable durante medio minuto. Al mermar la tos, ella puso su brazo alrededor del cuello levantándolo del suelo y trasladándolo hasta la cama, permitiéndole recostarse mientras se reponía.

Volvió un momento para sellar la puerta y colocar el tapiz en su posición habitual. Al acabar su labor regresó junto a él, arrodillándose para estar a su altura al costado de la cama.

El visir estaba pálido, su frente sudada y la respiración agitada. Su ropa tenía rastros de polvo con algunas telarañas. Tuvieron que transcurrir largos minutos antes de que su aspecto retornara a la normalidad y mientras esperaban sus miradas se encontraron.

La conexión entre ellos volvió, recorriendo sus cuerpos tan intensamente como la primera vez que se vieron. Era innegable que el sentimiento que emergía al estar juntos propasaba lo ordinario, trayéndoles absoluta paz y un nivel de entendimiento inexplicable por el sentir del otro.

—¿Q-Qué es ese lugar? —preguntó Abdul, con molestia en la garanta.
—Un pasaje secreto. Mi madre me ocultó allí en algunas ocasiones cuando era niña.
—¿A dónde va?

Ella solo se encogió de hombros. No lo sabía.

—¿Su madre…la dejaba… allí? —Abdul no supo si su voz se cortó por causa de la agitación o del horror que le producía una idea semejante.
—Ella no cerraba la puerta, solo cubría el pasaje con el tapiz —aseguró Amira, avergonzada—. No fue mi intención asfixiarlo, pero no sabía si ellas investigarían la alcoba.
—¿Realmente?

Amira estaba empezando a comprender que cada vez que él decía *realmente* estaba siendo sarcástico o irónico.

—Lo digo de verdad, pese a que me encantaría matar al hermano del Sultán, no soy una asesina —aclaró ella, disgustada.
—Lo sé, solo quería molestarla —confesó Abdul, mostrándole una satisfactoria sonrisa.

El visir suspiró, notando como su respiración volvía a su ritmo habitual. Decidido, tomó asiento con lentitud, permaneciendo en esa posición por un minuto, antes de levantarse por completo.

—Tiene mejor color, ya no está pálido —comentó Amira, percatándose apenas lo tensa que estuvo ese rato.

—Eso es bueno —aseguró el visir—. La verdad, quisiera hacerte cientos de preguntas respecto a lo conversado y el pasadizo, pero es tarde y si me atrapan aquí estaré en serios problemas.

—Estoy de acuerdo —admitió ella, con seriedad—. La puerta es vigilada por eunucos, no podrá salir por allí.

—No es problema, hay otra forma de salir del *helvurir*, pero debes prometerme no repetirlo bajo ninguna circunstancia, es bastante osado y peligroso.

Amira meditó unos minutos antes de sucumbir a la curiosidad. Deseando descubrir el método que utilizaría Abdul para escapar de la alcoba.

—Lo prometo —dijo— le doy mi palabra de que no repetiré su hazaña.

Él sonrió complacido.

Reflexionando en como el comportamiento de la señorita estaba cambiando tras su conversación, sin quererlo, derribó una de las barreras que ella se empeñaba en poner entre los dos. Le agradaba, pero al mismo tiempo dudaba de que Amira fuese consciente de ello.

—Buenas noches… —dijo el visir, acercándose al balcón.

—¡Espere! —gritó Amira. Era demasiado tarde.

La acción de Abdul solo tomó unos segundos: posó sus manos en el borde del balcón, sujetándose con toda la fuerza y se arrojó al otro lado, sosteniéndose con ayuda de la punta de sus pies en un pequeño relieve decorativo en la pared.

Se sintió un poco culpable tras escuchar la exclamación de Amira. Pensando que, desde su perspectiva, debió parecer que se arrojaba a un vacío de casi diez metros de altura.

No era la primera vez que debía escapar de las habitaciones del *helvurir*. Perfeccionó la técnica durante la adolescencia y ahora la dominaba por completo.

Se deslizó a la izquierda con lentitud hasta llegar a uno de los pilares adyacentes al balcón, se sostuvo con los brazos y piernas, dejándose resbalar por la superficie hasta el suelo.

Ella se aproximó al balcón con cierta lentitud, temía encontrar un cuerpo inerte en el suelo, pero acabó por sorprenderse: el visir se encontraba en perfectas condiciones y, aún desde la distancia, le mostraba una sonrisa encantadora.

Abdul la contempló unos momentos, culminando lo que quería decir antes de saltar; aunque sabía que ella no podría escucharlo. Satisfecho se marchó a sus aposentos.

Las mejillas de Amira se encendieron involuntariamente a lo que consideró una broma o jugarreta de sus pensamientos, porque ella podría jurar que el visir la llamó, evocando la expresión más dulce y encantadora que ella hubiese visto alguna vez: princesa.

CAPÍTULO: XIV

RUMORES

Dos semanas exactamente habían transcurrido desde la llegada de Amira al palacio, siendo también la misma cantidad de tiempo en la que el visir y la artista no habían vuelto a coincidir.

Abdul, atareado de trabajo desde que regresó a la ciudad, no disponía de suficientes horas para ponerse al corriente en sus deberes, y por más que se empeñara en acabarlos tenía la sensación de no avanzar.

Estaba muy acostumbrado a solventar los equívocos del Sultán la mayoría del tiempo, pero creía inconcebible que luego de haberse ausentado tan solo un mes, hubiese causado caos semejante.

En su ausencia, declaró un aumento en los impuestos solo en Zanabaq de casi el veinte por ciento sin justificación, remarcando la desigualdad social en algunos sectores y acrecentando la delincuencia.

No le parecía en absoluto extraño que hubiesen presenciado un robo, le sorprendía no haber visto más. Un mes era suficiente para provocar grietas en la lealtad de los ciudadanos y, sin lugar a dudas, su hermano lo consiguió.

La mayoría de los reportes escritos sobre su escritorio trataban de robos a comerciantes de alimentos, más que de joyas u objetos de valor. En ocasiones, Abdul se preguntaba cómo un reino tan repleto de riqueza poseía un nivel de pobreza tan marcado, sobretodo en la capital.

Las arcas del Sultán siempre estaban repletas de joyas y oro, por lo que era inadmisible un aumento en los gravámenes solo porque sí. Abdul meditó unos momentos, pensando en cómo resolver el embrollo.

Pero su mente divagaba, perdida en el recuerdo de una encantadora mujer bajo los rayos de la luna. Lamentaba no haber tenido la oportunidad de verla desde esa noche, pero su deber como visir se lo impedía. No obstante, ella aparecía en sus pensamientos al cabo de un par de minutos rompiendo su concentración.

Se le hacía verdaderamente difícil, en especial con el pasar de los días, no pensar en ella; en no averiguar si se encontraba bien o sencillamente si necesitaba algo. Extrañaba su agradable aroma y las constantes discusiones que solían entablar. Añoraba su tacto y sonrisa casi tanto como su voz. Esa mujer le gustaba demasiado y no estaba seguro de que eso resultara positivo en la posición en la que ella se encontraba.

El sonido de la puerta abriéndose captó su atención. Saliendo de sus pensamientos.

Enver realizó una breve inclinación al ingresar a la oficina. Se aproximó hasta el escritorio y depositó dos pilas de documentos que se sumarían a la lista del visir.

—¿Más reportes de robos?
—Sí, también unos cuantos de revueltas. —Abdul percibió los vestigios de preocupación en la voz de su amigo.
—¿Otra vez? —Enver asintió—. ¡Es absurdo! La cantidad de revueltas van en aumento y aunque derogue la ley del Sultán, dudo mucho que disminuyan —dijo Abdul, exasperado.
—¿Temes una revolución?
—Por supuesto, los ciudadanos siempre poseen la última palabra y mi hermano parece no querer comprenderlo.

El visir suspiró tratando de calmarse, recordándose que no era la primera vez que el pueblo se veía afectado por las incoherentes decisiones del Sultán y tendían a quejarse, pero ahora presentía que había algo diferente en el ambiente.

Las exigencias de los ciudadanos en más de una ocasión fueron transmitidas en protestas, pero nunca tan seguidas y organizadas como las que acontecían.

—¿En alguno de los reportes que has traído mencionan los requerimientos de las personas?

—No en los que leí, visir.

—¿Conoces la solicitud? —inquirió Abdul con interés.

—Sí. —Enver hizo una mueca de desagrado.

—¿Y bien? ¿Qué desean? ¿Comida, dinero, reducción de impuestos, más empleos, libertades?

Enver meditó su respuesta antes de contestar temiendo la usual reacción del visir, que era bien conocida por sus más allegados, cuando mencionaban ese tema en particular.

Al cabo de medio minuto, ignorando la inquieta expresión de su amigo, dijo:

—Solo dos solicitudes, según se rumorea.

—¿Solo dos? —repitió el visir, intrigado.

—Destituir al Sultán. —Abdul llevó la mano hasta sus sienes, esperando el predecible concluir—. Y que el Gran Visir Abdul al-Sfeir asuma el cargo.

Lo mismo de siempre —se quejó el visir. —Lo que piden es un fratricidio que no estoy dispuesto a cometer.

—No necesariamente, podría… —Enver intentó objetar, pero se vio interrumpido.

—¡No! —bramó Abdul—. El Sultán jamás cederá el trono por buenos términos y no seré el que se oponga a su mandato. ¡¿Está claro?!

El silencio se propagó envolviendo a los ocupantes en incomodidad. Enver no estaba seguro de qué decir ante la clara demostración de furia de su amigo, aunque admitía que era bastante esperada. Mientras que Abdul intentaba olvidar ese tema, que resultaba demasiado mortificante para él.

—Enver —llamó el visir más calmado, aunque su semblante demostraba seriedad—, me veo forzado a encargarte una misión secreta y debe llevarse a cabo a la brevedad.

El guerrero lo escuchó atento.

—Debes encontrar al líder de estas revueltas y traerlo ante mí.

—¿El líder? —preguntó Enver, sin comprender.

—Estoy seguro de que existe una o varias personas que los motivan a manifestarse. Los ciudadanos no tienden a organizarse al momento de protestar y según los reportes, las revueltas ocurren casi al mismo tiempo.

—¿Va a eliminarlo?

—No lo sé —confesó el visir—, primero debo encontrarlo, pero si el Sultán se entera de mis intenciones de reunirme con la persona que promueve su derrocamiento, pues… —Abdul tragó con dificultad antes de proseguir—, estoy seguro de que nos mataría sin dudarlo.

—Haré el mejor de mis esfuerzos —prometió formando una pequeña *X* sobre su corazón. Abdul lo apreció, recordando los años en que jugaban entre ellos a ser guerreros.

«Épocas más simples» añoró.

El visir dio la conversación por finalizada. Enver realizó una leve inclinación antes de girarse en dirección a la puerta. No obstante, se detuvo antes de cruzar por el umbral recordando dos conversaciones que consideraba importantes y que no había comentado al visir.

—Olvidé mencionarle que el Sultán solicita el broche de su difunto padre.

—¿Para qué lo necesita? —preguntó el visir, irritado.

—Parece ser que la señorita Durand comenzará un retrato del Sultán utilizando ese broche.

Abdul expreso su frustración a través de un sonoro suspiró. Odiaba tan solo el pensamiento de que su hermano posara las manos en una joya que fue legada expresamente a él; sin embargo, Rajah no perdía oportunidad en intentar arrebatársela. Por ese motivo, siempre solía portar la pieza oculta entre sus ropas.

Le dio la cspalda al guerrero y extrajo el broche de uno de los bolsillos ocultos en el caftán. Presionó una de las patas del escarabajo activando el mecanismo oculto en su interior, revelando un rollo de pergamino casi del tamaño de su pulgar. Usó sus dedos con agilidad, ocultándolo en la amplia manga sin ser visto, entregándole el objeto al finalizar.

—Lo entregaré con el mayor cuidado —aseguró Enver, dispuesto a marcharse.

—¿No debías decirme algo más? —indagó, deteniendo el avance de su amigo.

—¡Cierto! Soy demasiado olvidadizo en ocasiones. —Un sonrojo de vergüenza se alojó en sus mejillas antes de proseguir. —La acompañante de la artista me informó que no tiene suficientes implementos para culminar los cuadros y solicita más.

—Me haré cargo.

—Tiene mucho trabajo —le recordó—. ¿No desea que le indique al...?

—Me encargaré personalmente —interrumpió él, con voz tajante.

La sorpresa se posó sobre el rostro de Enver, advirtiendo que en todos los años de conocer a Abdul —que eran casi treinta—, nunca detuvo sus funciones por atender a una mujer.

Sin agregar nada más el guerrero se marchó de la oficina, albergando la curiosidad de qué podía sentir su tan apreciado amigo por la artista.

✦ ✳ ✦ ✦ ✦ ✦ ✦ ✦ ✳ ✦

Amira se encontraba demasiado ocupada con los constantes pedidos del Sultán. Cuando se dignaba a realizar el boceto de un cuadro le ordenaba abordar el siguiente sin haber concluido el anterior. Hasta el momento solo había logrado culminar un pequeño retrato que, por petición del dirigente, deseaba llevar constantemente cerca de su corazón.

Gracias a la invariable opinión del monarca, debía finalizar tres cuadros: dos de los paisajes del jardín y uno del Sultán portando el broche de oro.

Amira agradecía la compañía mientras desempeñaba su labor. Zully siempre permanecía a su lado, dejándola sola más que para dormir. Le agradaba su carácter dulce e introvertido, realizaba bromas y era buena observadora; aunque el exceso de compañía podría ser agobiante, lo prefería a la vigilia de cualquier eunuco o guerrero. En poco tiempo se había encariñado con ella y la consideraba casi como una amiga.

Zully yacía sumida en la pintura que Amira realizaba, prestaba atención a los minuciosos detalles al dibujar los lirios. Impresionada ante la exactitud con que la joven desempeñaba su técnica, creando una imagen tan fidedigna del paisaje que parecía fundirse en él.

—Es encantador, ¿cómo lo hace?

—Práctica constante —dijo Amira sin mirarla—, desde niña se me da bien pintar.

—Ya lo creo que sí, su técnica es inigualable, por lo menos nunca la había visto.

—Se equivoca —aclaró ella, con expresión dulce—, en Aegis hay cientos de artistas mucho más capacitados y con mejores talentos.

Zully se asombró imaginando las capacidades que podían encontrarse en el lejano reino de Aegis. Guardó silencio unos momentos disfrutando de la brisa fresca que rozaba su rostro, antes de continuar.

—¿Ha concluido el retrato de la sultana Rania?

—Sí, ayer por la noche.

—¡Oh! Es una lástima que no haya presenciado el resultado final, era un retrato muy bonito.

—La sultana es una mujer muy hermosa, por lo que el retrato no podía ser diferente —comentó Amira—, lo que me recuerda…

Dejó el pincel a un lado del banquillo repleto de materiales, encarando a su acompañante con interés.

—Encuentro curioso que de entre todas las solicitudes, en ninguna me haya encargado alguna de sus hijos.

—Eso es porque el Sultán no tiene hijos.

—¿Cómo? —Amira se mostró confusa—. Tenía entendido que el título de sultana se otorga solo al ser madre del heredero.

—Así debería ser, pero el Sultán se ha visto en dificultades para engendrar. —La joven alzó sus hombros en un gesto de poca importancia—. Tomó a la sultana como esposa rompiendo la tradición.

—¿No hubo consecuencias por ello?

—No las hubo —confesó Zully, con cierto disgusto.

—¿Por qué se casó entonces? No tiene sentido.

—Asuntos políticos, la sultana Rania es hija del jeque de Etrus, uno de los siete reinos que no están bajo el dominio de Zahar, o no lo estaba antes del matrimonio.

—¿Etrus pertenece ahora a Zahar? —preguntó Amira, sorprendida.

—Sí, la intención del Sultán es conquistar todos los reinos restantes y someterlos bajo su mandato, ya sea por alianza o por conquista. Todas en el *helvurir* lo saben.

—Pobres mujeres —murmuró Amira.

—Es de esperarse de un hombre que usurpó el trono y que no posee ningún respeto por las tradiciones.

—¿El Sultán Rajah usurpó el trono? —repitió Amira con incredulidad.

Zully llevó ambas manos hasta su boca, cubriéndola de inmediato, reprochándose su falta al platicar de un tema, tácitamente, prohibido en el palacio. Creía que un día su lengua sería su perdición y por ello prefería ser taciturna para evitar problemas.

—Le ruego por favor, no comente nada de lo que he dicho —suplicó la joven casi de rodillas—, si la sultana se enterase… —Amira vislumbró el terror en sus ojos, una sensación demasiado familiar para ella.

—Tranquila, no saldrán palabras de mi boca —prometió ella—, pero debes terminar de contarme.

Amira tomó asiento junto a ella en el borde de la fuente, acercándose lo suficiente para que nadie pudiese escuchar sus confidencias.

—Continúa, por favor —pidió la artista con gentileza.

La doncella inhaló una fuerte bocanada de aire, ganando valor antes de proseguir.

—El trono, originalmente, estaba destinado para el visir Abdul, pero por algún motivo que desconozco, él no lo aceptó —dijo Zully nerviosa—. En esa época aún no era trasladada al palacio.

—¿Lo sabes por los rumores? —La doncella asintió.

—Todo lo que sé es por los comentarios impulsivos que dicen las odaliscas mientras se bañan.

—Comprendo —La voz de Amira sonó desilusionada.

Dudó si continuar escuchando el relato. No deseaba obtener información falsa referente a un tema tan delicado y, al mismo tiempo, no dejaba de cuestionarse por qué le interesaba.

—Solo tengo certeza en un asunto particular. —Amira la instó a continuar con un gesto de su mano—. Originalmente el Sultán tenía seis hermanos y ahora solo le queda el Gran Visir.

—¿Los asesinó?

Zully miró por sobre el hombro de la artista, notando al par de eunucos que las vigilaban a una distancia considerable. Aun así, no se sintió con el valor suficiente de pronunciar las palabras, por lo que solo asintió en respuesta.

—Fue la mismísima sultana quien me lo dijo.

Amira cubrió su boca descolocada por la impresión. Se jactaba de conocer la maldad en el corazón de los sultanes de Zahar, pero nunca creyó que fueran capaces de exterminarse entre sí.

—Eso es...

—¡Señorita Durand! —Llamó una voz masculina a la distancia, interrumpiéndolas.

Ella no tuvo que virar el rostro para advertir de quién se trataba, culpando a su mala suerte por hacer que él apareciera cuando la conversación estaba tan interesante.

La doncella se levantó de inmediato a recibir al hombre que se aproximaba, mientras que Amira regresaba a su labor, no sin antes susurrarle a Zully un mensaje para el recién llegado.

Él intentó acercarse a Amira, pero su deseo se vio frustrado al interponerse la doncella en su camino. Aun así, ella se encontraba lo suficientemente cerca como para escuchar la conversación, simulando no prestar atención mientras pintaba.

—¿Me permite? Necesito hablar con ella —comunicó él, señalando a la joven.

—Lo lamento, la señorita Durand no desea recibirlo en esta ocasión —informó Zully.

—¡¿Qué dice?! —dijo indignado—. Debe haber algún error.

—No lo hay —intervino Amira, al notar su mal carácter.

Con un gesto amable le solicitó a la doncella que volviese a sentarse, indicándole que ella continuaría con la conversación. Zully asintió.

—Debo hablarle, deseo disculparme por las molestias que pude haber...

—No las acepto, márchese por favor —requirió Amira, intentando darle la espalda, pero él la contuvo sosteniéndole la mano.

—Necesito que me escuche —demandó Dean.

—¡Suélteme! —exigió sin derecho a réplica, acto que el hombre no tardó en acatar —. No deseo escucharlo o verlo, ni ahora ni nunca. No vuelva a buscarme.

—¿Continúa enojada después de tanto tiempo? No puede seguir de ese modo.

—No es el dueño de mi enojo, si quiero estar colérica es mi decisión, no suya —aclaró Amira molesta—. Bien sabe los motivos para no querer verle de nuevo.

—¿Motivos? —preguntó incrédulo—. ¿Qué motivos?

—Venderme al Sultán, por ejemplo.

Él la miró como si estuviese loca. Admiraba a la vez que señalaba el jardín a su alrededor, considerando nunca haber visitado un lugar más favorecido por la hermosura natural.

La riqueza sumada al lujo que experimentó durante esos días era incomparable, dudaba que el valido del rey de Aegis fuese tan afortunado como lo había sido él en tan corto periodo. Lo trataban con respeto, con elegancia al transitar por las calles de la ciudad, algunos incluso inclinaban sus cabezas al verle. Experimentaba una superioridad que la fortuna que poseía en su reino jamás le trajo y ahora no deseaba dejar de disfrutarla.

La única insatisfacción que sentía era causada por Amira. Su rechazo le dolía en el alma y no verla lo enloquecía.

—Ha sido contratada por el Sultán —aclaró con voz amable—, y sigo siendo su apoderado. No puede rechazarme.

—No más —informó Amira—. Si insiste en continuar buscándome, le informaré al Sultán que su presencia ya no es relevante para mí y tendrá que irse.

—¿Cómo?

Ella ignoró su pregunta y prosiguió.

—No lo he implementado, porque temo que su vida corra peligro al momento de regresar a Aegis.

—¿Por qué cree que algo podría ocurrirme? —preguntó Dumont, sin entender.

—Es alguien irrelevante para el Sultán —aseguró Amira—, además del único testigo que sabe de mi presencia en el palacio.

—No estoy comprendiendo —admitió Dean.

—Ni lo hará, mientras crea que mi estancia se reduce solo al trabajo de una empleada.

Amira creía en un principio que el acto de traición de su amigo fue realizado por la codicia, pero al platicar con él se percató de que el hombre continuaba siendo demasiado ingenuo. Sin embargo, en esa ocasión su inocencia la había arrastrado también a ella, llevándola al lugar que más odiaba y no podía perdonárselo.

Dumont echó la cabeza hacia atrás, riendo divertido.

—Cuanta imaginación.
—No tiene caso —dijo ella, exasperada.

Amira se impacientó por su actitud y solicitó que se marchara, disponiéndose a continuar con la pintura. Él se acercó al caballete intentando captar su atención.

—Márchese, Dumont —repitió Amira, con voz seria.
—Necesito que escuche lo que tengo que decirle. —Ella negó con la cabeza—. Ami...
—Creo que la señorita ha dejado claro que desea estar a solas —interrumpió el visir—, señor Dumont.

Zully se puso de pie al instante, dedicándole una leve reverencia en respeto. Dumont y Amira lo encararon sorprendidos por su intervención, pues ninguno de ellos advirtió su presencia hasta que habló. El visir prosiguió:

—Zully, escolta al señor Dumont a sus aposentos o al lugar donde desee, que no sea en presencia de la señorita Durand.

Dumont no dejaba de obsequiarle una expresión llena de rencor al recién llegado. Mientras consideraba objetar la orden del visir, Zully se acercó hasta él con una cándida sonrisa y le solicitó que la siguiese. Al principio, poseía todas las intenciones de negarse, pero la doncella se comportó tan amable que el rechazar su oferta le pareció una insolencia.

Con resentimiento, Dean se marchó del jardín junto a la criada, dejándolos en completa soledad.

Amira no pudo evitar admirar la capa sobre el caftán del recién llegado, recordando que fue la responsable de la primera disputa con Dumont.

—Apareció en el momento oportuno de nuevo —bromeó Amira, agradecida.
—¿Realmente? —dijo él, divertido mostrándole una sonrisa.

Ella lo fulminó con la mirada por un segundo al percibir el sarcasmo en su tono, pero en cuanto vio su risa se relajó.

—Iba a detenerlo cuando noté sus intenciones de llamarme por mi nombre —dijo Amira—, gracias por intervenir antes de que lo dijera.

El ánimo de Abdul mejoraba considerablemente con solo verla y el platicar con ella de un modo tan tranquilo, lo extasiaba.

—Enver me notificó que sus materiales escasean. —Ella asintió confirmando la información—. En ese caso, acompáñeme.

El visir ofreció su brazo con galantería esperando a que ella lo tomase. Al hacerlo, su corazón latió fuertemente y no era el único. Amira se encontraba en condiciones similares, a pesar del antiguo resentimiento que tenía con su familia.

Admitía que Abdul actuaba diferente a como esperaba y siempre aparecía en el momento propicio en que lo necesitase, concediéndole una clase de seguridad que para ella era desconocida; se sentía complacida.

—¿A dónde, visir?
—Al bazar, princesa —susurró junto a su oído.

CAPÍTULO: XV

BAZAR

El bazar de Zanabaq era considerado una de las locaciones turísticas más llamativas para los visitantes de la ciudadela, contando con más de sesenta calles y miles de tiendas, destacando las de orfebrería, joyería, especias y alfombras. También se encontraban locales de pintura, pigmentos y algunos de comida; era la cuna del comercio de la ciudad, donde la vida ajetreada era notable.

Amira admiraba los alrededores como si fuera la primera vez que lo visitaba, que de cierta forma lo era; recordaba que de pequeña lo recorrió por algunas horas antes de zarpar a altamar rumbo Aegis.

Mientras caminaba le era difícil contener su fascinación por lo que veía, pero el júbilo era inevitable en su rostro. El lugar parecía mágico entre colores, polvos y aromas dulces, extraído de algún libro fantástico desarrollado en tierras míticas; podría jurar que era fuente de inspiración para alguna novela.

—Veo que te encuentras contenta con la visita al bazar —comentó Abdul, satisfecho.

—Lo estoy, no lo recordaba así, aunque es de esperarse al ausentarme durante veinte años. —El carmín tiñó sus mejillas, avergonzándose por la observación.

—Es un largo tiempo —concordó el visir.

En general, la conversación entre ambos era agradable, el visir le hablaba acerca de las novedades de la ciudad, los libros que compartían en común, el tipo de música que disfrutaban. Ambos caminaban a paso acompasado por los angostos callejones, mientras algunos ciudadanos se corrían a los lados priorizando el paso de la pareja.

—¿No se meterá en problemas por sacarme? Dudo mucho que la libertad de andar por el palacio que me concedió el Sultán, se extienda hasta la ciudad —le recordó Amira.

—Siempre puedo alegar que es una extranjera, por lo que técnicamente el Sultán no puede tener control sobre lo que haga.

—Pero lo tiene —rebatió ella—, me vigilan con una dama de compañía y hay eunucos a cualquier lugar que me dirija en el palacio.

—Mientras Rajah no sepa tu verdadero origen, no debes temer —aseguró él—, idearé un modo de regresarte a Aegis.

Amira enfocó la mirada en varios hombres de aspecto particular, no porque llevaran alguna prenda distintiva a la de algún otro visitante del bazar, sino por su comportamiento inusual. Eran en total cuatro hombres hasta donde ella alcanzaba a presenciar. Dos de ellos saltaban entre los tejados de los locales —bastante sigilosos—, mientras los restantes se ocultaban entre las sombras de los callejones y edificios.

—Creo que la visita al bazar sería más agradable si no estuviéramos siendo vigilados. —El visir sonrió complacido.

—Lo notaste más rápido de lo que esperaba.

—¿Por qué cree que no he intentado escapar? Sería una oportunidad excelente estando en la ciudad —comentó Amira, mostrando una sonrisa traviesa en sus labios.

—Sería muy desafortunado para mí si llegas a huir bajo mi amparo. No lo creo conveniente para ninguno de los dos.

—Con tantos guardias no poseo ni la más mínima intención de intentarlo —aseguró ella.

—Quiero aclarar que no es a ti a quien están siguiendo.

—¿No? —él negó con la cabeza.

Abdul miró la distancia en la que se encontraban los hombres evaluando que tanto podrían escuchar de la conversación pero, tomando en cuenta el ruido de las personas a su alrededor, sumado a los metros que los separaban, concluyó que podía platicar con tranquilidad si no alzaba demasiado la voz.

—Es a mí —confesó él—, mi hermano me vigila cada vez que visito la ciudad desde hace años, pero debo admitir que ha disminuido. Antes mandaba casi a un batallón a seguirme —bromeó.

—¿Tantos? —indagó con una sonrisa incrédula.

—No, pero si unos treinta o cuarenta dependiendo del día.

—¿Por qué? Si es que puedo saberlo.

—Ahora que lo mencionas es un tema un tanto desagradable...—realizó una pausa, pensativo, antes de proceder. —No, no puedes. Recuerdo que me costó mucho extraerte información, no puedo hacerlo tan fácil.

Ella comprendió que él bromeaba. Abdul le sonrió, esperando incentivar la curiosidad de ella por él.

—Si no desea decírmelo es su decisión, no me concierne en todo caso— reconoció Amira.

La mandíbula del Abdul casi se desencajó ante la frívola respuesta. Lo impresionó lo suficiente como para detener su avance, no estaba seguro si sentirse insultado ante su falta de curiosidad por él u honrado por respetar sus deseos de no querer hablar. Alcanzó su paso y dijo:

—¿No posee ni un poco de curiosidad? —Al preguntar, confirmó que se encontraba ofendido.

—Por supuesto, me carcome —admitió Amira—, pero comprendo lo difícil que puede ser conversar sobre lo que no se quiere hablar.

El visir recordó entonces la plática que tuvieron tiempo atrás en su alcoba, reconociendo en su actitud lo difícil que había sido para ella relatarle un secreto tan delicado como el de su origen. Se disponía a platicar, pero ella ingresó en uno de los locales.

Amira se acercó a una de las tiendas de tintes, donde exhibían los minerales para crear pinturas: azurita los tonos azules, cobre, los verdes, del plomo los blancos, negros, rojos y los amarillos del ocre.

La visita en el interior del local fue rápida, adquiriendo todo el material que necesitaba para proseguir con su arte y, obviamente, todo fue pagado por el visir.

Ella no veía dinero tras la culminación del primer cuadro. Dudaba que el Sultán llegase a pagarle algún día. El dinero representaba independencia, libertad para marcharse y sus instintos le indicaban que no era una posibilidad viable. Tras abandonar el local y amarrar la pequeña bolsa con los materiales al cinturón de su vestido, la conversación continuó en donde había quedado.

—No es tan difícil para mí contarte, si prometes guardar el secreto —dijo Abdul.

—Lo prometo.

Se disponía a comenzar el relato, sin perder la vista en los guardias que lo seguían a pocos metros de distancia, atentos a los movimientos del visir.

—Mi hermano desconfía un poco de mí —dijo él, sin importancia—, en los últimos años han aparecido rumores de sublevarse en su contra y de una sustitución al trono.

—Solicitan que asumas el cargo del Sultán —concluyó ella.

Él la miró alterado temiendo que los comentarios se hubiesen esparcido hasta el área más privada del palacio.

—¿Los rumores han llegado hasta el *helvurir*? —Amira realizó un gesto negativo con la cabeza.

—Lo concluí. ¿Por qué otro motivo lo estaría vigilando el Sultán con tanto empeño?

—Eres más sagaz de lo que suponía —Abdul la miró con admiración.

Cruzaron a la derecha en uno de los callejones, avanzando hasta llegar a la fuente de la plaza central. Ella tomó asiento en el borde, sintiendo las escazas gotas de agua caer sobre su rostro, hombros y cuello. Refrescándola.

Apreciando que la tarde no era tan calurosa, a pesar de tener el sol casi en su cenit, retiró algunos cabellos del rostro, sin advertir que su muñeca quedó expuesta.

Él se sintió intrigado ante las marcas.

Veía una faceta de ella tan distinta a la que acostumbraba: se mostraba tranquila y dispuesta a conversar, en más de una ocasión le había sonreído sin el habitual ápice de disgusto. Disfrutaba sobre todo la seguridad y la extraña sensación de confianza que lo envolvía. Siendo esas emociones las que le proporcionaron el valor suficiente.

—Me gustaría preguntarte… —ella lo miró atenta instándole a continuar—. ¿Qué te sucedió en las muñecas?

Amira reacomodó de inmediato la manga cubriendo la cicatriz. Reprochándose el haber olvidado cubrir las marcas con brazaletes como acostumbraba, no obstante, en su defensa, la salida al bazar la tomó tan desprevenida como esa pregunta.

Aunque un poco renuente, se animó a responder con la verdad. No podía ser tan reservada con él, después de que le hubo confiado sus secretos y jurado guardar los de ella.

—Al llegar a Aegis, fui tomada como esclava —relató Amira—, las marcas son cortesía de los grilletes que utilicé durante esos años.

—Nunca lo hubiese imaginado. ¿Por qué creyeron que eras una esclava? —Ella sonrió con amargura.

—En primera, iba en un barco de esclavistas como polizona y en segunda, mi tono de piel.

—Debió ser espantoso.

—No más que vivir en el *helvurir* —aseguró Amira—, no hay nada peor que no poder decidir por ti mismo, pero aun como esclava se me permitía un poco de libertad. Me dejaban salir a la ciudad por recados y disponía de ese tiempo a mi antojo.

La expresión en el rostro de Abdul era un retrato de angustia, pena y admiración por ella. Mientras más conocía la historia de Amira, más fascinado se sentía y deseoso de protegerla. Él sabía que era una mujer fuerte, pero no había asimilado hasta ese momento que tanto.

—¿No consideraste escapar?

—¿A dónde? —Ella sonrió con sarcasmo. —Era una niña pequeña que lo había perdido todo, recién llegada a un nuevo reino, culturalmente desconocido para mí. No tenía a quien acudir.

La artista enfocó la mirada en un niño que se acercaba hasta la fuente con un diminuto barco de papel entre sus manos. Notando como lo ponía sobre el agua, maravillándose al verlo navegar. Detrás del pequeño se acercaba su madre, regalándoles una sonrisa amable en disculpa, antes de tomar la mano del niño y alojarse a un local a pocos metros de allí.

Amira sonrió con tristeza al recordar a su madre.

—Gracias a mi madre pude arreglármelas —recordó sin mirarlo—, el resto de los esclavos que fueron llevados junto conmigo a la familia Durand, no sabían leer o escribir. —Realizó una pausa, inhalando antes de continuar.

Eran recuerdos antiguos, pensamientos difíciles de manejar y de los que no acostumbraba hablar. Volvió la mirada hacia Abdul. Él estaba atento a cualquier gesto, preguntándose si estaba yendo demasiado lejos en esa conversación. Sus ojos bicolores mostraban verdadera preocupación, percibiendo a través de sus palabras un atisbo del dolor y la agonía que ella tuvo que padecer cuando pequeña.

—Mi madre me enseñó a muy temprana edad. Eso me trajo ventaja sobre el resto y no fueron tan duros conmigo, porque les era de mayor utilidad. Fue por sus enseñanzas que sobreviví —aseguró ella, con convicción.

—¿Cómo lograste salir de esa situación?

La transformación en el rostro de la joven fue casi inmediata, cambiando su expresión apacible por una llena de enojo y desasosiego.

—A los pocos años de servicio, Dumont me obtuvo y me entregó mi libertad. —Emitió un suspiró—. Tomé el apellido de la familia que me compró: la familia Durand.

—Eso explica porque tu apellido no concuerda con tu nombre. —Amira hizo una mueca que no llegó a ser una sonrisa. —Pero aun no comprendo… si eras libre, ¿por qué te quedaste con él?

—Se ofreció a darme alojo, comida y educación. Pagó tutores y descubrió que poseía talento en las artes, así que ayudó a fomentar mis habilidades. —Abdul percibió la pizca de agradecimiento en su voz a pesar de encontrarse enojada—. Aunque tanto trabajo fue un desperdicio, terminé justo donde comenzó todo.

Abdul guardó silencio unos momentos procesando la información, enterándose de algo que Amira parecía ignorar en sus propias palabras. Conocía la maldad de la que estaban hechos los hombres, él mismo se incluía en ocasiones en ese lote y no podía evitar dudar de la sinceridad de Dumont.

Desde un inicio el caballero no era de su completo agrado, pero como debía cumplir con éxito la orden del Sultán, ignoró sus instintos más profundos. Abdul consideraba a Dumont un cobarde por no haberla protegido durante el viaje, no se encontraba entre sus personas favoritas desde que lo acusó falsamente de intimar con ella, sumándose el día en que vendió a Amira su hermano.

—No has pensado, ¿qué quizás hizo todo eso para que permanecieses con él?

—¿Cómo su amiga? —preguntó Amira, sin comprender. Él negó con la cabeza.

—Como su mujer o posible esposa.

Los ojos de Amira se abrieron exaltados antes de que una cantarina carcajada brotara de sus labios, sintiendo que las lágrimas se acumulaban en sus ojos por tanto reír. Consideraba que era una de las mejores bromas que pudiese escuchar alguna vez.

Abdul frunció el ceño, falsamente indignado, siendo la primera vez que la veía reír de esa forma tan fresca y natural ante lo que él hubiera dicho. No podía ofenderse de verdad.

—Lo siento —dijo Amira, tranquilizándose—, es que es imposible. ¿Dumont y yo como marido y mujer? ¡Es absurdo!

—No lo es —rebatió él.

Amira se enderezó, alzando su cabeza y encarándolo con desafío, centrando su mirada en los tonos disímiles de sus ojos. Concentrándose tanto en ellos, que estuvo a punto de olvidar lo que deseaba decirle.

—Lo es —aseguró Amira.

—¿No has notado como te mira? —dijo él, perdiéndose en su mirada provocadora. Sintiendo unos impulsos terribles por besarla y de acortar la escaza distancia que los separaba.

—No… ¿c-cómo? —tartamudeó ella, nerviosa, abrumada por su cercanía.

Impulsivamente rozó la punta de sus labios con la lengua conteniendo el deseo que lo embargaba, anhelando probar los de ella con una fuerza superior a su pasión. Disfrutando de su aliento contra la piel de su rostro, tan cerca y tan lejos a la vez.

—La mira del mismo modo en que yo estoy mirándola ahora —susurró Abdul.

—Oh… —fue el único sonido que escapó de su boca como un suspiro provocador.

Él la contemplaba de forma tentadora, provocando en ella sensaciones desconocidas y profundas que se mezclaban con su pasión. Su mirada le producía ardor en la piel, tan cálida y fogosa que era inevitable no sentirse acalorada, pero al mismo tiempo con un rastro de ternura.

Se encontraba demasiado aturdida para pensar en algo más que no fuera su presencia, su aroma, su respiración y la cercanía tan escaza en la que se encontraba. Evocando la vez anterior en la que casi cedió a un arrebatado impulso, condenándose por pensar tan solo en la posibilidad de besarlo, en resistir estoicamente su invitación. Ahora lo anhelaba, buscaba un pretexto para acabar la distancia que los separaba y experimentar el sabor de sus masculinos labios.

Un grito. Una explosión. Pánico.

—¡Cúbranse! —gritó el visir a los presentes.

El estridente sonido se propagó por los alrededores, seguido de humo y arena. Amira cubrió su boca con las manos mientras el visir los envolvía a ambos con su capa y se arrojaron al suelo. Esperando que el polvo levantado menguara lo suficiente para marcharse de allí.

Pasado unos minutos la arena se disipó. Ambos se levantaron retirando parte de la tierra que se había posado sobre ellos. Amira contempló horrorizada como la mujer que instantes atrás le sonrió con amabilidad, reposaba en el suelo con una expresión de miedo absoluto, mientras cargaba a su pequeño en brazos. Ambos inertes, cubiertos de polvos y hollín. Estaban muertos.

La escena trajo los recuerdos de su madre siendo ejecutada por la mano del mismísimo Sultán. Rememorando el suceso en su mente como si estuviese ocurriendo en realidad.

Llevó sus manos hasta el rostro tratando de apartar las manchas rojizas inexistentes. Elevó la mirada buscando algo que la transportara de nuevo al presente, pero era inútil. Ahora el cuerpo de su madre yacía en el suelo reemplazando al de la mujer y su hijo. Amira quería acercarse, aun sabiendo que se trataba de una ilusión.

—M-madre —titubeó Amira.

Abdul la miró preocupado, evaluando su actitud, vislumbrando hacia donde ella intentaba llegar, ignorando por breves instantes el caos que se desataba en su derredor. Ella se encontraba en un tiempo distinto al presente, perdida en algún recuerdo que la paralizaba.

Juntó su mano con la de ella forzándola a correr por los callejones. Topándose con demasiadas personas curiosas tratando de averiguar la raíz del ruido, otras huyendo del ataque en masa. Eran tantas que le fue imposible atravesar la multitud, rindiéndose después de mucho intentar, comenzó a buscar en los alrededores algún escondite para protegerse.

Encontró a un costado de un par de locales, una ranura entre las paredes con suficiente espacio para que ambos cupieran en ella, a una distancia favorable de la multitud que no dejaba de empujarlos. Abdul se preguntó por el bienestar de los guardias, a quienes no consideraba malos hombres a pesar de siempre tenerlo bajo custodia. Intuyendo que, en ese espacio tan íntimo, no podrían verlos.

En el caos, Abdul pudo distinguir a corta distancia a dos hombres platicando con demasiada calma en medio del desastre. Asumió de inmediato que se trataba de los culpables al notar el cargamento de armas oculto detrás de ellos. Tenía intenciones de acercarse, pero le fue imposible, el estado de Amira era su prioridad en ese momento.

Decidió ignorar la oportunidad de acabar con el que suponía era el líder. No obstante, Abdul no rehuiría de la situación con las manos vacías. Por un corto intervalo pudo vislumbrar el rostro de uno de los hombres, reconociéndolo a la distancia. Sintió la traición como el filo de un sable clavándose en su pecho.

Necesitaba una explicación de su parte, pero el clamor doliente de Amira le recordó su decisión de protegerla. Sin embargo, ahora que conocía el rostro del culpable, no tenía tanta prisa en encontrarse con él, porque podría localizarlo siempre que quisiera.

Girándose hacia ella, Abdul la condujo hasta el pasaje tan angosto, que les era difícil moverse y donde apenas llegaba la luz. Rodeó con sus brazos a la joven antes de entrar intentando consolarla, escuchando su tono afligido que repetía una y otra vez *madre*.

—Reacciona, Amira. —Él la zarandeaba inútilmente.

Ella comenzó a removerse tratando de escapar, visualizando al antiguo Sultán en vez de Abdul, tratando de sostenerla. Tenía miedo, quería salir de allí. Necesitaba a alguien que la ayudara a escapar de esos recuerdos tan vívidos.

—A…ayúdame…A-Abdul —sollozó, desesperada.

Él la miró abrumado, consumido por el temor de no poder auxiliarla, sintiendo un miedo irrefrenable y violento, ante la sola idea de que ella saliese lastimada.

No lo meditó. Abdul elevó su mandíbula con la mano mientras atrapaba sus muñecas con la otra, evitando que lo golpease. Inclinándole la cabeza hacia atrás lo suficiente para perderse en la profundidad de sus ojos de obsidiana, que parecían no verle.

—Perdóname —suplicó el visir.

Juntó los labios con los suyos en un beso tranquilizador, tratando vanamente en regresarla a la realidad, en retornarla a su lado.

Amira se resistió en un principio ante la desconocida sensación que la abordaba, luchando con sus manos cuanto pudo sin conseguir lastimar al Sultán; sumergiéndola en la más oscura penumbra de su memoria. Fue entonces que la imagen del visir apareció en sus pensamientos como una mano amiga, arrancándola de la oscuridad y trayéndola a la luz.

Los labios de él yacían sobre los suyos con ternura, en un contacto tan breve entre sus bocas que podría dudarse si existió en realidad. La culpa se instaló en la plata y el oro de sus ojos, arrepintiéndose por su modo deshonroso de actuar, pero al mismo tiempo satisfecho de verla resuelta y tranquila.

—Perdón. ¿Te encuentras bien, Amira? —preguntó Abdul, ansioso.

Ella guardó silencio un minuto, llevando los dedos hasta sus labios, reteniendo el contacto.

—Amira —llamó el visir al no recibir contestación—. ¿Has vuelto en sí?

Ella lo encaró con seguridad digna de una reina, revelando un poder decisivo en sus ojos que le hubiese sido imposible rebatir, incluso al mismísimo Sultán de Zahar. No cabían dudas, pero Abdul no lo comprendió hasta que fue muy tarde, transformándolo en su víctima.

Amira lo atacó sin advertencia, impidiéndole cualquier reaccionar, plantando un beso en la boca entreabierta del visir.

Fue un contacto torpe en un comienzo, sin embargo, tan pronto Abdul comprendió lo que acontecía, se apuró a corresponder el gesto con el mismo ahínco que ella le dedicaba.

El estremecimiento de sus cuerpos fue explosivo. Como un relámpago electrizante que recorría desde la punta de sus pies hasta la cabeza de pura agitación. Abdul rodeó su cintura atrayéndola hacía él, profundizando el contacto entre sus bocas.

Amira resbaló sus manos sobre los brazos del visir, apreciando los marcados músculos a través de la tela, continuando el recorrido por sus hombros y culminando en su cuello, que no tardó en rodear para sentirlo más cerca.

Su lujuriosa boca era suave, sus lenguas danzaban un baile prohibido que no deseaban detener mientras sus alientos chocaban, sus exigentes ansias solicitaban más. Ese era un beso pasional, descontrolado, lleno de todo el deseo contenido desde la primera vez que se vieron.

Ella tembló cuando la lengua de él descendió de sus labios hasta su cuello, marcándola con una suave mordedura, lamiendo la piel delicada con parsimonia para regresar formando un camino de diminutos besos hasta sus labios. Deteniéndose en ellos con una leve caricia antes de apartarse.

—Abdul…—jadeó ella, quejándose a la falta de contacto.

Él la miró complacido, agitado, excitado y deseoso. Controló el más puro instinto que le indicaba proseguir, no era ni el momento ni el lugar. Aun así, admiraba el rostro turbado de ella, la oscilación de su pecho, el brillo en sus ojos que revelaba el deseo y la misma frustración que la suya.

—Amira, cuando estemos solos tutéame… —ella lo miró ligeramente mareada— y puedes llamarme por mi nombre todas las veces que desees. —Él sonrió de una forma encantadora imposibilitándole cualquier negativa.

Y entonces, volvió a besarla.

CAPÍTULO: XVI

AMENAZA

En los alrededores del palacio los guardias se formaban en filas, organizándose con prontitud para acudir en auxilio de los habitantes de la ciudad. La explosión había causado un gran revuelo en los ciudadanos, dejando muchos heridos y escasos muertos, limitándose solo a los habitantes del local y los más allegados tras el impacto. Pero eso aún era desconocido para los guerreros.

La preocupación de Enver era evidente al ver su rostro. Su mente confabulaba terribles escenarios en los que tanto el visir como Zaid morían y, por más que intentaba apartar los lúgubres pensamientos, no lo conseguía.

El guerrero estaba enterado de la proximidad del visir al lugar de la explosión gracias a uno de los soldados que acostumbraba vigilarlo, no obstante, luego del estallido, le perdió la pista y no estaba seguro de que hubiese sobrevivido, tampoco tenían información de la artista.

Enver responsabilizaba a la mujer por cualquier daño que pudiese ocurrirle a Abdul. El Gran Visir nunca había mostrado interés por acompañar a ninguna persona al bazar, por muy importante que fuese la visita. Él siempre delegaba la tarea a algún guerrero, guardia o incluso otro visir del Sultán. Pero era innegable que Abdul estaba interesado en la joven y, lo que al comienzo consideró un alegre acontecer, ahora lo creía una desgracia si su amigo salía herido.

De Zaid en cambio, no poseía información en absoluto y se sentía extremadamente culpable de que algo le hubiese ocurrido.

El guerrero había acudido en su ayuda a la ciudad a recaudar la información que el visir precisaba—siendo conciso y poco específico en su petición para no traicionar la confianza de Abdul—, una que debía haber conseguido Enver personalmente. Sin embargo, por la afabilidad de su compañero y la amplia gama de amistades que poseía en la ciudad, creyó que sería más simple para él indagar. Ahora se arrepentía de haberle solicitado el favor.

El corazón no dejaba de latirle presuroso. Ni en la más fiera batalla su pecho sentía semejante opresión como la que experimentaba. Temía por su amigo… su mano derecha, un hombre con la habilidad de hacerlo sonreír en medio de la fatalidad y de arrancarle suspiros de sus labios; su más grande miedo era encontrarlo junto a las víctimas del monstruoso atentado.

Las exclamaciones de alivio, barullos y gritos de alegría de sus compañeros captaron la atención del guerrero. Enver intentó enfocar la mirada por sobre el hombro de algunos que se habían aglomerado en la entrada del palacio, rompiendo la formación, vitoreando palabras de alegría y dicha.

Al no conseguir su cometido, decidió aguardar a que los guerreros volviesen a formarse. Por fortuna, al cabo de un minuto se escuchó fuerte y autoritaria la orden que esperaba. La sonrisa fue inevitable de contener para él en cuanto reconoció la voz. Enfocó la mirada en la entrada recién despejada, divisando al visir y a la artista.

La alegría regresó a Enver como tranquilidad sincera por uno de sus más apreciados amigos, sin embargo, la angustia por Zaid permanecía firmemente arraigada en su pecho y no se desvanecería hasta obtener noticias.

Enver no tardó en aproximarse a la pareja de recién llegados tan pronto el visir lo autorizó. Se maravilló ante el porte autoritario de Abdul, era un líder nato, un hombre nacido para gobernar un imperio, pero se negaba a hacerlo y desconocía el motivo.

Fue precisamente mientras lo examinaba que el guerrero advirtió el insignificante detalle de las manos unidas entre la artista y su amigo. La perspectiva en la que se encontraban lo hacía poco evidente: ella permanecía detrás del visir y este poseía ambas manos tras de la espalda. Estaba tan bien oculto que solo un buen observador podría notarlo y Enver era uno excelente.

—Visir Abdul, me alegra mucho saber que se encuentran con vida —comentó Enver tan pronto estuvo frente a ellos—. ¿Están heridos?

—Aprecio tu preocupación, querido amigo. —Abdul suavizó su dura expresión antes de regalarle una sonrisa sincera y tranquilizadora—. Estamos en perfecto estado, no sufrimos más que suciedad y algunos empujones al regresar.

—Que bueno.

Abdul miró por sobre el hombro de su compañero, buscando entre los guerreros a una persona en particular que parecía no haber vuelto aún.

—¿Zaid no ha regresado?

—¿Acaso… lo ha visto, visir? ¿Está herido? —La angustia en la voz de Enver no pasó desapercibida para los presentes.

Abdul consideró qué decir ante la pregunta, parecía simple de responder, pero conllevaba un trasfondo más complicado del que le gustaría. Al cabo de un minuto optó por mentir, cambiando de opinión en el último segundo al reparar en la inquietud de su amigo.

—Sí, lo vi cerca del bazar, sano y salvo. Él no logró verme, pero no debe tardar en volver —dijo al final.

El visir apreció como la mirada de Enver se iluminaba ante su respuesta.

Abdul seguía sin comprender como tras tantos años de estar juntos como compañeros, seguían ignorando los sentimientos que eran evidentes, pero también suponía que, al aceptarlo, tendrían que soportar infinidad de obstáculos impuestos por el Sultán.

Era de conocimiento popular que el Sultán no aprobaba las relaciones en sus guerreros. Consideraba que los hombres debían permanecer lúcidos, concentrados en las batallas y el entrenamiento; cosas que el amor marital solía distraer. No obstante, sí les permitía saciar sus necesidades humanas con quienes desearan, mientras no hubiese sentimientos de por medio.

En este caso no era uno sino dos guerreros los que estaban enamorados y, mientras Rajah siguiera siendo el Sultán, lo mejor era que mantuvieran la distancia, porque renunciar no era una opción viable: cualquier guerrero que dejara el cargo era asesinado por dimitir.

—Cuando Zaid regrese —ordenó—, dile que lo estaré esperando en el estudio.

—Sí, visir. —Hizo una breve pausa antes de continuar. —¿Desea que escolte a la señorita Durand al *helvurir*?

—No, me encargaré personalmente. Además, ustedes están próximos a salir a la ciudad —le recordó.

—Como prefiera, visir, solo recuerde que...—Enver se acercó al oído de Abdul tan solo un poco, y murmuró—, para el Sultán los puntos débiles son un arma muy apetecible.

Le tomó un segundo al visir entender el significado de las palabras de su amigo. Recordó el contacto que aún mantenía a su espalda. Era un descuido, pero la sensación que le inducía era tan natural y agradable que una parte de él se resistía a soltarla; lo hizo, sintiéndose afligido por ello.

Abdul le solicitó a ella que lo siguiese tan pronto acabó la conversación con el guerrero.

⁎ ✳ ⁎ ✦ ✛ ⚜ ✛ ✦ ⁎ ✳ ⁎

La pareja no tuvo que ingresar en el *helvurir* como habían planeado en un comienzo. Todas las mujeres —junto a los eunucos— fueron escoltadas al patio central del palacio, siendo suficientes como para masificar el ambiente caluroso, pero no tantas para impedir el tránsito por los alrededores.

El patio era extenso y repleto de lirios a los cuatro costados, aunque no eran los suficientes como para ser considerado un jardín. Estaba bastante cerca a una de las puertas traseras, utilizadas exclusivamente en caso de querer evacuar el palacio durante una emergencia.

Fue justo cuando transitaban por allí que Zully se acercó hasta Amira, arrojándose con descortesía sobre la artista, otorgándole un abrazo llenó de dicha por verla viva.

—¡Qué alegría! Estaba tan preocupada —pronunció Zully.

Amira correspondió el gesto brevemente antes de separarse. Esa clase de demostraciones no estaban bien vistas en público y, en aquel momento, todas las miradas de las jóvenes del *helvurir* se posaban sobre ellos. Distantes, pero atentas a cada movimiento.

—¡Oh, sí! Perdone el atrevimiento —se disculpó la doncella, avergonzada al percatarse de su actuar.

—Está bien, a mí también me alegra verla bien —aseguró Amira, dedicándole una sonrisa amable.

—A usted también, Gran Visir —agregó la joven junto a una reverencia.

Abdul realizó una leve inclinación en respuesta, permaneciendo en silencio, mientras buscaba entre todas las presentes a la sultana. Le desconcertaba no ver a la dirigente del *helvurir* junto a las demás mujeres, cuando su deber era velar por el bienestar de estas.

—¿Por qué están aquí afuera? —preguntó Amira, con interés.

—El estruendo en la ciudad retumbó por todas partes y la sultana ordenó que evacuásemos con prontitud. Nos dijo que debíamos permanecer alertas en caso de tener que abandonar el palacio, trayéndonos aquí.

—¿Dónde se encuentra ella en estos momentos? —intervino el visir, con interés.

—Las demás comentan que fue a ver al Sultán.

—Entiendo. —Abdul centró su mirada en la artista. —Creo que también debería ir a conversar con él, además, Zaid debe estar esperándome en el estudio.

Amira comprendió que él se estaba despidiendo de ella con la mayor cortesía que podía en esa situación. El visir solicitó a la dama de compañía que fuese en búsqueda de Dumont y que lo informara del bienestar de la artista.

Zully partió pronto a cumplir la orden impuesta por el visir.

Abdul le encomendó esa misión intentando disponer de un poco más de privacidad con Amira, sin embargo, no era demasiada, las miradas de las jóvenes no se apartaban de ellos. Aun así, consiguió acercarse lo suficiente para platicar con Amira sin ser distinguidos por los oídos curiosos.

—Aún me debes una explicación sobre lo que ocurrió en el bazar —murmuró el visir, sin apartar la vista de las demás mujeres que pretendían ignorarlos.

—No creo que sea el momento indicado para discutirlo.

—Lo sé, por eso vendré a verte esta noche. —La sonrisa traviesa en el rostro de Abdul no pasó desapercibida para Amira ni para ninguna de las mujeres que los miraban.

—No creo conveniente que...

—Es un tema que no puedes evadir —aseguró el visir, impidiendo su negativa—. Creo que debo irme, antes de que me salten encima —bromeó, señalando con disimulo al par de mujeres que no dejaban de mirarlo.

—¿Realmente? —respondió ella, con una sonrisa sarcástica.

—Esa es mi palabra —la reprendió divertido, sin dejar de mirarla—, pero sí, es hora de volver a mis labores.

—Entiendo —comentó Amira desanimada.

—Afortunadamente, nuestro siguiente encuentro no se postergará por dos semanas como el anterior. —Empleando su seductora voz—, Hasta esta noche, princesa.

El color rojo se posó sobre las mejillas de Amira. Guardó silencio y respondió con una leve inclinación de su cabeza.

La soledad incomodó a Amira en el instante preciso en que el visir desapareció por el corredor. Sintiéndose curiosa por la expresión tan opuesta que mostraba él al momento de virarse, transformando su rostro complacido en uno lleno de furia y resentimiento.

—No esperaba ver a la apreciada artista del Sultán junto a nosotras. —Amira prestó atención a la mujer que se dirigía a ella con altivez y desdén.

—Señorita Jalila —saludó Amira, educada—, confieso que entre tantas mujeres tampoco esperaba verla.

—Podría decirme su nombre ya que ha utilizado el mío.

—Puede referirse a mi como señorita Durand —indicó Amira.

—Lo haré, pero ¿cuál es su nombre de pila? Quiero decir, me ha llamado Jalila no señorita Nevot.

—Le ruego me disculpe, señorita, desconocía su apellido —dijo Amira—, acostumbraré a utilizarlo de ahora en adelante.

—Bien, pero aún no ha contestado a mi pregunta —le recordó Jalila.

Cualquier rastro de serenidad que había permanecido en el rostro de Amira desapareció tras la continua insistencia de la mujer. Removiéndose un poco, echó la cabeza hacia atrás, ligeramente, tornando su postura tranquila a una desafiante, dispuesta a enfrentar a cualquiera que se le impusiera.

Enarcó una ceja y presionó sus dientes tratando de no liberar algún improperio.

—¿A qué se debe su arduo interés en conocer mi nombre? —Los labios de Jalila se curvaron en una sonrisa maliciosa antes de responder.

—Encuentro sospechoso su renuencia a decírmelo, al igual que su habilidad en danzas tan privadas como la de las odaliscas.

—Lo que sepa hacer o no, al igual que mi nombre, no es un asunto que le concierna a la favorita del Sultán.

—Lo es cuando se involucra con un hombre que no debe. —El desagrado de Jalila era evidente como para ignorarlo.

—No me he involucrado con el Sultán, si eso cree —aseguró Amira, curvando sus labios en evidente desprecio, tratando de calmar su agresiva actitud.

—No es a quién me refiero.

La mirada de Amira se endureció al instante de comprender la situación. Fue inevitable para su cerebro rememorar el momento exacto en que conoció a la mujer, abandonando el camarote de Abdul en el barco. La artista entendió que Jalila sentía atracción por el visir, incluso algo más fuerte a juzgar por la mordacidad que le dedicaba.

—He guardado silencio porque imaginé que solo se dedicaría a dibujar, pero en vista de que ha tomado otro tipo de libertades… —Jalila hizo una pausa rememorando la encantadora sonrisa que el Gran Visir le dedicó a la artista—, estoy segura de que le encantaría saber que su artista también danza y conoce los bailes de las mujeres del *helvurir*.

Amira pensó que decir antes de responder. Notaba en el comportamiento de la mujer, que no solo estaba celosa sino herida, y bien sabía que no había nada en el mundo tan peligroso como eso. Su madre lo había pagado con su vida muchos años atrás.

—¿Por qué piensa que me importaría que se enterase? —evadió Amira.

—Si no le importara, no se hubiese tomado tantas molestias en ocultarlo.

—Se equivoca, no me he tomado ninguna molestia —dijo la artista—, el asunto no ha llegado a oídos del Sultán, eso es todo.

Amira jugueteó con uno de los mechones que se escaparon de su peinado, tratando de aparentar tranquilidad y poca importancia en el asunto.

—Además, un acto tan trivial como ese no debe importarle en lo más mínimo.

—Cierto, a no ser que una joven con gran elocuencia, relate su fastuosa danza —dijo Jalila, mostrando sus dientes en una sonrisa victoriosa—, es bien sabido que adora contemplar los bailes espléndidos, como lo fue el suyo.

—¿Y qué ganaría con que él me viese danzar? No tiene sentido lo que propone.

—Sí lo tiene —aseguró Jalila, imperiosa—, si el Sultán la ve, tengo la certeza de que la forzará a permanecer en el *helvurir* como odalisca y, con un poco de insistencia, posará su interés en usted, lo que significaría...

—Que el Gran Visir no podría acercarse a mí —concluyó la artista.

—Exacto.

Amira miró a la mujer con desdén. Le desagradaba, odiaba la idea de danzar para el Sultán casi tanto como el no poder estar cerca de Abdul, más ahora cuando por fin se había animado a besarlo.

—¿Es eso una amenaza? —preguntó Amira, retadora.

—Más bien, una advertencia.

Suspiró con impaciencia. Intentó por todos los medios no tener que responderle a la mujer como pretendía hacerlo, poseía el convencimiento de que provocaría una serie de eventos desagradables a largo plazo. Aun así, sintiendo que no tendría otra opción para evitar la amenaza, y ganando con ello tiempo suficiente para informárselo al visir, decidió actuar.

—En ese caso, señorita Ja...li...la... —Amira pronunció el nombre de la joven con perezosa lentitud, avivando en la mujer el disgusto—. Si decide comentarle al Sultán de mis habilidades o alguna otra artimaña sobre mí, me veré en la obligación de decirle que la vi salir del camarote del visir cuando nos encontrábamos en el Zanhra.

Amira mintió con tal seguridad que sería imposible dudar de ella.

—¿Por qué debería importarme? Conozco de memoria los castigos, no le temo.

—Puede ser, pero el más afectado será el Gran Visir, no usted. —Jalila la miró con atención. —Es bien conocido el castigo que se le da a un hombre por tocar a una de las mujeres del *helvurir*, en especial a una de las favoritas.

La actitud altiva de Jalila decayó junto a toda su confianza al escuchar esa amenaza. Decía la verdad en lo de no temerle al Sultán, pero si por su proceder el visir terminaba lastimado, ella nunca se lo perdonaría. Evaluó unos instantes algún gesto en la artista que le indicara que mentía o fanfarroneaba, dudando que fuera capaz de realizar un acto tan bajo.

—No se atrevería.

—Pruébeme —retó Amira, demostrando seguridad en su voz.

Jalila titubeo sin saber que decir. Desconcertada, pasmada por la actitud egoísta que denotaban las palabras de ella. La duda se acrecentaba en su mente con tal fuerza, que la pronunció en voz alta.

—¿Es una advertencia? —Los labios de Amira se curvaron de medio lado.
—No querida, es una amenaza.

CAPÍTULO: XVII

PREGUNTAS

Abdul ingresó al estudio azotando la puerta tras de sí. Con un andar orgulloso atravesó el recinto, ignorando la presencia del guerrero que aguardaba con estoica actitud la llegada del visir.

Zaid daba por hecho que el evidente malestar se originaba por los recientes acontecimientos ocurridos en la ciudad y que él fue citado para tomar las acciones pertinentes.

El visir se recostó levemente sobre el borde del escritorio de roble oscuro, pensando en cómo abordar una conversación que desde todos los ángulos era complicada. Ver a Zaid en el bazar lo dificultaba todo, estaba inseguro de cómo exigirle explicaciones; se trataba de su mejor amigo, no de cualquier guerrero atrapado infraganti.

—¿No está dando demasiados rodeos al tema, Gran Visir? —La voz del guerrero trajo a Abdul a la realidad.

—Lo estoy, necesito preguntarte algunas cosas que no son fáciles y pensaba el mejor modo de hacerlo, pero me temo que es imposible.

—Debe ser grave si le preocupan mis sentimientos —dijo Zaid como chanza.

—¿Tus sentimientos? —Abdul contuvo una sonrisa amarga ante el comentario—. Si fuese a herir tus sentimientos abordaría el tema sin inconvenientes —aseguró pensativo—, es tu vida la que me preocupa.

Zaid lo miró preocupado, estaba tuteándolo y solo lo hacía cuando estaba realmente furioso. Se preguntó qué pudo hacer para provocar la maldita pasiva actitud de su amigo.

El guerrero conocía el carácter de Abdul como la palma de su mano, se criaron juntos desde la más tierna infancia después de todo; ese comportamiento inalterable era de temer. Zaid tuvo la oportunidad de admirarlo en una ocasión y solo recordarlo le estremecía.

—Dependiendo del resultado de esta conversación, tu vida se encontrará en mis manos —advirtió el visir.

La mente del guerrero reproducía con lentitud cada paso, cada acción realizada en las últimas horas y que el visir pudo haber notado, o que alguno de los guardias alcanzó a informarle, pero fue en vano. No comprendía que logró descubrir Abdul que lo metiese en semejante problema. A no ser…

—¿Qué pude haber hecho? —El semblante de Zaid se tornó serio y expectante.

Ignorando la pregunta realizada, Abdul ladeó el rostro ligeramente intentando relajarse con el gesto, sin conseguirlo. Tras una breve pausa y exhalar una profunda respiración, empezó con las interrogaciones.

—¿Por qué estabas en el bazar? Se supone que el día de hoy debías patrullar el área norte del palacio.
—Cambié el turno con uno de mis compañeros —comentó Zaid, sin importancia.
—¿Por qué motivo?
—Necesitaba información sobre el líder de las revueltas.
—¿Quién te lo ordenó? ¿El Sultán?
—No, fue un favor.

Abdul llevó los dos dedos hasta sus sienes presionándolas con ligereza. Necesitaba mantener la calma en esa situación, pero le resultaba difícil hacerlo, en especial si se trataba de la persona a la que consideraba su hermano.

—¿Enver te lo pidió?
—Enver no tiene contactos en la ciudad como yo, es más simple para mí recaudar información —expuso Zaid, evadiendo la pregunta.
—Le dije que no dijera nada —reclamó el visir.

El sonoro golpe de la mano de Abdul sobre el escritorio retumbó en toda la estancia, provocando a su vez un escalofrío que recorrió la espalda de Zaid hasta disiparse en su cuello.

Zaid advertía que al no ser lo suficiente comunicativo aumentaría el mal genio del visir. Le asustaba, temía de lo que podía ser capaz si sobrepasaba el límite de su paciencia; no obstante, debía mostrarse calmado, tomando la misma actitud que tendría en una batalla: una falsa apariencia de tranquilidad.

—No debió desobedecerme —recalcó Abdul, antes de mentir—, lo juzgaré por desacato, por revelar información secre...

—¡No lo hizo! —interrumpió Zaid, alarmado ante la idea de que Enver fuese enjuiciado por su falta.

—Yo consideraré eso. ¿Qué te pidió exactamente?

—Solo que investigara acerca de las revueltas, sobre los grupos más usuales que tendían a reunirse. Nunca especificó sobre los líderes —reveló Zaid, casi como un murmullo.

—Entonces, ¿dónde averiguaste su verdadero objetivo?

—Me sorprendió que no me solicitaras esa tarea a mí —evadió Zaid con indignación.

—Espero la respuesta a mi pregunta —recalcó el visir, autoritario—. ¿Cómo sabes lo que le pedí a Enver?

Zaid emitió un suspiro frustrado, siéndole imposible responder a esa pregunta sin verse comprometido.

Encarando al visir con temor evidente para quien observase sus ojos, un miedo similar al que podría experimentar un niño tras haber hecho algo malo y viéndose atrapado.

—Sé que busca al líder de las revueltas, pero no porque Enver me lo dijo. Él jamás desafiaría una orden suya, conoce su carácter.

—Lo que haga o deje de hacer Enver no es el tema en cuestión, Zaid —masculló Abdul— ¡Deja de evadir el tema y habla de una buena vez!

Al mirar los encendidos ojos de Abdul, el guerrero comprendió que no debía continuar dando evasivas. La paciencia del visir estaba a punto de acabarse y no deseaba ver a su amigo convertido en el mismo monstruo sin corazón que presenció en aquella ocasión, muchos años atrás.

—Zaid... ¿eres parte de la rebelión? ¿Allí obtuviste la información?

El silencio del guerrero fue suficiente para despejar las dudas que Abdul podía albergar. Analizando el impávido rostro en búsqueda de respuestas, intentando encontrar en su expresión un vestigio de inocencia, topándose con una dura mueca y una expresión llena de culpa.

—Gran Visir, yo… —la mirada acusadora del visir le impidió continuar.

—Admito que me sorprendí al verte entregar sables de la guardia del palacio a un ciudadano, en medio de la catastrófica situación —reveló Abdul—, armas suficientes como para unas treinta o cuarenta personas.

Zaid no supo cómo responder, mientras intentaba reunir el valor suficiente para defenderse a los cientos de preguntas con las que lo abordaría el visir. En el preciso instante en que se animase a confirmar con palabras y no con gestos la verdad de la situación, todo cambiaría. Nunca supuso que Abdul en persona lo atrapase infraganti.

—¿Qué están tramando? ¿Por qué necesitan armas, Zaid? ¿Comprendes lo peligroso que es armar a ciudadanos? —Él apartó la mirada, asintiendo avergonzado.

El visir se impacientó ante el comportamiento taciturno del guerrero. Él intentaba platicar, resuelto a escucharlo y encontrar juntos una forma de protegerlo, pero Zaid se negaba a cooperar. Sin pensarlo, lo sostuvo del cuello de la camisa con ambas manos, forzándolo a que lo mirase.

—¿Por qué me traicionas? De entre todos mis guerreros, tú y Enver son como mis hermanos. ¿Por qué haces esto?

—Sé que es lo que parece, pero no lo hago —aseguró Zaid—, no te traiciono, es lo mejor para todos.

Tomando ambas manos del visir con fuerza, consiguió apartarlas de su cuerpo, manteniendo una tensa distancia entre ambos.

—No es coherente lo que dices —dijo el visir, contemplando al guerrero como si hubiese enloquecido.

—Lo es.

—Entonces ilústrame, tienes mi completa atención en este asunto.

El guerrero lo observó dolido ante la expresión colérica que le dedicaba Abdul. Este intentaba conservar la calma pese a la renuencia de su amigo. Sintiendo en su pecho como el puñal de la traición se enterraba cada vez más, eliminando de su mente todo el sentido o razón.

El guerrero no podía callar por más tiempo, albergando la vaga esperanza de que Abdul, a quien también consideraba como un hermano, lo ayudase. Sabía que el visir pudo exponerlo desde el primer momento ante el Sultán como un traidor, pero prefirió exigirle una explicación antes de tomar una acción que lo conduciría a la muerte.

—Las paredes tienen oídos —le recordó Zaid—, pero prometo entregarle las respuestas necesarias que le ayuden a comprender mis motivos.
—Habla antes de que cambie de opinión. —Abdul suspiró impaciente.

Zaid presionó sus puños contra los costados de su cuerpo, tomando una enorme bocanada de aire para infringirse valor.

—Soy parte de la rebelión —murmuró Zaid, lo suficiente para ser escuchado por el visir.

Abdul cerró los ojos, dolido ante la confirmación. *Traicionado*, tuvo el impulso de gritar, de golpear a Zaid en la cara por su equivocación, pero no lo hizo. La violencia no cambiaría las acciones de su amigo, ni repararía la confianza entre ellos. No hizo nada más que escuchar.

—El palacio se encuentra lleno de informantes y las noticias se esparcen como la arena en el viento.
—Supongo que guardará la identidad de los informantes —comentó Abdul, con desgana.
—Sí, aunque desconozco sus identidades.
—¿Realmente? —dijo Abdul.

El sarcasmo en la voz del visir no pasó desapercibido para Zaid, ignorando su comportamiento decaído, prosiguió.

—Los líderes de la rebelión están organizados para que no sea fácil dar con ellos, y se han encargado de que los informantes no se contacten entre sí. Sobre todo, los que habitan en el pa...
—¿Por qué? —interrumpió Abdul—. ¿Qué te impulsó a cometer esta traición?

El visir deseaba... no, necesitaba conocer que impulsó a Zaid. La motivación de poner todo su mundo en riesgo, a costa de perder la vida.

—Fueron varias las causas, no solo una —admitió Zaid, con amargura.

—¿No poder estar junto a Enver es una de ellas?

—Influyó, no lo negaré.

—¿Tanto por amor? —reclamó Abdul.

—Dije que influyó, no que fue mi principal motivación. Además, jamás comprenderás lo que es estar lejos del ser amado si nunca lo has experimentado —reclamó Zaid, con molestia.

—¡Ustedes no están separados! —rebatió el visir, indignado—, siempre me cercioro de que queden juntos en las misiones, precisamente porque conozco los sentimientos de ambos.

—¡Es mucho peor así! —estalló Zaid, furioso—. Estar junto a quien amas y no poder tocarlo con libertad, aparentando no sentir las sensaciones que te abruman. No, un abismo gigante nos separa y hasta que no lo experimentes no podrás entenderlo.

—¿Aun a costa de tu vida?

—Enver lo vale —juró Zaid, sin ápice de duda en su voz.

Abdul se calló. Aceptando que en el pasado no había experimentado dolor semejante como el que describía su amigo. Sin embargo, ahora… por alguna razón la imagen de Amira se posó en su mente con firmeza.

—¿Cuál es el otro motivo? —preguntó el visir, tratando de alejar a la joven de sus pensamientos.

—Zanabaq se encuentra mucho peor de lo que aparenta. El Sultán está desviando todas las provisiones y armamento a los guerreros alojados en Etrus. Las personas están muriendo de hambre y mientras más se alejan de la capital, la situación empeora.

El visir lo miró sin comprender, desconociendo la información. Zaid se percató de la expresión de desconcierto en su compañero.

—¿No has leído los informes recientes? Todos mis reportes tratan ese asunto.

Rápidamente el visir se movió detrás de su escritorio, buscando los informes de Zaid, encontrándolos casi al final de la enorme pila de papeles que aún faltaban por leer.

—He dado prioridad a las revueltas, no he llegado a ellos todavía —confesó el visir, mientras leía con detenimiento—, pero… ¡¿qué significa esto?! ¿El Sultán quiere declarar una guerra?

—Es lo que suponemos. El aumento impulsivo en los impuestos, el envío de tropas a Etrus, las provisiones y por supuesto, propiciar un ataque a la capital para inculpar a uno de los reinos fuera del imperio.

La perplejidad se posó en el rostro de Abdul. ¿En qué momento se había descuidado tanto? Él en su ingenuidad supuso que los revolucionarios de la ciudad eran los causantes de aquel devastador ataque, ni en sus sueños más perturbadores se imaginó que el Sultán era el culpable, pero por los reportes que leía en esos momentos a una velocidad casi inhumana, confirmaban las palabras de Zaid.

—¿El Sultán propició el ataque de esta tarde? —dijo incrédulo.
—Sí. Todos en la ciudad lo saben. No creerán ni por un minuto que fue un ataque externo; sobre todo, porque ninguno de esos reinos sería capaz de enfrentarse a un imperio como Zahar.

La culpa invadió el cuerpo de Abdul. Era su responsabilidad proteger a la ciudadanía y de no ser por su atolondramiento por Amira hubiese detenido a su hermano a tiempo, hubiese evitado la muerte de muchos inocentes.

Él era el Gran Visir de Zahar, su deber era con los ciudadanos del imperio, no con una mujer que apenas conocía, pero no podía evitarlo. La artista se adentró tanto en él que le era imposible no ponerla como su prioridad, aunque era un error y lo sabía.

—A nuestro parecer, el objetivo del Sultán es atacar Alband —explicó Zaid.
—¿El reino adyacente a Etrus?
—Sí —confirmó el guerrero—, desde que el Sultán se casó, el jeque de Etrus se ha convertido en un aliado poderoso para el imperio y Rajah piensa enviar más tropas allí para conquistar Alband.
—Alband carece de defensas, tomarlo será cuestión de días —aseguró el visir.

Abdul lo creyó probable, sobre todo al recordar que poco antes de su viaje a Aegis su hermano revisaba con detenimiento mapas de todos los reinos.

—Hablaré con el Sultán sobre esto, exijo una explicación —dijo el visir, poniéndose de pie y tomando varios reportes entre sus manos.

Zaid lo miró expectante, esperando la decisión del visir sobre su vida. No obstante, Abdul se movía con tal prisa, centrado en sus pensamientos que el guerrero no tuvo otra opción más que preguntar en forma directa.

—¿En cuanto a mi destino, visir? ¿Será la horca o guillotina?

—Aún no lo decido —aseguró Abdul, dirigiéndose a la puerta—, esta conversación quedará en secreto…por ahora. Regresa a tu puesto y ni una sola palabra de esto a Enver, no quiero preocuparlo —exigió.

—Mientras menos se entere mejor —concordó Zaid, agregando—, si el Sultán lo descubre estará cometiendo traición por encubrimiento… —le advirtió Zaid—, lo matarán.

—No será la primera vez que lo intenta —bromeó Abdul.

Zaid sonrió satisfecho. Dando por enterado que, aunque su amigo estuviese abatido por el reciente descubrimiento, una parte de él le indicaba que estaba de su lado y deseaba aferrarse a esa creencia con todo su corazón.

—Algún día deberás tomar un bando, Abdul —advirtió Zaid, atreviéndose a llamarlo por su nombre—, no se puede conciliar siempre.

—Prometo avisarte si algún día me decido por alguno.

CAPÍTULO: XVIII

DOMINIO

Abdul esperaba impaciente la aprobación del Sultán para que le concediese una audiencia al otro lado del salón del trono. Con lo acontecido en la ciudad, supuso que su hermano se hallaba colapsado dando órdenes a diestra y siniestra; o quizás, discutiendo con la sultana acerca de cómo proteger a las mujeres del *helvurir* en caso de un ataque al palacio. Asumiendo que todo lo dicho por Zaid respecto a la explosión, las provisiones y los guardias fuese mentira.

En el fondo el visir deseaba creer que era una mentira, que su hermano no estaba matando a los ciudadanos adrede, que se trataba de una vil artimaña inventada por los habitantes y que Zaid había caído en el engaño. Aunque sabía que pensar de ese modo era querer engañarse. Abdul conocía el carácter de Rajah lo suficiente para creerlo capaz de aquello, solo por satisfacer su ambición.

La puerta se abrió de par en par, topándose con la expresión descontenta de la sultana seguida por su séquito de sirvientas. Abdul se apartó a un lado inmediatamente, permitiendo que las mujeres avanzaran rumbo al *helvurir*. La sultana se encontraba tan ensimismada en sus pensamientos que no advirtió la presencia del visir en ningún momento.

Tan pronto las mujeres desaparecieron por el corredor, anunciaron su nombre en voz alta en el interior del salón, indicándole que debía ingresar.

Realizó una reverencia con dificultad, contrariando a sus sentimientos que deseaban no rendirle pleitesía al Sultán. La imagen con que fue recibido el visir al elevar la mirada, lo enfureció aún más de lo que ya se encontraba.

El Sultán descansaba plácido en su trono, disfrutando de una copa de vino recién servida por una sirvienta, mientras que con la mano libre estudiaba uno de los tantos mapas que tenía despilfarrados sobre la mesa que no solía estar en esa estancia.

—Me agrada ver que no fuiste herido —comentó sin levantar la mirada del papel—, aunque los reportes iniciales indicaban lo contrario.

—Su preocupación por mi seguridad conmueve mi corazón. —La voz sarcástica del visir captó el interés de Rajah.

El Sultán enarcó una ceja y le dirigió una mirada inquisitiva al recién llegado. Desconociendo la desagradable actitud del Gran Visir. Entrelazando sus dedos y apoyando sus codos sobre la mesa, agregó con serenidad:

—Eres mi hermano, no me gustaría que algo malo te ocurriese —garantizó el Sultán—, y podrías haber tomado un baño antes de venir a verme.

Abdul se percató de que sus ropas estaban cubiertas de tierra y algunas manchas de hollín. Tenía tantos asuntos importantes que resolver que su apariencia era lo de menos.

—La señorita Durand, ¿se encuentra bien? —preguntó centrando su atención nuevamente sobre los mapas.

Abdul consideró extraño que su hermano preguntara por ella, él no solía interesarse por nadie más. Rajah lo miró expectante, esperando la respuesta.

—Sí, no recibió heridas, pero sí un susto considerable.

—Me sorprendió enterarme de que fuiste en su compañía —admitió él—, no es propio de ti escoltar a los visitantes por la ciudad, mucho menos acompañarlos en sus compras.

—Trato de ser cortés con la invitada, es de Aegis y ambos sabemos que nuestras relaciones con ese reino no se encuentran en los mejores términos.

—¿Eso significa qué harás la misma cortesía con el señor Dumont?

—No le agrado, pero también lo haría —mintió Abdul.

El Sultán sorbió un poco más de vino, tomó una pluma y la sumergió en el pequeño tintero de la mesa, haciendo círculos sobre uno de los mapas.

—Supongo que tendré que permitirle descansar de su labor el día de mañana.

—¿A Dumont? —preguntó Abdul, confundido.

—A la señorita Durand —aclaró el Sultán—, no quiero que piense que soy un desalmado después del mal rato que experimentó. —Dio otro sorbo a su copa—. Su comportamiento en mi presencia es… taciturno, solo se dirige a mi cuando le habló directamente. Ser retratado por una mujer hermosa, pero tan callada es un poco molesto —admitió.

—Es comprensible, la golpeó —recordó el visir.

—Ella lo merecía —rebatió el Rajah—, intentó huir y resistió una de mis órdenes.

—No fue exactamente como ocurrió.

—¿Volveremos a discutir sobre ese tema? —preguntó Rajah, hastiado—. Me disculpé, más de lo que suelo hacer normalmente.

Abdul hizo caso omiso al comentario, no deseaba volver a entrar en un tema desagradable para ambos; hizo un esfuerzo enorme para contener el impulso de golpearlo. Solo recordar el día en que puso su mano sobre el rostro de Amira le hacía arder la sangre, pero debía mantenerse calmado, su tema a tratar era otro.

Le solicitó al Sultán permiso para acercarse y este se lo concedió. Tan pronto se encontró junto al trono le extendió los reportes que llevaba consigo, siendo recibidos con un ademán de fastidio.

—¿Qué es esto?

—Los informes sobre las revueltas, escasez de alimentos, robos y próximamente llegarán lo de los heridos por la explosión en el bazar.

—¿Por qué me muestras esto? Es tu labor encargarte de esos asuntos. Me encuentro ocupado por si no lo notaste, intentando expandir el imperio. —El Sultán extendió sus brazos mostrándole los mapas del reino.

El visir admitía que le resultaba un verdadero reto permanecer calmado ante la indiferencia que mostraba su hermano con sus ciudadanos. Abdul cerró los ojos un breve instante, respirando profundamente para controlar su mal genio antes de retomar la conversación.

—Han llegado a mis oídos rumores alarmantes de que planea una conquista. ¿Es eso cierto?

—¿Rumores? —El Sultán curvó sus labios en una sonrisa burlona.

Rajah guardó silencio. Aplaudiendo un par de veces hizo que todos los presentes en el salón —incluyendo los guardias— abandonaran la estancia con prontitud. Abdul comprendió de inmediato que la conversación a punto de desarrollarse era confidencial.

—Es una realidad —confirmó—, estoy preparando una invasión a Alband lo más pronto posible.

—Le aconsejo que no lo haga. —El visir sonó serio, incluso autoritario.

—¿Por qué no? Tengo el dinero, el armamento, los guerreros y el punto estratégico perfecto. Sería un idiota si desaprovechase una oportunidad como esa.

—¡Sería un buen Sultán! —dijo Abdul exaltado—. Los ciudadanos están disgustados con su gobierno. Lo han dejado claro. ¡Preparar una conquista en estos momentos es un error desde cualquier punto de vista!

—¡Modula el tono con que te diriges a mí, soy el Sultán, no un guerrero; no te equivoques!

Rajah contempló la destellante y furiosa mirada del visir. Notando por primera vez una autoridad digna de un soberano, actitud que podía llegar a considerar amenazante. Se preguntó si había llegado finalmente el día en el que su hermano se revelaría contra él.

Abdul presionó sus dientes con tal fuerza que creyó que se dislocaría la mandíbula. A pesar de la furia debía controlarse, si no deseaba que lo considerara una amenaza para su cargo después de tantos años.

—Disculpe mi impertinencia, Sultán —dijo Abdul a regañadientes—, pero debe comprender que me preocupo por su seguridad.

—¿Cómo? ¿Demostrando insolencia?

—No, pero sí intentando que me escuche. —El Sultán lo instó a continuar—. No hay nada más peligroso para un gobernante que el descontento de sus ciudadanos, expandir el imperio es imprudente si no se tiene control sobre el territorio existente.

Él analizó las palabras de su consejero, recordando a su vez, las historias y las leyendas con las que había crecido. Relatos de las grandes hazañas que su abuelo, incluso su padre Hasam al-Sfeir habían logrado. Ellos eran perpetuados en las arenas del tiempo, como unos líderes fuertes y magnánimos gobernantes. Por las habilidades de sus ancestros de no desperdiciar las oportunidades, aun cuando estos tuviesen todo en contra. Ellos se alzaron victoriosos, fortaleciendo el imperio al punto de conquistar casi todo el reino.

«No» pensó el Sultán.

Él se consideraba muy superior a ellos. Él había logrado hacerse con el trono ganando la confianza de los visires de su padre siendo aún más joven que sus hermanos; él que había destruido a quienes se le oponían en el pasado. No, no detendría sus planes solo porque los habitantes de Zanabaq se encontraban irritados por su actuar..

—Comprendo, pero mi decisión es la misma. Tan pronto estén listos los cañones que encargué, conquistaré Alband.

—¡Es un error! Zanabaq estallará en protestas tan pronto saque a la guardia de la ciudad.

—¡Zanabaq se regocijará por la victoria del imperio! Una victoria siempre trae satisfacción y dicha a sus habitantes —bramó el Sultán, enfadado—, y como capital se verán más beneficiados que el resto de las ciudades.

Abdul no lo soportó más. La ambición que albergaba su hermano se había salido de control y él, siendo quien era, conociendo las dificultades de los habitantes, el desastre que el Sultán provocó por su codicia y en parte por resentimiento a los ciudadanos, fue suficiente para detonar verdadero carácter del visir.

—¡Se revelarán! —advirtió Abdul en el mismo tono.
—¡¿Y serás parte de ellos?! —acusó Rajah.

Entre ambos se desataba una lucha silenciosa por el poder. Abdul por primera vez en su vida demostraba en su mirada el brillo digno de un soberano. El Sultán lo reconoció: eran ojos cargados de autoridad, inteligencia, experiencia y sabiduría. Una de la que Rajah carecía.

—Si hay una rebelión en Zanabaq o cualquier otra ciudad, te compete resolverlo. Es tu trabajo —aclaró el Sultán.

—No puedo pasarme la vida reparando los destrozos que provocas —rugió Abdul—. ¡En la ciudad se habla de que la explosión fue por orden suya!

—¡Qué bueno que lo sepan! Así entenderán su posición en el mundo y dejarán sus absurdas protestas.

—Su trabajo es velar por su bienestar, no lastimarlos —aclaró el visir, aprensivo por lo que escuchaba.

Rajah se colocó de pie, acercándose con aires de superioridad, con una presencia intimidante que dejaba en claro quien mandaba.

—Te hice Gran Visir porque confío en tus habilidades para solventar problemas. —Los labios de Abdul se curvaron en una expresión socarrona.

—Ambos sabemos que fue porque no encontraste otra manera de controlarme —rebatió Abdul—, y necesitas de mis conocimientos.

El Sultán guardó silencio. Esa era la declaración de guerra que llevaba años esperando por parte del visir, sin embargo, el carácter de Abdul había cambiado en muy corto tiempo y Rajah se preguntaba el motivo.

—¿Piensas que te dejaré en libertad ahora que has declarado abiertamente tu desobediencia? —se burló Rajah.

—Sé que lo harás —aseguró Abdul—, no hay nadie en todo el imperio que pueda resolver el desastre que comenzaste y, a no ser que desees una invasión al palacio por parte de los ciudadanos, me permitirás realizar mi trabajo.

—Podría matarte —amenazó el Sultán.

—Hágalo, me di por muerto desde el día en que le juré lealtad —aseveró Abdul—, la muerte no me asusta.

Rajah le dedicó una sonrisa insolente.

—Toda esta conversación concluye a mi favor —acertó el Sultán—, harás lo que quiero al final: resolverás los inconvenientes de los habitantes, pero ahora estoy advertido de que puedes traicionarme en cualquier momento. Eres estúpido.

El visir acortó la poca distancia que quedaba entre ambos. Revelando una expresión decisiva, similar a la que muestra un hombre antes de ejecutar a otro. Miró firme a su hermano y con un tono grave y serio, incluso intimidante, dijo:

—Ahora lo que sabe es que no acataré sus órdenes si continua con esta idea absurda de conquistar Alband y que lo hará sin mi ayuda.

—No es como si…

—No —conminó el visir—, lo digo en serio. No encubriré sus faltas, no negociaré tratados de paz y no mataré ni una sola alma. Estará solo, de verdad y como nunca lo ha estado en años.

El Sultán buscó algún rastro de falsedad, un gesto de mentira, incluso miedo, pero no encontró nada; era una amenaza real, una por la que el visir estaba dispuesto a arriesgar su vida.

Lo más aterrador era que Abdul tenía razón, dependía casi por completo de las habilidades políticas de su hermano, le había confiado tanto que nunca se tomó la molestia de adquirir esos conocimientos.

—En cuanto traigan los cañones deberá tomar una decisión, una que será definitiva y no habrá marcha atrás —juró el visir.

Abdul le dio la espalda sin perder la autoridad que se acrecentó durante la conversación. Abandonó la estancia sin ofrecer reverencia ni anunciar que se retiraba, dejando al Sultán solo en el salón, demostrándole la mayor desobediencia.

La reacción de Rajah fue predecible, tomando los mapas frente a él comenzó a desgarrarlos lanzándolos por el suelo, rompió la copa de vino contra la pared y dio una patada a la mesa tan fuerte que dañó parte de los grabados. Agradeció estar solo, pues de no estarlo hubiese asesinado a alguien con el sable en su cintura.

La furia que lo invadía aumentaba lo agitado de su respiración, pero no era solo el comportamiento o la traición que Abdul despectivamente le había mostrado, sino la realidad en la que se encontraba. La mente del Sultán se debatía en cientos de dudas y la más alarmante entre todas ellas era: «¿Desde hace cuánto su hermano se había vuelto más importante que él?»

CAPÍTULO: XIX

JURAMENTO

Ese era particularmente un terrible día y, como si no fuera suficiente, al regresar a su alcoba Abdul se encontraba con una escena de lo más desagradable…bueno, por lo menos para él.

—¿Qué haces aquí? —La voz hastiada del visir retumbó por toda la habitación.

Ese día no tenía la paciencia habitual para soportar las impertinencias de nadie más, sobre todo de ella. Él estaba irascible en todo el sentido de la palabra, deseando descansar y disminuir el mal genio que llevaba antes de acudir a su cita con Amira, pero al parecer el mundo se había confabulado en su contra.

Jalila se encontraba sentada en el tocador del visir, jugueteando con algunos papeles que solía guardar en las gavetas.

—Que forma tan grosera de recibirme. —Los labios de Jalila se curvaron provocativamente—. Solo vine a verificar que te encontrabas bien, Abdul.
—Gran Visir —corrigió él, conteniéndose.

Abdul miró al techo con desesperación pensando que debía tratarse de una jugarreta del destino.

¿Cuántas veces debía decirle a Jalila que lo dejara en paz? ¿Cuánto debía rechazarla para que no continuara acosándolo? Si algún guardia la delataba con el Sultán, los asesinarían.

—Lo estoy, ahora retírate de inmediato de mi habitación; es una orden.

La sonrisa en el rostro de la odalisca desapareció, transformándose en una mueca de disgusto y seriedad. Se levantó de la silla con suficiente lentitud para acrecentar la molestia del visir, quién la veía moverse furioso.

—Muy bien, me marcho, sé cuándo mi presencia no es bien recibida —dijo Jalila, acercándose al visir—, supongo que el Sultán querrá mi compañía, hace mucho que no va a verme y tengo tanto que contarle. —Abdul enarcó una ceja y se cruzó de brazos. Jalila pasó a su lado. —Sobre todo, mencionarle lo bien que danza la señorita Durand, incluso podría decir que mejor que yo.

En el momento justo en que Jalila tocó el pomo de la puerta, la mano del visir la sujetó por el brazo, deteniéndola. La mujer sonrió victoriosa por instantes antes de girar y encararlo.

—¿Sí, Gran Visir?
—¿Por qué piensas que me importa que divulgues eso? —Pretendió no darle importancia.

Ahora que se encontraba a pocos pasos de él notó algo diferente. El porte de Abdul lucía mucho más imponente que en el pasado, su perfil era desafiante, oscuro. Con ojos que brillaban como las brasas del fuego. Nunca se sintió tan intimidada por él como en ese momento.

—S-Sino te importara no te hubieras to-tomado tantas molestias en mantener a todos los tripulantes callados —titubeó Jalila nerviosa—, y me intriga saber cuál es la identidad de esa mujer. ¿Por qué debe permanecer en secreto?
—¿Secreto? —El visir ocultó su nerviosismo por medio de una sonrisa sarcástica. —No es ningún secreto su identidad. Todos saben que la señorita Durand es la artista del Sultán.
—Sin embargo, por muy insistente que fui la *señorita*... —Jalila pronunció la palabra de tal modo que cualquiera hubiese pensado que se trataba de un insulto—, no quiso revelarme su nombre. Fui educada, gentil, amable y ella se negó.
—No es de tu incumbencia —aseguró.

Abdul soltó su brazo y le dio la espalda, quitándose la capa sucia, dejándola caer en el suelo. Hastiado de discutir ese tema con quién no debía. Estaban ocurriendo demasiadas cosas y sentía que pronto perdería la razón si no lograba relajarse.

Respiró hondo tratando de calmarse.

—¿Cuál es el misterio? —preguntó enojada.

—¿Por qué deseas saberlo? —Evadió en el mismo tono.

—Porqué ella te interesa —acusó Jalila—, de hecho, te importa muchísimo.

—¿Qué tonterías estás diciendo?

Abdul agradeció que la joven no podía verle el rostro, porque estaba seguro de que ella hubiese notado el ligero tono carmesí sobre sus mejillas. No era característico de él sonrojarse por esa clase de acusaciones, no obstante, su cabeza lo abrumó de repente con recuerdos del beso que compartieron y no pudo evitarlo.

—No son tonterías —aseguró ella, caminando hasta quedar frente a él, encarándolo—, esa forma de sonreírle, incluso de mirarla, lo dice todo. Esa mujer te gusta.

Abdul calló ante la intensa mirada con que Jalila lo observaba.

—Hablas como si supieras lo que pienso.

—Lo hago, te conozco desde que éramos adolescentes y en todo ese tiempo, nunca mostraste una sonrisa como la que le regalaste a ella esta tarde. —La voz de Jalila sonaba dolida al pronunciar esas palabras—. ¿Qué sientes por mí, Abdul? ¿Por qué no me ves de ese modo?

—Jalila, siempre he sido sincero contigo. De ti solo conservo el recuerdo de una amistad que terminó cuando mi hermano se interesó en ti. Por ese motivo, nunca he revelado tus inapropiadas intrusiones, no me gustaría que te castigaran.

Ella bajó la vista al suelo, sintiendo como las lágrimas comenzaban a acumularse en sus párpados, pero al alzar la mirada no había rastro de tristeza. La furia era la única emoción evidente en el rostro de la mujer, mezclada con una expresión de descontento.

—¿Por qué ella? ¡¿Qué cualidades posee que yo no?!

—No es cuestión de...

—¿Es porque danza mejor? —interrumpió la joven—, ¿es el largo de su cabello? ¿El color de sus ojos? Dímelo ¡dímelo, Abdul! —exigió Jalila.

—No alces la voz —demandó el visir, masajeandose la frente con las puntas de sus dedos.

Jalila ignoró su petición, elevando la voz un poco más, aproximándose lo suficiente para encararlo.

—¡Te he amado por más de quince años! —chilló con voz muy aguda.
—¡Eso no es amor! Estás obsesionada conmigo.

Abdul sentía que su cabeza estallaría en cualquier segundo, la mujer no dejaba de preguntarle de forma inquisitiva una y otra vez lo mismo.

—¡¿Te gusta ella?!
—¡SI! —bramó Abdul, furioso.

Ella se quedó callada procesando la información, sintiéndose perdida por un instante, como si el suelo bajo sus pies hubiese desaparecido. ¿En qué momento ocurrió? ¿Cuándo? ¿Cómo? Tantas preguntas se agolpaban en su mente. La furia se acrecentaba en su pecho con rapidez, dejando a un lado la sensación de dolor y tristeza que la embargaba.

—Vas a pagar por esto —juró ella.
—¡Márchate ya, si no quieres que les diga a los guardias que te saquen de aquí!

Jalila lo miró resentida. Le dolía su negativa, pero podía vivir con ello. Su corazón con el pasar de los años se acostumbró a su rechazo, pero no concebía la idea de que otra mujer le gustase. Solo pensar en que esa señorita estuviese cerca de Abdul le hervía la sangre.

—Me marcharé —aceptó de mala gana Jalila—, pero te advierto que haré lo imposible por destruir a esa mujer.
—¿Qué has dicho? —Jalila curvó los labios en una mueca irónica.
—La destruiré —prometió ella.

La mirada de Abdul se ensombreció. Sintió su cuerpo tensarse ante la amenaza y utilizando la superioridad en su tamaño, intentó intimidar a la mujer frente a él.

Jalila retrocedió un paso.

—Si no deseas enfrentar mi cólera, más te vale mantenerte alejado de Amira, ¿comprendes?

Jalila se encontraba tan nerviosa por su causa que por poco pasa por alto el significante detalle. Él le reveló su nombre, uno cuya procedencia conocía muy bien.

—Sí, Gran Visir. —Sintiéndose victoriosa ante la información recaudada, decidió no prolongar más la discusión.

—Bien, ahora desaparece de mi vista antes de que me arrepienta.

La mujer avanzó hasta quedar frente a la puerta. Se viró, en esta ocasión por voluntad propia, sin que nadie la detuviese.

—El amor es egoísta —dijo Jalila, mientras abría la puerta.
—No puede haber dos sentimientos tan contrarios como el amor y el egoísmo.
—Algún día lo comprenderás.

Jalila abandonó la habitación cerrando la puerta con brusquedad.

Abdul suspiró aliviado al encontrarse por fin solo.

Necesitaba bañarse, retirar la mugre de su cuerpo y al mismo tiempo relajarse. Abrió la puerta de su alcoba con intenciones de llamar a un criado para que le preparase el baño. Tan pronto dio un paso fuera, llegaron dos guardias deteniéndose frente a él.

—¿Sucede algo? —indagó el visir, temiendo que hubiesen visto a Jalila abandonar su alcoba.
—El Sultán ha solicitado que se mantenga en su habitación mientras reorganiza la guardia en el palacio. —Abdul advirtió su mentira.
—Entiendo. En ese caso, ¿podría uno de ustedes solicitar un baño para mí? —pidió él, con falsa amabilidad.
—Sí, enseguida, Gran Visir.

El visir ingresó a su alcoba cerrando la puerta tras de sí, comprendiendo que sería vigilado dentro del palacio de ahora en adelante. Se asomó por el balcón de su alcoba para confirmar sus sospechas, topándose con dos guardias patrullando justo debajo, algo poco común.

Suspiró desilusionado.

Esa noche no podría acudir a su cita con Amira y no tendría modo de avisarle. Debía conformarse con el recuerdo del beso que compartieron. Sonrió complacido. Lo único positivo de aquel terrible día.

La noche cayó más pronto de lo que Amira hubiese deseado. En su mente las palabras del visir continuaban tan frescas como si las hubiese pronunciado minutos atrás.

Se encontraba sentada en el banco frente al tocador de su habitación, desenredando su larga su cabellera. Tan absorta en sus pensamientos que los movimientos que realizaba eran automáticos.

A partir de esa noche y por tres días más los eunucos no vigilarían el *helvurir,* siendo reasignados a petición del Sultán, a patrullar las entradas principales del palacio. No le desagradó tanto la noticia, a diferencia del resto de las residentes. Consideraba la estrategia muy extraña.

El palacio poseía la guardia suficiente como para ser dividida en dos grupos: dejando la mitad protegiéndolo y la otra enviándolo a la ciudad para auxiliar a los heridos; en cambio, solo una parte de la guardia acudiría a la ciudad y los eunucos reforzarían la seguridad del palacio.

«¿Dónde estaba la otra mitad de los guerreros?» se había preguntado esa tarde.

Sin embargo, al carecer de alguien que pudiese ofrecerle una respuesta, optó por reservar sus pensamientos y preguntarle a Abdul esa misma noche.

«Él desea platicar de lo ocurrido en el bazar».

Ese pensamiento la traída sumida, no tenía una buena explicación que ofrecerle respecto a ese tema. Se encontraba tan confundida.

Cuando él se ofreció a visitar su alcoba el corazón le dio un vuelco alarmado y, al mencionar lo ocurrido en el bazar, en su ingenuidad creyó que hablaba del beso. Pero descartó la idea al comprender que se refería a lo acontecido antes de volver al palacio.

No obstante, su mente rememoraba el intimo contacto una y otra vez. Solo recordar el roce de sus labios le hacían perder el sentido y aumentar su pasión. Los labios masculinos de Abdul eran más suaves de lo que hubiese supuesto, en especial tratándose de un hombre tan imponente.

Fue un beso lleno de pasión reprimida y estaba segura de que, si no hubiesen estado escapando del bullicio de su alrededor, ambos habrían vuelto a besarse.

Amira se sonrojó de pensarlo, mientras su desbocado corazón se aceleraba cada vez más. ¿En qué momento dejó de odiar al visir al punto de querer besarlo? Y no una, sino muchas veces. Deseaba volver a probar sus labios, sentir sus manos sobre su piel, su aliento chocar contra su rostro.

Se miró en el espejo buscando la respuesta. Definitivamente algo debía estar mal con ella, no lucia enferma; era evidente que deliraba por pensar esa clase de cosas. Después de todo, él era un hombre que Amira había jurado odiar solo por poseer ese título, sin embargo.... Abdul era diferente en todo sentido de la palabra al visir que ella conoció cuando niña. Era gentil, comprensivo, templado y sobre todo confiable, o por lo menos eso le había demostrado desde que lo conoció. Empero, seguía siendo un visir, solo por ello no podía confiar en él por completo.

Si aceptaba rendirse ante Abdul, si desistía de odiarlo, tan pronto la traicionara le dolería demasiado. La traicionaría, eso era un hecho que tenía claro. Después de todo, la mayoría de los hombres que conoció a lo largo de su vida lo hicieron, incluyendo a Dumont.

No, no podía rendirse ante Abdul por más que su corazón le hiciera dudar.

El golpeteo en la puerta la asustó haciendo que tirase la peineta al suelo.

Pensó que podría tratarse de la sultana Rania realizando rondas en compañía de dos de sus eunucos personales, asignados por el mismísimo Sultán para protegerla, visitando habitación tras habitación, revisando que todas las doncellas del *helvurir* se encontraran sanas, salvas y sobretodo solas.

A ella ya la había visitado un par de veces para verificar que todo se encontrara en orden.

Recogió la peineta dejándola sobre el tocador. Tras el nuevo golpeteo, se dispuso a atender.

—Zully —dijo ella, sorprendida—, ¿ocurre algo?

La doncella yacía frente a ella con una expresión avergonzada, portando una ligera bata que cubría apenas su desnudez, en esa noche fría. Amira podía percibir el leve temblor de sus hombros y brazos.

—Buenas noches, señorita Durand —saludó Zully, reacomodando la bata para cubrirse mejor—, me han dejado este mensaje para usted, lo han pasado bajo la puerta de mi alcoba.

—Gracias, pero, ¿por qué no esperaste hasta mañana para traerlo? —preguntó curiosa.
—Ese sobre venía dentro de otro y tenía instrucciones específicas para que lo entregara de inmediato.

Amira enarcó una ceja, recibiendo el extraño sobre blanco. El papel captó su atención. Llevaba una textura marcada y al detallarlo, reparó en las iniciales *A* y *S* en un relieve apenas perceptible.

—Comprendo, muchas gracias, Zully —respondió Amira, con amabilidad—, regresa con cuidado a tu alcoba que esta noche no hay guardias en el *helvurir*.
—Sí, buenas noches, señorita Durand. —La joven se dio la vuelta dispuesta a marcharse.
—Zully —La dama detuvo su andar al escuchar su nombre.
—¿Sí, señorita?
—Ni una palabra respecto a este sobre —pidió la artista, con seriedad.
—¿Qué sobre, señorita? —respondió Zully, mostrando una expresión confusa en su rostro.

Amira sonrió complacida.

—Buenas noches, Zully.

Cerró la puerta tras de sí, lo abrió con prontitud, extrayendo una diminuta hoja de papel. Contenía una sola oración, escrita con una hermosa caligrafía, delicada y trabajada durante años.

Leyó la frase con demasiada rapidez, ansiosa por conocer su contenido.

«Debe ser una broma» pensó Amira, llevando la mano libre hasta su boca.

Volvió a leer la oración una, dos y tres veces hasta que su mente logró asimilarla. Riéndose de forma absurda pensando en las palabras una y otra vez.

«¿Cómo una frase tan corta puede hacer tanto daño?».

Los ojos comenzaron a escocerle, las lágrimas se acumularon en sus párpados amenazando con derramarse. El dolor en su pecho fue tan certero como una flecha.

«No» pensó para sí. «No lloraré, no lo merece».

Momentos atrás se preguntó cuánto tiempo pasaría para que Abdul la traicionase, la respuesta llegó más pronto de lo que creyó. Las palabras eran simples, fáciles de comprender y sin prestarse a confusiones.

Maldijo al visir Abdul al-Sfeir con la fuerza de todo su corazón por hacerla sentir tan miserable y utilizada. No podía confiar en ningún hombre, todos la traicionaban de un modo u otro, y cuando por fin creyó que… no, no pensaría más en eso.

Leyendo una última vez, grabando cada palabra como si la quemara sobre su piel se juró cumplir con la solicitud escrita del visir: *No quiero volver a verte, Amira.*

TERCERA PARTE

Uno puede cruzar abismos con facilidad por amor.
¿Cuántos abismos eres capaz de saltar?

CAPÍTULO: XX

EQUIVOCACIÓN

El tiempo parecía no querer avanzar o eso le indicaba la manecilla del reloj colgado en la pared, rodeado por cientos de retratos de la dinastía Sfeir. Si antes pintar retratos para el Sultán le resultaba tortuoso, ahora era una agonía.

Durante tres días Amira no había podido avanzar demasiado en el nuevo retrato, uno que además era prioridad entre los demás.

Rajah le entregó instrucciones precisas de que ese cuadro debía ser el más impactante de entre todos los que encargara, porque se colgaría en el salón del trono: sería a cuerpo entero, con el Sultán portando sus mejores galas y en su mano debía resaltar el medallón de escarabajo; de fondo tendrían que verse los cuadros de su padre y abuelo tras de él, simulando que ellos lo protegían.

No era una petición muy difícil, ella acostumbraba pintar encargos de condiciones similares. El problema residía en que Amira pasaba por una etapa ordinariamente llamada *bloqueo artístico*. Sus habilidades y su técnica, aunque excelentes, se veían frustradas al momento de realizar, siquiera, el boceto de carboncillo sobre el lienzo blanco. Y el motivo de ello tenía nombre y apellido: Abdul al-Sfeir.

Durante días Amira no había tenido noticias del visir y, por más que se forzara a creer que no le importaba, que la nota que le escribió no le dolía, no resultaba. No podía dejar de pensar en él, en su rechazo, en su comportamiento tan opuesto a lo que había jurado. ¿No se suponía que la protegería siempre? ¿Qué le ayudaría a abandonar el palacio? No dejaba de meditarlo.

Estando tan ensimismada en sus pensamientos, otra vez dañó el boceto de la estancia.

Gruñó con frustración. Debía empezar de nuevo, había trazado tantas líneas en direcciones erróneas y confundido la perspectiva del salón, que resultaba más sencillo empezar de cero que intentar repararlo.

Le solicitó a su fiel acompañante que fuera por otro lienzo del mismo tamaño a su alcoba, donde se encontraba la mayoría de los materiales para dibujar. También le encargó unos cuantos lápices y carboncillos, porque el que utilizaba estaba por terminarse.

Zully acató la orden, no sin antes advertirle que demoraría. El salón donde se encontraban quedaba al ala opuesta del *helvurir*, le tomaría entre quince y veinte minutos ir y regresar.

Amira asintió sin encontrar inconveniente, dejando que la joven se marchara con prontitud.

El salón de los retratos era por mucho la habitación más escasa de mobiliario de entre todas las que visitó: conformado por cuatro paredes repletas casi en su totalidad por pinturas y tan solo un par de tapices floreados, de techos altos que culminaban en una cúpula traslúcida que iluminaban la estancia. Poseía dos entradas, opuestas entre sí, con grabados ornamentales y en el centro del recinto el único sillón de descanso.

Amira miró el boceto decidiendo garabatear un poco intentando salir de su bloqueo. La sensación de no poder pintar a gusto nunca la había experimentado. Desde muy pequeña dibujar era algo que la relajaba y adoraba representar sus alrededores a través de su visión, pero se encontraba tan frustrada y confundida, que todo lo que plasmaba en papel le disgustaba.

El ruido de la puerta cerrándose captó su atención.

El visir acababa de entrar en la estancia, agitado como si hubiese estado corriendo durante un largo periodo. Amira presenció cómo ponía la oreja sobre la puerta, tratando de escuchar lo que ocurría afuera y al cabo de un minuto, descansó la cabeza contra esta.

Al principio, sentía mucha curiosidad por preguntarle de qué huía, pero se contuvo al recordar las duras palabras escritas en el papel. Volvió su atención al lienzo dispuesta a continuar con su labor.

Abdul se relajó, después de una hora de dar vueltas de arriba abajo por el palacio, consiguió despistar a los eunucos que lo vigilaban. Tuvo que ingresar en las cocinas, los baños reales, las caballerizas, su estudio y los jardines sin lograr perder a los hombres de vista. Por suerte, en uno de los cruces cercanos, se encontraban suficientes sirvientes limpiando los pasillos para mimetizarse con ellos y escapar.

Durante tres días, los hombres no le quitaban los ojos de encima, no le permitían reunirse con Zaid, dificultando notificarle del resultado de la conversación con el Sultán y, en especial, le disgustaba el no poder acercarse ni una sola vez a Amira con tranquilidad.

Seguro de haberlos perdido, enderezó su postura y reacomodó el cuello del caftán, mientras pensaba cuál era el camino más idóneo para llegar al *helvurir*. Al darse la vuelta, dispuesto a abandonar el salón por la otra entrada, se quedó perplejo.

Allí estaba, Amira. Al cabo de días que le habían parecido meses, por fin volvía a verla. Se encontraba sentada sobre un taburete y detrás del caballete. Luciendo un vestido rojo con un elaborado cinturón con bolsillos llenos de pinceles y lápices, y la cabellera suelta alrededor de su rostro resaltaba sus encantadoras facciones. Aunque, tanta belleza se mostraba debilitada por la expresión dolida y disgustada en su rostro.

Abdul estaba preguntándose a qué se debía el origen de esa molestia.

Amira notó por el rabillo del ojo que el Gran Visir se aproximaba en su dirección hasta detenerse junto a ella. Ignoró su presencia y continuó arrojando líneas sin sentido en el lienzo.

—¿Otro encargo del Sultán? —preguntó Abdul con simpatía.
—Sí —dijo, escueta—, debe estar por llegar.
—¿Se encuentra bien, Amira? —La voz del visir sonó intranquila.

Ella sin virar el rostro y mostrando una expresión altiva, respondió:

—Lo estoy, Gran Visir.

Abdul pensó que el disgusto se debía al incumplimiento de su palabra, por faltar a su encuentro. Estaba dispuesto a explicar el motivo de su ausencia, pero ella parecía no querer mirarlo. Pero, lo que más lo desconcertó fue que ambos se encontraban solos y ella acababa de llamarlo Gran Visir.

—Estamos solos, ¿no es así? —Amira asintió con la cabeza—. Si es el caso, entonces llámame por mi nombre.

—No puedo hacer eso —aseveró Amira—, tratar con poca deferencia al Gran Visir de Zahar es mal visto y puedo meterme en problemas.

—¿Realmente? —dijo él con sarcasmo.

Amira lo ignoró, concentrándose en dibujar un par de líneas.

—Te lo pedí, Amira. Te dije que me llamaras por mi nombre —recalcó Abdul con voz seria.

«También pidió no volver a verme» pensó Amira.

Un silencio incómodo se formó entre ambos. Abdul estaba seguro de que el descontento de Amira se debía a su falta, por lo que decidió disculparse. Maldiciendo que lo ignorase de un modo tan frío.

—Lamento haber faltado a nuestro encuentro, me fue imposible abandonar mi alcoba —se excusó—, los guardias del palacio han estado vigilándome más de lo usual y esa noche no pude evadirlos.

—No se preocupe, no es de mi interés lo que haga o deje de hacer, Gran Visir.

—¿No estás enojada por eso? —preguntó él, sin comprender.

Amira sintió curiosidad al percibir la confusión en su voz. Estaba tentada a voltear el rostro para encararlo y apreciar su expresión, pero no lo hizo. Ella se conocía lo suficiente para saber que las murallas que intentaba levantar eran demasiado débiles y una sola mirada a los ojos de ese hombre las derrumbarían.

—Es tonto enojarse por algo tan insignificante —dijo Amira—, como Gran Visir debe resolver muchos asuntos y fue el día de la explosión en el bazar —recalcó como evidente—, es lógico que faltara a su palabra.

La intriga aumentó en el pecho de Abdul tornándose dolorosa. Debía ver sus ojos de obsidiana, era una necesidad vital para él. Su actitud lo hacía sentir como si un enorme abismo los separara y él no estaba dispuesto a aceptarlo sin una explicación racional.

—¿Por qué me rechazas entonces? —preguntó sin obtener respuesta—. ¿Por qué no me miras?

La pregunta desconcertó a Amira llenándola de dudas respecto al mensaje que recibió. Aun así, continuó con la vista fija sobre el lienzo, dispuesta a cumplir su juramento.

—Estoy cumpliendo con su petición —acertó ella, colocándose de pie y dándole la espalda, dispuesta a abandonar el recinto.
—¿Mi petición? ¿En qué momento te pedí que me trataras con desafecto?

Abdul advirtió que ella intentaba escapar, por lo que sujetó su mano impidiendo su avance. Amira intentó zafarse del agarre, pero le fue imposible. La sostenía con presión suficiente para retenerla sin hacerle daño.

—¿Me hará citar lo que usted escribió? —masculló ella, con pesar—. ¿No le basta con que lo haya leído tantas veces?
—¿Lo que escribí? Amira, no comprendo de que hablas —juró Abdul—, yo nunca te he escrito nada.

Ella rebuscó entre los bolsillos de su cinturón, extrayendo el sobre con iniciales. Se lo extendió, aún sin mirarlo, esperando paciente que la liberara de su agarre para salir de allí.

No se sentía cómoda junto a él, no cuando sus emociones le gritaban a flor de piel que lo mirara, que volviera a besarlo; mientras su corazón palpitaba desbocado desobedeciendo las órdenes que su mente dictaba.

—Necesito leer esto, no vayas a marcharte —suplicó Abdul. Era una petición no una orden.

Ella asintió, esperando una reacción similar a una carcajada o una confirmación, pero nunca llegó. Tras una breve pausa, se animó por fin a girarse y encarar al visir. Notándolo desconcertado, pensativo y muy disgustado mientras releía una y otra vez la frase.

—Puedo asegurarte que no he sido yo el autor de esta nota—dijo Abdul, con sinceridad—, si quieres puedo demostrarlo. —Señaló el papel—. Esta no es mi letra, no es ni siquiera parecida.

—¿No es uno de sus sobres? —inquirió Amira, molesta.

—Lo es, pero no suelo utilizarlos a no ser que sea un tema de enorme privacidad —afirmó Abdul.

—Cómo sería el caso de la nota, ¿no? —Él negó con la cabeza.

—Ya te dije que no he sido yo —prometió Abdul—, mis sospechas van hacia otra persona, una mujer de hecho.

—¿Una mujer? —Amira pensó en la favorita del Sultán de forma automática—. ¿Conoce mi nombre?

Estaba muy enojado con Jalila, no dudaba que fuera la causante de ese problema. Esos sobres los guardaba en el tocador de su alcoba, justo en el lugar donde la encontró revisando días atrás. Preguntándose en qué momento fue tan torpe como para revelar el nombre de Amira.

—¿Por casualidad el nombre de esa mujer es Jalila Nevot?

—Sí, estoy seguro de que fue ella. —Amira sonrió con amargura. —Tuvimos una discusión y amenazó con hacerte daño.

«Esa mujer cumple con su palabra» pensó Amira.

El mismo día que la amenazó no tardó en reaccionar, sacando las garras como un tigre enjaulado; se preguntaba cómo lo había descubierto. Ella no recordaba haber escrito su nombre en ningún lugar y dudaba que el visir lo revelara tan fácil; aun así, se animó a preguntar:

—¿Le dijo mi nombre?

Abdul la miró avergonzado y molesto consigo mismo por su descuido. No se atrevía a mentirle, debía confesar la verdad si con ello recuperaba la confianza que tanto trabajo le había costado forjar.

—Es probable que en medio de la discusión… —Abdul hizo una pausa al notar el disgusto en el rostro de Amira—, lo mencionara por accidente.

—Oh…

Amira abrió los ojos perpleja. Una parte de ella se sentía todavía más traicionada, si es que era posible, ante el descuido del visir, sin embargo, su corazón solicitaba a gritos que lo perdonara. La sinceridad que expresaba en sus palabras era verdadera, él nunca se atrevería a escribirle algo como eso, pero la rabia acumulada de esos días, más el nuevo descubrimiento, aumentaron su enojo.

—Lo mejor será mantener la distancia —concluyó Amira, desviando la mirada con molestia—, si ella fue la causante de esta nota, podría realizar cosas mucho peores al conocer mi identidad.

—Es lo que ella quiere —objetó Abdul—. ¡Me encargaré de que no lo divulgue, haré lo imposible si es necesario! —juró ante la posibilidad de perderla.

—Es más simple si acatamos la nota. —La irritación era evidente en el rostro de ella. —Así no tendrá que hacer lo imposible.

—¿Realmente? —Abdul sonó descolocado ante esa sugerencia—. Yo no…

—No volveremos a vernos a menos de que sea necesario. Es lo mejor, de ese modo no volverá a traicionarme —interrumpió Amira, dando por terminada la conversación.

—¿Es lo que deseas? ¿Quieres que me aparte de ti?

«Por supuesto que no» pensó Amira.

Por muy enojada que estuviera lo que más ansiaba en ese instante era estar cerca de Abdul. Se sentía unida a él de una forma incomprensible, atada por un lazo invisible que lo hacía anhelarlo, pero eso no negaba lo que le hizo.

—Hasta pronto, Gran Visir.

Ella se dio la vuelta y comenzó a caminar hacia la salida, escuchando los repetitivos llamados de Abdul solicitando que se detuviera, pero no lo haría. Por más que su corazón le exigiera que se rindiese, su rencor era suficiente como para apaciguar sus deseos o eso creyó ella.

Él plantó un beso famélico de pasión, un beso caliente y lúbrico, repleto de sentimientos que turbarían las más duras barreras, y las de ellas no eran tan fuertes.

Todo había ocurrido demasiado rápido: Abdul la tomó de la mano por la espalda, presionando su brazo lo suficiente para detenerla. Cuando iba a replicar, él aprovechó su posición haciéndola girar hasta encararlo y sellar su boca.

Ese no era un beso normal, era un contacto exigente que demandaba rendición. Su rendición. Obteniéndola victorioso. La ira o enojo que pudo sentir por su descuido, se desvaneció de su mente y en el instante en el que él inclinó su cabeza en un ángulo perfecto, sintió como ella misma se desvanecía.

La masculina lengua se empujó ágilmente entre sus labios, recorriendo su boca de forma ardiente, hambrienta y exigente. Amira se encontraba tan mareada por el deseo que ignoró el momento en que la acorraló, empujándola con sutileza contra la pared del salón.

Ella deslizó sus manos alrededor de su cuello atrayéndolo aún más. Pidiendo sentirlo cerca, una necesidad demandante. Él se separó demasiado pronto, dando leves mordiscos a la comisura de su boca, concediéndole un tirón enorme en su labio inferior, saboreándolo poco antes de romper el contacto. Unió su frente, una contra la otra, embriagándose con la unión de sus respiraciones agitadas.

—Juro que no te traicionaré con intención… jamás, y si debo besarte todos los días de mi vida hasta que lo comprendas, entonces lo haré —prometió, sin dejar de mirarla.

Amira no supo responder a sus palabras, apenas y se sentía con capacidad de pensar después de un beso como ese, mucho menos podría argumentar. Lo único que estaba claro era que lo necesitaba, que lo deseaba, y que estaba condenadamente perdida por él.

Abdul tomó su barbilla y la alzó con delicadeza, forzándola a que lo mirase. Deseando que aquellos ojos negros y brillantes nunca dejasen de observarlo de aquel modo tan entregado. Admiró sus labios entreabiertos, la oscilación en su pecho y no pudo evitar pensar que era la mujer más hermosa del universo.

—No estoy dispuesto a renunciar a ti, Amira —juró y volvió a besarla.

Ella comprendió que sus besos eran promesas por las que podría morir, sellando con acciones lo que no le decía en palabras y expresaban gran cantidad de sentimientos.

El beso se hizo más profundo, intenso y el calor se apoderó del cuerpo de ambos con exigencia. Ella arqueó la espalda, frotando su pecho con el torso masculino, haciéndola estremecer.

Con un movimiento sutil de su cuerpo, él se posó entre sus piernas y deslizando sus manos por una de estas, la elevó contra la cadera, deleitándose con la suavidad de su piel, intensificando la unión, demostrándole lo mucho que lo provocaba, cuanto la deseaba y anhelaba. Su lengua se alejó de su boca, volvió a regresar y retirarse un par de veces más, repitiendo la tortuosa acción hasta hacerla perder la razón.

Amira gimió contra su boca decadente. Él prosiguió, dejando un camino de besos desde la comisura de sus labios hasta su cuello, rozando con penosa lentitud el lóbulo de su oreja, enloqueciéndola. Ella enterró las uñas en sus hombros ante las nuevas sensaciones que experimentaba.

Abdul se separó irritado y con brusquedad al percibir el ruidoso golpeteo en el piso, cortesía del chambelán y al cabo de un segundo se escuchó con mayor claridad la palabra *Sultán* por parte de los sirvientes.

Con frustración digna de un hombre que odiaba ser interrumpido, la bajó hasta el suelo con cuidado de que ella no perdiese el equilibrio, apreciando por escasos instantes la belleza de su rostro agitado, sus labios sonrosados por sus besos y la mirada oscurecida por el deseo.

Ella soltaba leves jadeos mientras su respiración intentaba normalizarse y su rostro ardía por el calor inminente. La ayudó a reacomodar la falda de su vestido.

La cordura de Amira volvió de modo gradual, recuperando su equilibrio.

—Debo marcharme, no está bien que el Sultán nos vea a solas. —Ella asintió y dedujo que él adivinó lo que pensaba cuando agregó—. Te explicaré todo después.

—Está bien, Abdul —dijo. Él sonrió satisfecho al escuchar su nombre provenir de sus labios, conteniendo el impulso de besarla otra vez.

Arriesgándose a ser atrapado, depositó un casto beso en la mano de Amira sin dejar de mirarla a los ojos con intensidad, perdiéndose en ellos unos segundos antes de tener que marcharse.

—Nos veremos pronto —prometió, antes de abandonar el salón.

Transcurridos unos minutos insuficientes para que Amira regresara junto al caballete, el Sultán realizó acto de presencia siendo escoltado por cuatro guardias, ingresando por la entrada opuesta a la utilizada por Abdul.

—¿La hice esperar, señorita Durand? —preguntó Rajah, al acercarse.

—No, Sultán —dijo Amira, realizando una reverencia—, ha llegado en el momento propicio.

Rajah percibió algo inusual el comportamiento de la artista, que solía ser taciturna y responderle con monosílabos. Le agradaba.

—Por casualidad, ¿se ha encontrado con el Gran Visir? Sus escoltas no logran dar con él y parecen preocupados. —Ella negó con la cabeza.

—No, Sultán, no lo he visto en días —reiteró Amira, con tal seguridad en su voz que sería imposible rebatirla.

Los instintos de Amira se alertaron ante la fría y calculadora expresión que poseía él en su rostro. Le recordaba el gesto que mostró el antiguo Sultán cuando mató a su madre. Aun desconociendo lo acontecido entre ellos, no revelaría la ubicación de Abdul. Si el visir había prometido no traicionarla, ella haría lo mismo por él.

CAPÍTULO: XXI

ELECCIÓN

—¡Te acabaré! —gritó el guerrero, antes de acometer con su sable.

Abdul retrocedió con rapidez evadiendo el ataque. El guerrero se impulsó de nuevo blandiendo su arma con más fuerza al embestir, acto que el visir aprovechó para inclinarse a un lado, esquivar el ataque y hacer tropezar a su oponente con ayuda del pie.

Los sables chocaron tan pronto el guerrero repuso su equilibrio. El visir sonrió entretenido al notar las gotas de sudor en la frente de su adversario. La mañana no era particularmente calurosa ese día y, el que su contrincante se encontrase en semejante estado, le divertía.

—¿Demasiado esfuerzo? —preguntó el visir, con una sonrisa altanera.
—¡Claro que no!
—Entonces ¿Qué esperas? Solo debes darme una estocada —se burló Abdul, señalando algún punto del pecho.

El guerrero enfurecido ante la arrogancia mostrada comenzó a atacar en reiteradas ocasiones sin darle oportunidad de evadir los ataques, haciéndolo retroceder unos cuantos pasos.

Abdul se vio en una encrucijada. Mientras se escudaba tras el sable, tomó el brazo libre del guerrero halándolo hacia un lado, causando que este perdiera el balance. En ese instante, aprovechó la oportunidad para atestar un golpe con su arma, acercarse lo suficiente para sujetar el pomo de su oponente y dar una patada directa al estómago. Desarmándolo.

El guerrero llevó sus manos hasta el abdomen en acto reflejo, permitiendo a Abdul amenazarlo por el cuello con el costado de su cimitarra.

—No es válido si me hace perder el equilibrio —protestó Enver, apartando el filo con ayuda de uno de sus dedos.

—En un combate a muerte uno tiene que ingeniárselas para salir con vida —dijo Zaid, sin mirarlos.

—¡Siempre te pones de su lado! —se quejó Enver, acercándose a su compañero que parecía demasiado ocupado leyendo reportes.

—Solo cuando tiene razón.

—¡Hizo trampa! —objetó Enver—. Es un complot.

Abdul admiró a sus compañeros. Zaid se encontraba sentado en uno de los bancos adyacentes a la arena de entrenamiento, concentrado en leer los reportes acerca de las habilidades del visir para evadir guardias, para que estuviesen precavidos, mientras Enver no dejaba de quejarse a pocos pasos de distancia sobre el resultado del combate.

Suspiró tranquilo después de dos semanas agitadas. En ese tiempo se vio en la terrible necesidad de escapar de los guardianes que le imponía su hermano; por fortuna, tras los intentos reiterados y fallidos de sus *protectores*, el Sultán se vio en la obligación de solicitar a sus más fieles y fervientes guerreros: Zaid y Enver, a que lo vigilasen y no le permitiesen abandonar el palacio bajo ningún concepto.

Abdul creía muy divertido que su hermano creyese que la fidelidad que ese par demostraban por él, era superior a su amistad con ellos. Rajah podía ser muy ingenuo en ocasiones, aun así, sería precavido, cabiendo la posibilidad de que fuese una trampa y que el Sultán quisiera descubrir quien le era leal o no.

En esas dos semanas los rumores de traición, revolución y guerra se habían esparcido con demasiada prisa por los pasillos del palacio, alterando tanto a sirvientes como a la sultana, quien se tomó más seria la labor de practicar con las doncellas del *helvurir*—bajo estricta vigilancia— métodos de evacuación.

Abdul conocía perfectamente los sentimientos de la sultana por las mujeres del *helvurir*, no valoraba a las posibles amantes de su esposo, las despreciaba, no obstante, eran tantas vidas inocentes, que se rehusaba a cargarlas en su conciencia.

—Enver, regresa, te daré otra oportunidad —clamó el visir, pero el guerrero continuaba distraído despotricando contra Zaid.

Abdul se distrajo recordando lo mucho que disfrutaba de esa área del palacio. Admiró la estructura que hacía casi un año no visitaba: un espacio simple en forma rectangular y lleno de arena; tenía algunos bancos para sentarse alrededor y un par de paredes repletas de espadas, arcos con flechas, cimitarras, hachas y unas cuantas lanzas. Lo más notorio era el paisaje que se divisaba a través del balcón.

Allí se entrenó como guerrero, formó recuerdos gratos con su padre, que ocasionalmente evadía sus obligaciones para compartir tiempo con él o con alguno de sus hermanos menores antes de que todos fueran enviados a estudiar fuera.

Negó con la cabeza apartando los recuerdos de su mente, no estaba dispuesto a pensar en ninguno de ellos por su salud mental.

Se aproximó al balcón buscando el motivo por el que había sugerido ir a entrenar allí ese día. En el piso inferior, a unos escasos cuatro metros, se encontraba la encantadora artista ejerciendo su labor con habilidad.

Sonrió embobado recordando las breves ocasiones en que lograron verse en ese tiempo. Teniendo que ingeniárselas para escapar de los guardias durante algunos minutos, tiempo suficiente para saludarla, hacerla reír o besar su mejilla. Lamentando no tener oportunidad de repetir aquel beso intenso, pero no debía exponerse demasiado. Cada guardia que le imponían era más difícil de evadir que el anterior.

—¡Gran Visir! —clamó Zaid.

Abdul se viró atento a lo que su amigo tenía que decirle, dejando descansar su peso sobre el muro y disfrutando de la brisa fresca contra su rostro.

—¿Qué ocurre?
—Estoy revisando los informes y hay algo extraño, puede tratarse de un error, pero quisiera confirmar.
—Adelante —indicó Abdul.
—Dice: «...fue perseguido por tres guardias, dos eunucos y el cocinero, por las escaleras del segundo nivel...»—Zaid lo miró confundido—. ¿El cocinero?

—Sí, es correcto —asintió el visir.

Los presentes lo miraron con desconcierto, especulando como el cocinero del palacio, que siempre moraba en las cocinas y cuyo carácter tendía a ser afable, se encontró involucrado en una persecución tras el visir.

Abdul se carcajeó al notar la expresión en sus rostros.

—Lo que ocurrió fue que, mientras escapaba de los guardias, entré a las cocinas en el peor horario posible.

—El desayuno —dijeron unísonos los hombres. Abdul asintió.

El temperamento del cocinero era jovial excepto en horario de desayuno, era la comida más ajetreada de todas porque el Sultán siempre deseaba probar toda clase de manjares y nunca se decidía por solo uno.

—Ellos estaban muy ocupados: el cocinero en jefe, los asistentes, los sirvientes... —el visir llevó la mano derecha sobre su cabeza con incomodidad—, mientras corría puede que por accidente tirara una de las ollas con comida sobre el cocinero.

—¿Entonces comenzó a perseguirte? —preguntó Enver.

—Se unió junto a los demás intentando atraparme —admitió Abdul, conteniendo una sonrisa—, pero a diferencia de los guardias, era el único que me amenazaba con un cucharón.

Zaid estalló en carcajadas al imaginarse la situación, mientras que Enver ocultaba la sonrisa tras su mano, intentando guardar la compostura. Abdul se unió a las risas, disfrutando del inocente momento que hacía tanto no compartía con sus amigos.

—Siempre has tenido habilidad para escapar —recordó Enver.

—Eres como una araña: trepas por las paredes, saltas en el momento preciso... —enumeró Zaid.

—Además de ser peligroso y letal —agregó Enver, sonriendo.

—Hasta las arañas tienen días malos —afirmó Abdul, divertido por la comparación.

Por instantes era como viajar al pasado, cuando los tres solo eran amigos. Sin títulos de por medio, solo tres aprendices que se relajaban y hacían travesuras a los sirvientes. Una época más simple, fuera de complots o traiciones, sin tener que escoger un bando.

Abdul recordó la discusión pendiente con su amigo, debía informarle el lado al que había optado pertenecer tras la plática con el Sultán. Al hacerlo se condenaba a muerte sin posibilidad a juicio.

Zaid estaba dispuesto a entregar su vida por la causa, pero él todavía se lo cuestionaba. Abdul sabía que su hermano lo mataría tan pronto pudiera y conocía el motivo por el que aún no lo llevaba a cabo.

Él pudo apaciguar el desastre de la explosión, consiguiéndolo de las mil maravillas. Los habitantes disminuyeron las revueltas tras el ataque y se mostraban tranquilos a pesar del atentado, pero era una solución temporal. Tan pronto los cañones arribaran y el Sultán se marchara a la guerra, Abdul cumpliría su promesa. No actuaría en su defensa cuando el caos se desatara sobre el palacio. Entonces Rajah lo asesinaría por desobedecerlo; el Sultán no dudaba en matar a sus parientes.

«Si lo sabré yo» recordó Abdul, con una sombría expresión.

Abdul no alargaría el asunto, en los pasados días le fue imposible reunirse con Zaid por el constante asedio de los guardias, ahora que no tenía ese obstáculo, creía que era el momento indicado para comunicarle su decisión.

—Estuve pensando sobre nuestra conversación de hace unos días —comentó Abdul, con seriedad.

—¿Qué conversación? —indagó Enver, curioso, siendo ignorado por completo.

—¿Cuál es tu elección? —Zaid preguntó, como si careciese de importancia.

—La misma que la tuya. —La expresión de Zaid pasó de la sorpresa a la seriedad en menos de dos segundos.

Zaid concentró toda su energía en dilucidar algún rastro de broma o un vil engaño, una mentira en sus palabras, pero no encontró nada.

—¿De qué hablan? ¿Qué conversación? —insistió Enver, fastidiado. Volvieron a ignorarlo.

El visir se mostraba serio y decidido en su decisión.

Zaid expresó una sonrisa de absoluta alegría al tener a su mejor amigo de su parte, pero al mismo tiempo se preguntaba: «¿Qué lo motivó a querer enfrentar a Rajah? ¿Es ese motivo lo bastante fuerte para no retroceder en un momento de peligro?».

—¿Por qué ahora? ¿Qué cambió?
—Mis motivaciones son personales y muy fuertes, te lo aseguro —dijo Abdul, con solemnidad.
—¿Involucran a la artista? —intervino Enver, con picardía.

Ambos lo miraron en reproche por el comentario. Enver pareció ignorarlo mientras se aproximaba hasta Abdul y posaba la mano sobre su hombro en forma amistosa.

—¿Es eso de lo que hablan? ¿De la artista? —repitió Enver en el mismo tono.

Abdul desvió su atención al rostro de Enver, viendo la sugerente sonrisa que mostraba. Aprovechó su distracción para tumbarlo al suelo en un movimiento ágil de sus piernas y fustigarlo con el costado de la espada en el trasero.

—¡Eso duele, Gran Visir! —reprochó el guerrero, masajeándose el trasero.
—Como dije, mis motivos son personales —retomó Abdul, ignorando los quejidos del guerrero, no obstante, ya que Enver lo ha traído a colación…

No estaba seguro de como preguntar sin que Enver se enterara o quisiera hacer más preguntas, además la interrogante tenía que ver con lo que les ocurrió en el bazar poco antes de retornar al palacio.

—No es necesario que lo pregunte, sé lo que quiere decir —aseguró Zaid—, la respuesta es sí, ellos ya están enterados sobre su identidad.
—¿Qué decidieron? —averiguó intrigado.

Zaid suspiró, cruzándose de brazos. Todavía procesaba la noticia sobre la artista y todo lo que implicaba tenerla de vuelta.

—Aún no lo deciden, pero todo indica que será la elegida en caso de salir victoriosos.
—¿Es lo que ella quiere? —preguntó Abdul con interés.

Zaid elevó sus hombros en respuesta.

—No lo sé, apenas me enteré hace un par de días.

—Es peligroso que tantos lo sepan —advirtió Abdul, preocupado—, los rumores se esparcen más rápido que las cenizas en el viento.

—Lo sé. —Zaid hizo pausa antes de agregar, en voz agradecida—. Pero su apoyo reforzará las esperanzas de conseguirlo.

El cuerpo de Enver se interpuso entre ambos de repente, regalándoles intercaladas miradas llenas de resentimiento. Abdul y Zaid contuvieron una fuerte carcajada por la infantil actitud del guerrero.

—Van a decirme en este instante de qué están hablando —amenazó Enver—, o dejaré de ser amigo de los dos.

—¿Estás celoso? —preguntó Abdul, con una sonrisa burlona—, ya sabes que tengo secretos con Zaid.

—¿Celo…celoso? —tartamudeó Enver, avergonzado al verse descubierto—. ¡Claro que no!

—Entonces, no hay inconveniente en que tengamos nuestros secretos —comentó Zaid, en el mismo tono, aprovechando la oportunidad de guiñarle el ojo a Abdul, para que continuase el juego—. ¿No es así, querido?

—Por supuesto, cariño —bromeó el visir, pestañeando coquetamente.

Enver los fulminó con la mirada a ambos por burlarse de él. Conocía ese tipo de bromas por parte de Zaid que siempre solía molestarlo, pero que el visir se involucrara lo enojaba todavía más.

—No le veo lo gracioso —dijo Enver disgustado.

—¿Realmente? —sonrió Abdul, sarcástico.

Ambos jóvenes estallaron de risa ante la reacción de su amigo, que parecía querer cortarlos en pedacitos con su sable.

—Enver, eres el dueño de mi corazón —dijo Zaid, mostrando una sonrisa encantadora, causando el sonrojo inmediato en su compañero.

—¡Ojalá a ambos se los coma una serpiente! —exclamó el guerrero, abochornado por sus sentimientos.

Los tres comenzaron a reír divertidos por la situación.

Pasado el momento, Enver retomó su postura de ataque en la arena, siendo imitado por Abdul, ambos dispuestos a reemprender la práctica.

Tras la señal de Zaid, inició el combate.

—¡Suélteme!

El grito ensordecedor llegó hasta los oídos de los guerreros. Abdul reconoció la voz de inmediato, deteniendo sus movimientos.

«Amira» pensó alarmado.

CAPÍTULO: XXII

RECHAZO

Ella retocaba los últimos detalles a la pintura del jardín, agradeciendo terminar el cuadro que fue incapaz de retomar desde el incidente del bazar.

Los detalles eran sutiles, sobre todo en los pétalos de los lirios que requerían precisión y suavidad para verse real. En cuanto al retrato central del Sultán montado sobre su imponente caballo blanco, podía decirse que estaba terminado.

Esa tarde, Zully se encontraba ayudando a la sultana Rania con los preparativos de la cena de celebración para conmemorar el natalicio del Sultán, que se llevaría a cabo dentro de los próximos días. Lo agradecía, necesitaba tiempo para meditar a solas en ocasiones, y para dejar que su mente se regocijara con los pocos recuerdos agradables que se habían creado gracias al visir.

Ella sonrió recordando los divertidos encuentros en donde las cortas conversaciones y las travesuras de Abdul hacia sus guardias, alegraban sus días, sacándole alguna carcajada en más de una ocasión.

—Ha quedado maravilloso, el Sultán seguro estará complacido.

Amira no tuvo necesidad de virarse para identificar al dueño de esa voz. Miró por el rabillo del ojo a su apoderado, portando un galante caftán azul digno de cualquier pariente del Sultán.

Ella entornó los ojos con desgana, sintiéndose irritada por su sola presencia. Aún no lo perdonaba y dudaba hacerlo algún día.

Por su causa, se vio en la penosa obligación de retornar al palacio de Zahar, volver a vivir en el *helvurir* que tanto odiaba. Aunque, las circunstancias eran diferentes a cuando era una niña y poseía ciertas libertades que ninguna otra tenía, los recuerdos del pasado continuaban grabados en ella y solo estar en el lugar le era desagradable.

Dumont se acercó reduciendo la distancia entre ambos, tomó asiento junto a ella en el borde de la fuente. Actuó taciturno por unos cuantos minutos, intentando que el cuerpo de Amira se acostumbrara a su presencia. Tan pronto el brazo de la mujer se relajó retornando a pinceladas suaves, él decidió hablar.

—Recibí una carta hace un par de días de uno de los chambelanes del rey, solicitando mi retorno a la corte y tengo intenciones de que regreses conmigo. —Amira sonrió con burla, sin tomarse la molestia en mirarlo.

—¿Realmente? —dijo ella, sarcástica. Dumont enarcó las cejas desconcertado por la expresión.

Amira negó con la cabeza, comenzaba a pensar que se le adherían ciertas mañas del Gran Visir, por lo que agregó:

—Le dio su palabra al Sultán, él no me permitirá marchar.
—He pensado en nuestro arribo con seriedad y quisiera ofrecerte una disculpa —dijo Dumont, con sensatez.

Amira detuvo su mano al procesar sus palabras. En todos los años de conocer a Dean, no recordaba que se hubiese disculpado alguna vez con tal arrepentimiento y sinceridad.

Bajó el pincel y lo dejó a un lado dentro de un envase con agua. Se giró para encararlo, dispuesta a escuchar.

—Tiene mi atención —dijo Amira.
—¿Aún no me permite tutearla? —preguntó él, esperanzado.

Ella lo miró con seriedad y negó con la cabeza. Dean suspiró antes de proseguir.

—Sé que cree que el venir aquí fue por egoísmo, y en cierto modo lo fue, pero sé que si conoce mi verdadera razón lo entenderá.
—Pensé que el dinero y el reconocimiento eran sus motivos.
—No negaré que influyeron, pero no es por lo que insistí.

Él hizo una pausa larga, aspirando y expirando con parsimonia, tratando de calmarse mientras buscaba las palabras adecuadas. No era fácil decir lo que quería, pero considerando lo distante que se había vuelto su relación desde que comenzó el viaje, pensó que era hora de hacerlo.

—Amira…

—Señorita Durand —corrigió ella, con dureza.

—Bien, lo siento, es que nos encontramos solos y es costumbre no tratarnos con tanta deferencia.

—Las circunstancias han cambiado desde antes de llegar a Zahar—le recordó Amira con mesura—, y prefiero que no utilice mi nombre en ninguna circunstancia.

—Está bien, puedo hacerlo si es lo que desea.

Amira asintió con la cabeza, esperando paciente a que su apoderado continuase. Lo notaba nervioso, intranquilo, manifestando un temblor leve de las manos mientras jugueteaba con los dedos.

—Desde que nos conocimos siempre ha sabido que soy un hombre de contactos, que posee poder en la corte de Aegis y una leve riqueza que me permite tener comodidades.

—Lo sé —concordó.

—Lo que no sabe es que estos últimos años mis negocios no han ido tan bien. Hice malas inversiones, compré tierras que creí serían fructíferas, pero eran terrenos áridos. Arrendé propiedades a personas que resultaron ser ladrones y que hurtaron objetos de alto valor, y aposté una suma de dinero considerable en un intento desesperado por recuperar lo invertido, pero acabé perdiéndolo.

Ella se asombró. Desconocía por completo esa faceta problemática en la vida de Dean, nunca lo supuso siquiera, él siempre solía mostrarse gentil con ella o presumiendo sus excelentes decisiones de negocios.

—¿Por qué no me lo dijo? —Amira le regaló una mirada llena de compasión.

—Sentí vergüenza de mí—admitió con desasosiego—, eres una artista reconocida y talentosa que fue buscada por el Sultán del imperio más poderoso que se haya visto y yo pues… un administrador que estaba arruinado antes de venir aquí. Siendo honesto, si no es por la comisión que cobraba de la venta de sus pinturas o de las negociaciones con clientes, no hubiese sobrevivido los últimos dos meses.

—No tenía idea de lo que enfrentabas —declaró Amira.

Dean se atrevió a tomar la mano de la joven entre las suyas, acariciando los nudillos, apreciando la suavidad y la delicadeza del tacto femenino.

Ella no retiró la mano por compasión ante el cabizbajo semblante que mostraba su acompañante, aunque el roce le resultara incómodo e incorrecto. Una sensación extraña en su interior le advirtió que no estaba bien consentirlo.

—No tendría por qué saberlo, intenté que no lo descubriese —confesó Dean, avergonzado.

Una pausa silenciosa se formó entre ambos, permitiéndole a cada uno enfrascarse en sus pensamientos. Amira cavilaba las nuevas revelaciones, comprendiendo la presión que debió sentir su amigo, mientras que Dean, evaluaba cada reacción en el rostro de ella, buscando algún gesto que le mostrara a la mujer que resguardó durante tantos años.

—Existe otro motivo por el que te forcé a venir aquí. —Ella lo miró fijo a los ojos. Los formalismos quedaron fuera; aquello era importante—. Eres la razón principal.
—¿Yo? —inquirió confundida. Dean sonrió enternecido por su reacción.
—Estaba seguro de que la paga por las obras solventaría todas mis deudas, incluso nos otorgaría capital suficiente para vivir con lujos durante años, pero mis expectativas fueron superadas con creces. Él ha sido más que generoso y puedo asegurarte que en toda mi vida nunca he poseído una suma tan cuantitativa.
—No comprendo, ¿eso qué tiene que ver conmigo?

La leve presión en la mano aumentó. Para cualquier otra persona el gesto hubiese pasado imperceptible, pero fue suficiente para que ella lo notara. Observó la unión de sus manos con interés, sintiéndose más incómoda por la situación, queriendo romper el contacto.

—No sería un buen hombre si no tuviese nada que ofrecer al momento de casarnos —confesó él, sonriendo—, te quiero como esposa.

El estupor que la invadió era inexpresable. Toda compasión que sintió instantes atrás se desvaneció dando paso a emociones coléricas. Se quedó muda, sus mejillas enrojecían por el enojo que se gestaba en su interior. Dean interpretó su reacción como favorable, por lo que prosiguió en su declaración.

—Desde que eras una niña he sentido que poseemos una conexión, creo con convicción que es así —juró Dean—. Cuidé de ti, te alimenté, eduqué y protegí para que ninguna persona en todo el reino pudiese criticar que fueses extranjera. Quería que envidiaran la mujer talentosa en la que sabía que te convertirías, Amira. —Ella lo miró sin reaccionar—. Me robaste el corazón desde el primer momento en que te vi.

Ella retiró su mano con brusquedad, levantándose mientras trataba de asimilar toda aquella información. Durante todos los años en que ella creyó tener un buen amigo resultó no ser cierto. Dean la estuvo adoctrinando para convertirla en su esposa, ese era su verdadero objetivo, crearle remordimiento, una sensación de deuda con él, influirle una distorsionada versión del amor. «¿En qué momento pasó de un helvurir a otro? ¿Y cómo no se percató de ello?» No pudo culparse, era una niña cuando ocurrió.

—No te espantes, no quiere decir que quisiera tomarte como esposa siendo tan pequeña, pero al verte sentí como una conexión celestial nos unía, como si el destino me dijese que debía protegerte, y con el pasar de los años caía más rendido ante ti y en lo que te has convertido.

Aparentó ocultar la profunda antipatía que le tenía en esos momentos, recordando que sus intenciones, aunque fueron egoístas e inapropiadas, si veló por ella durante años. Por lo tanto, su respuesta no podía ser tan ruda como le hubiese gustado.

—Agradezco que manifestaras tus sentimientos por mí de un modo tan claro, yo jamás intuí que tuvieses un interés mayor al de una simple amistad… —comenzó Amira.

—¿De veras? —dijo con incredulidad—, pensé que era demasiado evidente.

—No me interrumpas por favor, aún no he acabado de darte mi respuesta —solicitó ella, con cierta rudeza—. Pese a todo lo que has hecho por mí y por el aprecio de lo que alguna vez fue nuestra amistad, es mi deber expresar *unanegativaasupropuesta.* —Amira se habló demasiado aprisa, tratando de contener sus violentas emociones.

—¿Qué? —dijo él, sin comprender sus palabras.

—Declino tu propuesta, no me casaré contigo, Dean.

Dean recibió las palabras colmadas de resentimiento y perplejidad. Ni en sus pesadillas más crueles y retorcidas contempló alguna vez la posibilidad de que ella se negase a su petición. Llevaba años cuidándola, protegiéndola, alimentandola y educándola para que se convirtiese en una mujer envidiable en cualquier corte, como para que ahora lo rechazara. ¿Qué acaso no recordaba quién era él?

Dumont realizó una mueca con sus labios, una expresión tan dura que solo un idiota la llamaría sonrisa.

—Amira...
—Le dije que no utilice mi nombre —le recordó ella con molestia. Los ojos de él centellaron llenos de furia.
—¡Utilizaré tu nombre cuando y como me venga en gana! —advirtió irascible, acortando la distancia entre ellos—. Creo que no has comprendido la situación. No estoy preguntando si quieres o no aceptarme, te lo estoy informando.
—¿Qué tonterías dice? —respondió Amira, con aprensión.

Dean la tomó reciamente por los brazos, inmovilizándola con ayuda de su cuerpo. Usando la fuerza atrayéndola lo suficiente para que sus rostros quedasen a pocos centímetros de separación. Obligándola a mirarlo.

—Ya suélteme —exigió Amira, removiéndose, intentando zafarse del agarre.
—No voy a soltarte, vendrás conmigo a Aegis y ningún Sultán va a detenernos, tan pronto te conviertas en mi esposa.

Dumont actuaba descontrolado, fuera de sí. Ese no era el hombre gentil e inteligente que conocía, este era un sujeto lleno de rabia, dominado por el dolor de su rechazo definitivo. Mostraba una faceta nueva para ella y era aterradora.

—Ya te dije que me sueltes —demandó con mayor insistencia. Él presionó todavía más el agarre.
—¡Te irás conmigo! —Su voz sonó ronca y amenazadora, provocando un estremecimiento nervioso en el cuerpo de Amira.

Dean buscaba su rostro entre los esquivos movimientos de la artista, intentando estampar en sus labios toda su pasión y el completo deseo que ardía por ella.

—Déjame en paz —chilló ella, removiéndose todavía más entre sus brazos.
—¡No! No voy a dejarte en paz —aseguró—, porque te adoro, me perteneces, Amira. —Ella lo contempló despavorida al escuchar esas palabras.
—¡Suélteme! —gritó ella, abatida.

Los decibeles del grito fueron tan elevados que Dumont tuvo que cubrir su oreja, liberando uno de los brazos de la joven. Ella sacó provecho del breve instante, atestándole una bofetada con toda la fuerza que su mano le permitió.

El golpe sonó seco y duro, si se hubiesen encontrado en algún espacio cerrado, el eco replicaría el sonido varias veces antes de extinguirse.

Dumont no se movió, quedándose helado por lo que acababa de suceder; ella lo abofeteó. La mujer que él más amaba en el mundo, a la cual había entregado su amistad, su confianza y su corazón, no solo lo rechazaba, lo golpeaba.

Ella lo miró desconcertada mientras intentaba zafarse del agarre sobre su brazo derecho con ayuda de su mano libre, pero ese hombre la sostenía firme, decidido a no dejarla ir. Y en cuanto él reaccionó, Amira supo que le sería imposible esquivar su beso. Cerró los ojos horrorizada, esperando...

El impacto contra el agua fue inesperado, tumbándolos a ambos dentro de la fuente, empapándolos por completo. Dean se vio obligado a soltarla, acción que Amira utilizó para poner una distancia considerable entre ambos, antes de salir por una bocanada de aire.

Al asomarse a la superficie, retiró el exceso de agua sobre su rostro, notando como una familiar mano extendida la esperaba para ayudarla. Amira aceptó el contacto, al tiempo que, Abdul analizaba cada minucioso detalle de su cuerpo evaluando si Dumont logró herirla. Tan pronto se encontró fuera de la fuente, el visir se quitó la capa y cubrió los ropajes traslúcidos con ella.

—Lamento haberte empujado junto con él, pero no vi otra solución posible —se excusó Abdul.

Amira comprendió el suceso: Dumont estaba reteniéndola cuando Abdul se aproximó con intenciones de empujarlo solo a él. Ella se vio arrastrada por la fuerza del agarre, cayendo ambos a la fuente.

Colocando su mano bajo el mentón de ella, elevó su rostro estudiando cada rastro o detalle que lo hubiesen perturbado. Temía que Dumont le hubiese pegado, ya tenía suficiente con el Sultán como para tolerar a otro hombre violento en el palacio.

—¿Te encuentras bien? —Amira asintió. En cuanto los ojos negros se posaron sobre los suyos se relajó, sonriéndole—. Se ha vuelto un hábito tener que rescatarte.

Las mejillas de Amira se enrojecieron por el comentario, generando una risa divertida en el visir. Abdul la atrajo hasta su cuerpo, abrazándola con sutileza con una mano sobre su espalda.

Zaid y Enver sostenían a Dumont por los brazos, impidiendo que intentara alguna maniobra contra alguno de ellos. Dean se percató de la atracción que existía entre ambos y los despreció. Las sospechas que poseía eran certeras, Amira estaba enamorada del visir y viceversa. Los odió a los dos por ello. A ella por caer ante un hombre que no fuese él y al visir por usurpar a su mujer.

—Con que es esto por lo que me rechazas —comentó venenoso—, ¡bonita pareja! Un visir y una cualquiera.

Abdul la ocultó tras él, girándose para encarar al apoderado.

—No le permito que se exprese de ese modo —regañó Abdul, con autoridad. Dean sonrió con indiferencia.

—¿Qué hará? ¿Me encerrará en el calabozo? —Se burló Dean con insolencia—. No puede hacerlo, soy alguien importante en la corte de Aegis, podría provocar un conflicto armado.

—Es por lo que volverá al reino de Aegis. —La sonrisa en el rostro de Dumont se borró. —Su presencia en Zahar ya no es requerida.

—No puede forzarme a irme sin ella —rebatió Dumont—, soy su apoderado, ella me pertenece.

—Se equivoca, usted firmó un contrato con el Sultán donde otorgaba los servicios de la señorita a su entera disposición. Ella está atada a ese documento, su permanencia en el palacio es obligatoria y definitiva —explicó Abdul, con superioridad.

Los ojos del apoderado se abrieron exaltados al comprender lo que había firmado. Amira tuvo razón todo el tiempo, la vendió como si fuera un trozo de carne. Su estómago se contrajo asqueado por sus acciones, sintiendo como la bilis quería escapar por la boca.

Él traicionó a Amira de la peor forma posible y entendía que jamás pudiese perdonarlo.

—Su exilió de Zahar se mantendrá en secreto para evitar habladurías en los reinos, pero… —Abdul se aproximó con pasos lentos y orgullosos hasta encararlo —, si se le ocurre tan solo pensar en regresar, le juro que personalmente visitaré a los reyes de Aegis y contaré el motivo real de su destierro.

El rostro de Dean palideció ante la amenaza.

—Si no mal recuerdo, la reina de Aegis condena a muerte a los abusadores de mujeres, y su rey la apoya en esa clase de decisiones.

—Me marcharé al amanecer —dijo Dumont derrotado.

—Abandonarás Zahar el día de hoy —aseguró el visir—, Enver, ¿podrías asegurarte de que cuatro guardias escolten al señor Dumont hasta el barco?

—Sí, visir —acató Enver.

—Me encargaré de excusarle con el Sultán… de ser necesario —agregó Abdul.

El guerrero le solicitó a Dumont que lo siguiese en buenos términos y él lo aceptó sin oponerse. Zaid permaneció junto al visir para no levantar sospechas, mientras Dean miró por última vez a la mujer que amó durante años, despidiéndose de ella.

—Adiós —murmuró Dean, con tristeza.

Amira lo observó marcharse hasta desaparecer entre los arbustos del jardín. Estaba triste por como habían resultado las cosas, aún con todo lo malo siempre agradecería a Dumont lo que hizo por ella, sin él no se hubiese convertido en quien era hoy. Sentía como una parte de su vida se esfumaba para siempre.

«En ocasiones las personas que más te quieren, terminan siendo tus verdugos» pensó Amira.

—Adiós, Dean.

Rajah contemplaba la escena a través de la celosía que cubría la ventana de la alcoba femenina, mientras reacomodaba los botones de su caftán, sin dejar rastro alguno de lo que horas antes había estado ocurriendo en la habitación del *helvurir*.

—¿Estás segura?

—Por supuesto que sí—respondió la mujer con total seguridad—, la vi, fui testigo de sus habilidades.

—Y, ¿en cuánto a Abdul?

Ella se levantó de la cama sin cubrir su desnudez, contoneando su figura con un andar seductor, sabiendo que era observada por el Sultán. Se detuvo a solo escasos centímetros de su cuerpo, jugueteando con uno de los botones de la pieza recién abrochada.

—No le importa en lo absoluto —afirmó.

Los ojos dorados de Rajah resplandecieron con interés, mientras una engreída sonrisa aparecía en sus labios. Tomó el rostro de ella con su mano, acariciando con cierta rudeza el labio inferior.

—Has vuelto a captar mi atención, Jalila. —Los labios del Sultán se posaron fervientes sobre los de ella, dando inició a un nuevo arranque de pasión.

CAPÍTULO: XXIII

DESTINO

Amira vagaba por los pasillos cercanos al jardín principal, abstraída del mundo y sus alrededores, jugueteando con los bordes del sobre entre sus manos al andar, intentando comprender qué hacer con la información de la carta.

Esa mañana, halló un peculiar sobre negro al otro lado de la puerta de su alcoba, no poseía remitente, solo el apellido Durand sobre la única sección blanca del papel. Tuvo dudas en abrirlo, especulando que se tratase de otro ardid por parte de Jalila, pero al no reconocer la letra decidió hacerlo.

La carta no pertenecía a la odalisca, era de alguien a quien temía más y de mayor importancia que esa mujer. Alguien a quién no veía desde hacía semanas.

Tras leer con detenimiento, cada palabra se grabó en su memoria. Estaba nerviosa, sin comprender qué debería hacer o cómo actuar al respecto, procesando todo su contenido sin saber cómo reaccionar.

—¡Señorita Durand! —clamó Abdul por cuarta vez.

Amira se sobresaltó más al notar su presencia que por el grito.

Él se encontraba frente a ella con los brazos tras su espalda, observándola divertido y curioso por saber que le ocurría.

—Lo lamento, no fue intención tropezarme con usted, Gran Visir —se disculpó Amira. Él hizo una mueca de reproche.

—Te he dicho que al estar solos me llames por mi nombre —refunfuñó él.

—¿Estamos solos? —preguntó ella, mirando hacia los lados.

En ese amplio pasaje no se hallaba persona alguna aparte de ellos. Además de encontrarse en un área desconocida para ella.

—Sí, lo estamos y no te tropezaste conmigo —aclaró con gentileza—, te vi tan ensimismada que quise averiguar si estabas bien. ¿Lo estás?

—Mmm…no exactamente —respondió, no muy convencida.

—¿Es algo que puedas platicar libremente? —Ella negó con un movimiento de cabeza.

Abdul analizó su semblante preocupado, pensando cómo ayudarla. Él había abandonado su estudio con intenciones de estirar las piernas agarrotadas de tanto estar sentado, su salida sería tan corta que Enver y Zaid decidieron esperarlo en la puerta. El encontrarse con Amira fue una sorpresa, en especial en el ala opuesta al *helvurir*.

—Sígueme —pidió Abdul, con autoridad, dándole a entender que no aceptaría una negativa.

—Aún debo acabar el retrato del Sultán, el que me vio pintando hace unos días.

—¿Prefieres discutirlo después? —Ella negó. —En ese caso, no nos tomará mucho tiempo.

Ella obedeció, aprovechando la oportunidad de admirar los desconocidos pasajes de derredor. En ocasiones le sorprendía como no se perdían los habitantes del palacio, ya que muchos diseños de las paredes eran similares a los de otras áreas.

La caminata duró menos de un par de minutos.

Los guardias se dirigieron una mirada cómplice y divertida al notar la presencia de la joven detrás del visir. Recordando que solo momentos atrás molestaban a Abdul con comentarios referentes a la artista, Enver incluso lo acusó de querer ir en su búsqueda antes de marcharse.

Zaid contuvo la risa mientras se apartaba a un lado y les abría la puerta con cortesía. Amira fue la primera en ingresar al recinto, siendo seguida por el visir.

—¿Con qué solo iba a estirar las piernas? —masculló Zaid tan pronto el visir pasó junto a él. Empleando un tono tan bajo que solo Abdul pudiese escucharlo.

Abdul entornó los ojos, fastidiado por el comentario, optando por ignorarlo.

—No permitan que nadie nos interrumpa —ordenó Abdul, con autoridad —, incluyéndolos a ustedes.

Enver asintió, esforzándose para contener la carcajada que suplicaba por escapar. Tan pronto la puerta se cerró, ambos guardias estallaron de risa. Eso era la confirmación de sus sospechas: el visir estaba definitivamente enamorado de la artista.

Tan pronto entraron al estudio la puerta se cerró tras de sí. Amira tomó asiento en el amplío sillón de la estancia, jugueteando con el papel entre los dedos, dándoles vueltas o doblando alguna de las esquinas.

—¿Qué ocurre, Princesa? —indagó Abdul, intranquilo ante su nerviosismo.
—Recibí una carta de lo más inoportuna.
—¿De parte de Dumont o Jalila? —Ella negó con la cabeza.
—Es de la anciana del bazar…

Abdul se sorprendió, nunca se esperó que fuera esa mujer quien le informaría a Amira la decisión. Tomó asiento junto a ella, echó su cabeza hacia atrás cerrando los ojos, meditabundo.

«No, no hay forma de evadirlo» pensó Abdul con desgana.

—Amira —llamó sin moverse. Ella lo observó atenta a sus movimientos—, es hora de que hablemos sobre lo que ocurrió en el bazar.

Las cenizas se esparcían aún por el aire generando tos y estornudos por doquier. La multitud continuaba agitada por la reciente explosión, empujando a otros sin importar que fuesen jóvenes o ancianos, lo único que deseaban era salir de esa hecatombe.

Abdul la sostenía entre sus brazos, protegiéndola, temiendo que ella volviese a encerrarse en los fantasmas del pasado y perdiese el control. No podían permanecer más tiempo allí, cabían posibilidades de que ocurriese otra explosión o comenzaran saqueos a las áreas afectadas. El visir debía escoltar a Amira al palacio lo más pronto posible.

—Debemos marcharnos ahora, Amira. —Buscó su mirada en el rostro sonrosado oculto en su pecho.

—Está bien —respondió ella, esquivando la mirada.

Él sonrió complacido, liberándola de su abrazo. Abdul tomó su mano antes de zambullirse entre el mar de gente.

Los empujones no se hicieron esperar, el tumulto se agolpaba en dirección contraria, sin saber a dónde dirigirse. Abdul intentaba abrir espacio entre las personas, tratando de divisar el palacio desde allí. Si no estuviese con Amira, podría trepar con facilidad por alguna de las construcciones y escapar, pero no lo haría, él deseaba protegerla.

El calor era agobiante, el sudor se aunaba con el humo formando una fétida mezcla que no hacía más que dificultar el respirar, los escombros abarcaban gran parte del espacio aglomerando más a las personas. Las pequeñas piedras en el suelo lastimaban los pies y la pesadez del ambiente envolvía a todos los presentes, desquiciándolos. El visir no sabía cómo salir de allí en esa situación.

Ella permanecía pegada a la espalda del visir, mientras utilizaba su mano libre para cubrir su nariz y su boca, intentando aspirar la menor cantidad de ceniza posible. Sintió una punzada en su pie izquierdo al ser pisada por un corpulento hombre junto a ella. Amira intentó empujarlo, pero el sujeto era demasiado pesado, fue gracias a los empellones de otras personas que intentaban a avanzar que el hombre se vio obligado a moverse.

Tan pronto su pie quedó libre la sensación de dolor fue disminuyendo, pero la incomodidad permaneció por varios minutos hasta desaparecer por completo.

De repente, un infantil siseo, apenas perceptible entre la muchedumbre llamó su atención. En un inicio, pensó que se trataba de su imaginación, pero al escucharlo un par de veces más, comenzó a buscar al causante entre la multitud. Lo encontró a pocos metros de distancia, sentado sobre uno de los escombros. Era un niño de unos doce o quizás trece años, de cabellera oscura y ojos claros como el agua. Estaba observándola con fijeza, como si intentara captar su atención.

Cuando repitió el sonido sin dejar de verla, ella se señaló a sí misma, preguntándole con aquel gesto si intentaba captar su atención, ganándose un asentimiento afirmativo de parte del niño. Este saltó con agilidad de los escombros hacia el suelo y con su pequeña mano le indicó que lo siguiese.

Amira se sintió intrigada por el chiquillo, curiosa por averiguar quién y qué necesitaba de ella, pero lo más importante, quería escapar del irrespirable ambiente. Tocó el hombro de Abdul, captando su atención de inmediato.

—Acompáñame. —Él la miró confundido, sabiendo que Amira desconocía el bazar, aun así, accedió a seguirla sin hacer preguntas.

Sin soltar la mano del visir, comenzó a perseguir al chiquillo por los callejones con escombros. El espacio era reducido, pero por fortuna los pasajes yacían casi vacíos, lo que ambos agradecían luego de estar atrapados en la multitud.

Al cruzar a la derecha en uno de los pasajes, el niño había desaparecido. El angosto espacio se encontraba bloqueado por maderos recién caídos del piso superior, impidiéndoles avanzar.

—Es un callejón sin salida —comentó Abdul; se habían alejado todavía más del palacio al seguir ese camino.
—No pudo desvanecerse en el aire. —Amira sonaba ansiosa. El visir optó por no sugerir retornar al palacio... aún.

«¿Dónde se habrá metido?» pensó Amira con interés.

De repente una pequeña mano infantil tomó la tela de las faldas de Amira, sobresaltándola ante el contacto. El niño se encontraba dentro de una de las casas a un costado de ellos, sacando su mano por la ventana para revelarles su ubicación. Volvió a hacerles señas para que lo siguiesen. Amira dio un paso al frente dispuesta, pero Abdul la retuvo.

—Puede ser peligroso —advirtió—, no sabemos quién es ese niño, tampoco quienes se encuentran dentro de la casa.
—Sé que es arriesgado —aseguró Amira—, pero tengo una extraña sen-

sación de que debo seguirlo. Puedes llamarlo impulso o presentimiento. Debo hacerlo.

—Iré contigo.

—Es mejor que me esperes aquí, en caso de necesitar ayuda. —Él la observó no muy convencido.

Amira lo miró con gentileza, maravillándose de la cálida y preocupada expresión de su rostro, se tomó el atrevimiento de elevar su mano, atrapando un mechón rebelde que había escapado de la lisa cabellera masculina. Abdul perdió el aliento cuando la punta de los dedos, rozaron accidentalmente su frente apreciando cada instante del contacto.

—Si no regreso en diez minutos, ven a buscarme.

Abdul asintió a su petición como si se tratase de una orden del mismísimo Sultán. Observándola desaparecer en el interior de la morada.

El lugar estaba cubierto de polvo y telas de araña, como si nadie lo hubiese habitado durante años. Los escasos muebles que podían apreciarse se encontraban roídos por animales rastreros o polillas. Las linternas que deberían alumbrar la estancia reposaban rotas en el suelo, y cada paso que avanzaba provocaba el crujir de la madera bajo sus pies.

Al atravesar la puerta que conducía a las habitaciones, encontró al niño esperándola junto a una escotilla iluminada en el suelo.

—¿Quieres que entre allí? —preguntó. El niño asintió mostrándole una sonrisa amable y tranquilizadora.

Ella sintió nervios de continuar, aunque su instinto la motivaba a seguir. No creía prudente entrar a un lugar así, pero la consolaba saber que Abdul la esperaba afuera y que la protegería. Ese pensamiento la alentó.

Descendió por la escotilla pasando junto al niño que parecía no querer moverse. Siendo recibida por una visión contraria a la de arriba.

Varias personas caminaban por lo que parecían ser catacumbas, bien iluminadas y limpias. La gente avanzaba presurosas junto al verla, denotándola por segundos antes de ofrecerle una leve reverencia, como si creyesen que se trataba de alguien importante.

Caminó unos cuantos pasos, observando como las habitantes del lugar vivían en absoluta normalidad. Los vendedores improvisaban tiendas armadas con cajas de madera, otros extendían sobre el suelo telas y exhibían productos como: ropas, alimentos, libros, incluso tintes para la ropa.

—Finalmente has regresado, princesa Amira al-Kabir.

Amira se heló al escuchar un apellido que daba por perdido.

Observó a la anciana acercándose, haciendo que se preguntara cómo era posible que continuara con vida. No había envejecido ni un día después de veinte años.

Su largo cabello blanco alrededor del rostro resaltaba las marcas de la edad, una apariencia que contrastaba con el porte erguido para alguien que debía superar los noventa años. Esta se detuvo a unos cuantos pasos de su cuerpo, contemplándola con interés.

—¿Cómo sabe mi verdadero nombre? —preguntó intrigada la artista.
—Hace muchos años preguntaste lo mismo, a lo que respondí: Soy el destino que fue...
—...y el que vendrá —culminó Amira en forma automática, confundida.
—Has crecido mucho desde el día que escapaste.

Vagas imágenes pasaron por su mente: la anciana tomando su mano y leyéndola como si se tratase de un libro, luego escoltándola hasta el barco que la llevó rumbo Aegis.

—Usted... me ayudó a abandonar la ciudad, subiéndome al navío. —La anciana asintió—. ¿Hedef?
—Ha recordado mi nombre —sonrió la mujer, con amabilidad—, es buen indicio.
—¿Qué significa esto? —indagó Amira, confundida.

Los presentes en la estancia ofrecían intermitentes reverencias ante la anciana como si se tratara de alguna reina, pero en cuanto Hedef se hincó respetuosamente ante Amira, el resto se arrojó al suelo alabando la presencia de la artista.

—Están reverenciando a su princesa: la única descendiente de la gran Samira y el Sultán Antara el benevolente.

Esa era la segunda vez en toda su vida que escuchaba el nombre de su padre. La primera vez que lo escuchó fue de labios de su madre, poco antes de morir.

Amira realizó un gesto con su mano indicando que se levantasen, e inmediatamente obedecieron su orden.

—Es hora de que tomes lo que es tuyo por derecho.

—No tiene sentido —objetó Amira.

—Ktar debe resurgir como el fénix y Zahar consumirse en las cenizas, ese es el destino.

—¿Destino? No, debe haber algún error, yo no tengo interés en derrocar al Sultán, mucho menos en gobernar —aclaró Amira, con seguridad—, no me interesa un imperio fundado sobre la sangre de otro.

Hedef fijó su mirada en la de ella, leyendo su destino a través de los ojos. La anciana frunció el ceño y su sonrisa se convirtió en una mueca desagradable.

—Supongo que es necesario —comentó Hedef, turbada.

—¿Qué?

—La sangre debe correr por las aguas de Zahar, es inevitable.

—¿Podría ser un poco más clara? —pidió ella, sin comprender.

Hedef la miró compasiva, sonriéndole de modo maternal antes de develar parte de su destino.

—Mi querida princesa... está destinada a sufrir más de lo que ya ha padecido.

Amira se estremeció ante esas palabras, sintiendo como una sensación de déjà vu traía a su mente recuerdos de un presagio olvidado. Sentía deseos de indagar más, de saber qué quería decir, pero el repentino e inconfundible sonido de un arma desenfundándose captó la atención de los presentes.

El visir estaba a pocos metros de ella con ambas manos levantadas junto a su cabeza, evaluando la situación con aparente tranquilidad, antes de realizar algún movimiento. Mientras cuatro hombres vestidos como mercaderes apuntaban con sables a distintas áreas de su cuerpo.

—He venido por la señorita —comentó solemne.

—¡Bajen las armas! —ordenó Hedef, llevando sus dedos hasta la frente en

gesto reprobatorio—, es el candidato de los líderes para gobernar.

Amira procesó esas palabras con lentitud, entendiendo lo que querían decir: Abdul conspiraba contra su hermano o eso entendió.

Él ignoró el comentario de la anciana, no estaba dispuesto a traicionar a su hermano…todavía.

Los mercaderes enfundaron los sables tras las órdenes de la anciana, permitiendo que Abdul se acercase. El visir estaba intrigado por el repentino descubrimiento de las catacumbas, que parecían más una ciudad subterránea que un lugar para depositar a los muertos. No había cadáveres por ningún lugar ni hedor a muerte, por el contrario, el aire olía a flores y una que otra especia.

—Le ofrezco una sincera disculpa, Gran Visir Abdul, en ocasiones los hombres no entienden cómo deben actuar, pero usted ya lo sabe, su padre se lo enseñó de primera mano.
—¿Nos conocemos? —Ella negó con la cabeza a la pregunta del visir. — He venido por…
—La princesa Amira, lo sé. —Abdul se descolocó ante la interrupción de la mujer.

Cientos de preguntas se agolparon en la mente del visir, pero sabía que no era el momento para realizarlas, mucho menos estando en una situación desventajosa como esa.

—Esta visita ha llegado a su fin, y no creo que sea necesario recalcarle Gran Visir, que la entrada por la que llegó a este lugar desaparecerá tan pronto se hayan marchado.
—No poseo intenciones de mencionar esto —aseguró Abdul.

La anciana sonrió satisfecha obsequiándole una mirada picaresca y atrevida, como si supiese algo que él ignoraba.

—Es mejor ser precavido, aún no has tomado un bando, pero tan pronto lo hagas tu destino se definirá y no habrá marcha atrás.
—¿Cómo es qué…? —Abdul no pudo terminar al ser interrumpido por la artista.
—Debemos irnos —sugirió Amira, notando la mirada de advertencia que Hedef les dirigía.

Él asintió de forma instintiva, sin apartar la mirada de la anciana. Amira lo haló del brazo casi a rastras hasta que él pareció reaccionar y comenzó a caminar a la par de ella.

—Princesa, la contactaremos cuando nuestra decisión sea tomada —dijo la anciana.

Amira no comprendió el significado de esas palabras, pero Abdul las descifró al juntar los fragmentos de información que poseía. Hedef se refería a quién gobernaría tras el derrocamiento de su hermano.

El visir no tuvo que ser adivino para advertir quiénes eran porque era evidente, esas personas pertenecían a los rebeldes del imperio; al recordar las palabras de la mujer: «él era un candidato para gobernar» dejaba en evidencia la disputa interna entre los revolucionarios.

Abdul era la opción de los líderes, mientras que Amira era la candidata de la anciana; conociendo a la artista, la agonía que le provocaba permanecer en Zahar, le hacía dudar que quisiera convertirse en sultana y él se negaba rotundamente a ser Sultán. Todo esto, asumiendo que lograran derrocar a Rajah.

—Visir, hoy mismo sellará su destino —advirtió Hedef—, elegirá un bando.

Tras esas palabras abandonaron la casa y tal como la anciana lo predijo, la fachada que resguardaba el pasaje hacia las catacumbas cayó en pedazos tan pronto como se alejaron de allí.

⁕ ✦ ✦ ✦

—Me enviaron esta carta. —Ella le extendió el sobre a Abdul.
—¿Cuál es la decisión?

CAPÍTULO: XXIV

ESPECULACIÓN

Ella caminaba de un lado a otro por el estudio vociferando lo absurda que le parecía la idea. Albergando la mayor indignación. Esas personas desconocidas se atribuyeron un poder sobre su vida sin consultárselo. Rechazaba la idea sin dudarlo.

—No tiene ningún sentido —exclamó disgustada.

—Si lo tiene —refutó Abdul, con parsimonia, regresando su atención a la carta.

Amira detuvo su andar, intrigada ante la respuesta del visir. Examinó su rostro intentando descifrar algún gesto, pero no mostraba expresión alguna. Tan pronto Abdul acabó de leer, ella le comentó:

—No te ves sorprendido.

—No lo estoy —aseguró el visir.

Abdul se levantó con entereza atravesando el estudio hasta llegar a la enorme estantería repleta por libros. Buscó uno de los textos ubicados en la fila superior, tan solo un poco más arriba de su cabeza, tomando un volumen con una figura lobuna en la cubierta. Pasó las páginas con velocidad hasta encontrar lo que buscaba. Volvió a colocar el libro en su lugar antes de acercarse.

Ella observó el sobre negro entre las manos del visir, notando el parecido casi exacto al que recibió durante el transcurso de la mañana.

—Dos días después de exiliar a Dumont, recibí este sobre bajo el umbral de mi puerta. —Él le extendió el contenido dentro, ofreciéndoselo.

Amira tomó la carta casi por instinto, abriéndola con curiosidad.

Se asombró al notar que poseía dos pliegos escritos por ambos lados. A diferencia del que ella recibió, que solo era una hoja con un escrito corto, conciso y directo, casi como una orden.

—¿Por qué es tan larga? —inquirió interesada.
—Puedes leerla.

«No se alarme al recibir esta carta visir Sfeir, he tomado las precauciones necesarias para que llegue hasta sus manos sin captar la atención. Como debe sospechar, soy uno de los cuatro líderes de la rebelión que intenta derrocar a su hermano del trono, y nuestra intención primaria es nombrarlo a usted el nuevo Sultán del imperio; o lo era hasta hace unos días.

» No divagaré en lo sorprendido que nos encontramos al escuchar los rumores sobre la princesa de Ktar, y tan pronto constatamos la veracidad de ellos nos vimos sumergidos en una encrucijada que aún está por definirse y puedo asegurarle que sabrá nuestra decisión de una fuente fidedigna. No obstante, no es por ello por lo que me he dignado a escribirle. Independientemente del resultado sobre a quién escojamos como nuevo gobernante, primero debemos derrocar al Sultán actual y necesitaremos de su ayuda para realizar nuestro objetivo.

» Sabemos que no desea en ninguna circunstancia cometer un fratricidio y no seríamos capaces de exigirle algo así; aunque nuestro odio por Rajah sea grande, no es superior al agradecimiento que sentimos por lo que usted ha hecho por nosotros. Saber que podemos llamarlo aliado nos llena de gozo. Sin embargo, sí le pedimos que nos facilite el ingreso al palacio el día del asedio.

» Poseemos información actualizada sobre los soldados rumbo al reino de Etrus y sobre la escaza seguridad en la que se encuentra el palacio, por lo que puede suponer que nuestro ataque será pronto.

» No detallaré información relevante como el día en que ocurrirá el asedio o cómo será la señal que dará inicio, no deseo correr riesgos por si alguien encuentra esta carta por accidente, pero sí le diré que confió en usted con la seguridad plena del sol que se oculta cada día, no solo como el líder que en más de una ocasión ha demostrado ser con su pueblo, sino como el hombre que fue criado para gobernar con criterio y sabiduría.

» Me disculpo al no revelarle mi identidad propiamente, pero informarle mi nombre por este medio podría encomendar nuestro objetivo al desastre, no me malinterprete, no creo que pueda traicionarnos, mucho menos después de que Hedef nos participara su decisión definitiva. Pero estando tan cerca el esperado día, sería imprudente arriesgarse de ese modo. Sin más que decir, y habiéndole transmitido la información necesaria, me despido».

Tan pronto Amira acabó de leer la carta se vio invadida por sensaciones difíciles de definir. No solo se acababa de enterar de un complot para derrocar al Sultán, sino que además Abdul era un traidor a los ojos de este.

No lo comprendía con claridad al no tener todos los detalles, pero sí intuía que algo cambió entre ambos desde el día de la explosión, lo que explicaba el constante asedio de guardias sobre el visir.

Suspiró.

En ningún momento ella manifestó querer el cargo. Por el contrario, su estancia en ese palacio era un recordatorio constante de la muerte de su madre, de cómo el padre de Abdul le había cortado la cabeza en el salón del trono, el mismo donde Rajah la recibió el día en que arribó a Zahar.

—Tiene más sentido que lo que me han escrito a mí —comentó Amira con seriedad.

—Es gracioso, yo encuentro más lógico la que te han enviado. —Abdul tomó la carta que Amira recibió, y citó—. «La consideramos la candidata idónea para ejercer el cargo de sultana…».

—¡Tonterías! Yo no tengo ninguna habilidad que sirva para desempeñar ese cargo —interrumpió Amira.

—Eso no parece importarles, con ser la hija de los antiguos gobernantes de Ktar es suficiente para ellos —explicó Abdul—, además, no estarás sola si asumes el trono, tendrás consejeros que estarán junto a ti en todo momento; yo te apoyare y guiaré en lo que necesites —prometió.

—No es prudente escoger personas poco competentes para desempeñar un cargo importante, en especial si se quiere un cambio positivo —comentó Amira con convicción—, tú eres mucho mejor opción…

Abdul negó con un movimiento de cabeza sin permitirle terminar la oración. Los puños de sus manos se apretaron involuntariamente arrugando el papel, tratando de controlar el tormento que le provocaba ese tema.

—No seré yo el que tome posesión del trono —aseguró disgustado.

—Pero estás capacitado, quiero decir, fuiste criado para asumirlo. —Abdul evadió su mirada curiosa, no deseaba hablar sobre ese asunto.

—Amira… —él pronunció su nombre como una advertencia.

—¿No es así? ¿Acaso ocurrió algo?

—¡No quiero hablar sobre eso! —Los ojos del visir brillaron enojados y su voz se elevó resonando por toda la estancia.

Silencio.

Ella entendió de inmediato que ese era un tema delicado, porque esa forma de reaccionar era la que Amira solía adoptar cuando hablaban de su madre o sobre algo que le recordara su muerte.

—Lo siento, no quise inmiscuirme en…

—No —interrumpió Abdul arrepentido—, es mi culpa, no debí reaccionar de ese modo, es solo… es un tema del que no me gusta hablar.

Era la primera ocasión en que ella miraba esa faceta de Abdul.

Lucía decaído, con el rostro agobiado y la mirada perdida en alguna parte del suelo. No era el hombre fuerte dispuesto a matar a cualquiera que la amenazase o el que mantenía la calma en una situación peligrosa, esa era la visión de un hombre con una carga muy pesada sobre los hombros. Triste y solitario. Sintió deseos de abrazarlo protectoramente, pero no lo hizo, no queriendo lastimar su orgullo al mostrarse tan vulnerable.

Amira acortó la distancia que los separaba. Tomó su mano libre entre la suya, provocando una sonrisa en él que no llegó hasta sus ojos. Ella elevó su rostro llevando la mano libre hasta su mejilla, confortándolo, demostrándole con ese gesto que estaba allí para él, del mismo modo que él estaba para ella.

—Gracias por no indagar más —dijo Abdul.

—Sé que cuando estés listo me contarás y escucharé cada palabra. —Le prometió, sonriéndole con gentileza.

Tras un suspiró profundo, el semblante del visir retornó a ser el mismo de siempre. Mostrando al hombre altivo, orgulloso y comprensivo que conocía.

—Retomando el asunto, no deberíamos estar hablando de esto si aún no se ha destronado a mi hermano —aseveró Abdul—, debemos preocuparnos en que todo salga bien antes de hacer nombramientos de cualquier clase.

—Concuerdo contigo, enviar estas cartas fue algo imprudente y peligroso.

—Sí, pero supongo que deseaban notificarnos sus intenciones y el día en que todo ocurrirá —explicó Abdul.

—Pero no lo han hecho, en ninguna parte dice cuando planean realizar el ataque.

—Sí lo hacen, es cuestión de interpretar lo que dicen, no es muy complicado —aseguró divertido.

Tomó la carta que Amira tenía en su mano, señalándole con el dedo las palabras a las que debía poner atención.

—¿*El esperado día*? —preguntó ella, aún sin entender—. Se refieren al día en que esperan atacar.

—Sí, pero también al día más esperado por el Sultán —explicó el visir.

—La conmemoración de su nacimiento. —Amira se mostró sorprendida.

—Así es. El momento en que ocurrirá, es todavía más evidente. La frase es demasiado extraña para no captar la atención, parece un error: *del sol que se oculta,* se refiere al atardecer, es cuándo empezarán lo que sea que tengan planeado.

Amira se asombró al notarlo. La frase le había pasado desatinada, en cambio a él… no sólo poseía el ingenio para advertir que se trataba de un mensaje oculto, sino que además lo descifró en solo segundos.

Le parecía admirable y al mismo tiempo le intrigaba de sobremanera, cómo un hombre tan capaz se rehusaba a tomar el control de un reino que le pedía a gritos su guía.

—*¡Sultán! ¡¿Necesita ver al visir?!* —gritó Enver adrede, al otro lado de la puerta.

Abdul y Amira intercambiaron una mirada nerviosa. No era adecuado que ella se encontrara a solas con el visir en una habitación tan privada como esa, no estaba bien. Por otra parte, Abdul no debía estar reunido con ninguna persona, si no deseaba terminar con la poca paciencia de su hermano.

Ella empezó a buscar un lugar donde esconderse: detrás del librero era imposible, el sillón era demasiado bajo como para ocultarse, y las cortinas no eran tan amplias como la de las habitaciones.

—*¡Apártense, es una orden!* —vociferó el Sultán, autoritario.

El visir sujetó su mano guiándola hasta detrás del escritorio, ocultándola debajo y entregándole ambos sobres con las cartas.

Tan pronto se irguió, tomó cualquier papel sobre el escritorio pretendiendo leerlo. Un segundo después, la puerta del estudio se abrió de par en par, mostrando a un Sultán irritado.

Abdul inclino la cabeza frente a su hermano, dándole a entender con ese gesto irrespetuoso que su decisión era la misma. Lo observó fijo, tratando de desviar la atención del escritorio.

—¿Qué lo trae por aquí, Sultán? —preguntó Abdul con naturalidad.
—Me has evadido todos estos días, así que vine a tratar dos temas delicados contigo.
—Lo escucho.
—¿Continuas con la idea estúpida de abandonarme?
—No es una idea estúpida —aclaró Abdul—, pero sí, mientras salgan perjudicados los ciudadanos.
—¿De verdad estás dispuesto a correr el riesgo de morir por un montón de extraños?
—Es el riesgo que todo buen soberano debe tomar por su gente. —Rajah lo miró indignado.
—¿Estás insinuando que yo no lo haría?

—No estoy insinuando nada, Sultán —sonrió sarcástico—, es evidente.

Rajah tragó disgustado, sabiendo que él tenía razón. No estaba dispuesto a sacrificar nada por su pueblo, en especial cuando ellos no hacían más que entorpecer sus propósitos; por eso, necesitaba a Abdul de su lado si quería que su plan funcionara.

—Hagamos algo, si yo prometo no invadir Alband por el momento, ¿continuarás ayudándome?

—Por supuesto, Sultán —mintió con descaro.

—Bien, pero el único inconveniente que queda entre nosotros es la falta de confianza. Después de tu muestra de altanería, no confío en ti como antes.

—Probará mi confianza otra vez —concluyó Abdul.

Él recordaba la prueba anterior y los profundos deseos que tuvo de matarse luego de ejecutarla.

—Sí, pensaré en ello. —El Sultán sonrió complacido—. ¿Estarás dispuesto a hacer lo que te diga para recuperar mi confianza?

—Sí, Sultán —mintió Abdul, incómodo, deseando cambiar el tema—. ¿Cuál es el otro asunto?

—Has estado ocultándome información —acusó Rajah.

El visir mantuvo una expresión impávida tratando de dilucidar de cuáles secretos hablaba su hermano.

Amira tragó en seco, nerviosa por ser descubierta. Notando como una de las babuchas del Sultán se vislumbraban a través de la rendija del escritorio y cuando se apoyó sobre este casi sentándose, pensó que el corazón saldría de su pecho.

—¿Lo hice? —Abdul fingió ingenuidad.

—No actúes como si no entendieras. —Rajah se cruzó de brazos, esperando una respuesta.

—No recuerdo haber ocultado nada importante, Sultán —mintió el visir.

Rajah llevó los dedos hasta sus sienes intentando controlar su mal genio. Observó de reojo algunos de los documentos dispersos sobre el escritorio, buscando algo fuera de lugar. La actitud de su hermano era un tanto extraña a la usual, y no se refería al arrebato rebelde que ocurrió días atrás, sino al nerviosismo latente en su semblante.

—La artista danzó para ustedes en el barco, ¿lo recuerdas? —La voz del Sultán fue tajante.

—Sí, es cierto, la señorita Durand bailó para nosotros luego de que Jalila la desafiara.

Amira escuchó con atención, cubriendo su boca con ambas manos para disminuir el sonido que producía su respiración agitada. Se había puesto nerviosa con la mención de esa presentación que hizo tanto tiempo atrás.

—¿Sobresalió sobre la mejor bailarina de todo el *helvurir*? —inquirió interesado—, o Jalila me está mintiendo.

—Dudo mucho que su favorita le mienta, todos conocen el castigo.

—Sí —concordó el Sultán, mientras su mirada se tornaba oscura y amenazadora—, hace mucho que no se cercenan cabezas.

Abdul desvió la mirada, incómodo por la conversación, sin saber cómo responder. Por una parte, si mentía para evitar el inconveniente a Amira, matarían a su antigua amiga, pero al aceptar la verdad, condenaría a la mujer que adoraba a danzar para el Sultán o algo peor.

—No has contestado mi pregunta —insistió Rajah, enojado—. ¿Es mejor bailarina que Jalila?

Amira esperó su respuesta conociéndola de antemano. Por muy desagradable que fuese la odalisca, no merecía la muerte por ahorrarle un disgusto. Desde ese instante debía hacerse a la idea de lo que tendría que hacer, le agradase o no.

—Su técnica es casi perfecta y lo que transmite al bailar... —aseguró el visir desanimado. Rajah enarcó la ceja, incrédulo esperando a que culminase—, te hipnotiza. Todo lo que ocurre a tu alrededor desaparece, como si fuese mágico.

—¿Mágico? —El visir asintió. —¿Por qué no lo mencionaste?

—No pensé que fuera importante —mintió de nuevo.

—Le ordenarás que haga un solo para mí, el día de mi celebración. —Abdul frunció el ceño. —¿O también desafiarás esta orden, hermano?

Comprendió que Rajah estaba probando su fidelidad, evaluaba que tanto estaba dispuesto a desobedecerlo o si solo lo haría con el tema relacionado a la guerra.

—Cumpliré su orden tan pronto termine esta reunión —aseguró el visir.

El Sultán aceptó esa respuesta mostrando una mueca de satisfacción. Se dio la vuelta con intenciones de marcharse, pero antes de abandonar la habitación se detuvo en el marco de la puerta.

—¿Necesita algo más, Sultán?
—No te parece curioso, ¿qué una extranjera conozca los bailes secretos del *helvurir*?

El estupor invadió a Abdul. Su hermano acababa de decirle indirectamente que sabía más información de Amira de la que aparentaba. Un escalofrió recorrió su espalda hasta detenerse en su cuello.

—Supongo que no lo habías considerado —sonrió el Sultán antes de marcharse, cerrando la puerta tras de sí.

Abdul respiró, no notó que contenía el aliento hasta ahora.

Esa conversación le resultaba demasiado sospechosa, era inusual que el Sultán fuese a su estudio, menos a hablar de un tema tan irrelevante como las danzas del *helvurir*. Lo que sea que fuese, estaba relacionado con Amira y debía averiguarlo.

CAPÍTULO: XXV

ADIÓS

El cielo refulgía entre miles de puntos brillantes esa noche sin luna, formando ríos con distintos matices de negros y morados, captando la atención de cualquiera que se dignase a contemplarlos.

El visir vagaba en la oscuridad como una sombra indetectable, usando sus más aptas habilidades para trepar por los impenetrables muros del palacio hasta la cima. Se montó en el borde que separaba los jardines de las cascadas más altas. Equilibrándose, con gran agilidad atravesó el camino como si se tratase de una pasarela amplia e iluminada y no un canto angosto a dieciséis metros de altura en completa oscuridad.

Descendió por un costado dando saltos hacia los muros inferiores y resbaladizos, pero ya estaba acostumbrado a realizar ese recorrido. Abdul no lograba recordar el número de veces que ascendió y descendió por esos muros, y todo para llegar al tercer tejado sobre los jardines del *helvurir*. Tan pronto pisó el techo plano, la encontró.

—Tenía la esperanza de verte aquí, aunque no tenía la garantía de encontrarte —confesó el visir—, no he venido desde hace casi seis o siete años.

Abdul contempló el impávido y sereno semblante de la mujer que mostraba una triste sonrisa.

—Siempre lo estoy a estas horas —le recordó—, es nuestro lugar para platicar… o lo fue… hace mucho.

—Todo era más simple en ese entonces —concordó Abdul.

Ella cruzó sus brazos, abrazando sus rodillas sin apartar la mirada perdida en algún punto del paisaje.

—¿Vienes a reclamarme lo que le conté al Sultán sobre la artista?

—¿Serviría de algo? —preguntó retórico, mostrándose desanimado al confirmar sus sospechas—. No valdría de nada que te lo reprochara, Jalila; lo hecho, hecho está.

—¿No quieres saber qué le conté? —espetó.

—Sé que no me lo dirás —respondió él, encogiéndose de hombros.

El visir tomó asiento junto a ella cerca del borde, contemplando la magnificencia del agua que caía como cascada por los acueductos del palacio, alimentando los pozos hasta la ciudad. Era tan pura que reflejaba el cielo nocturno como si se tratase de un horizonte interminable y estrellado.

—Pensé que estarías enojado —confesó sin mirarlo.

—No, pero sí estoy decepcionado.

—No quise decepcionarte. —La voz de Jalila sonó sincera. —Solo intentaba separarlos.

—Separarnos…

—Sé cuánto te gusta, puedo verlo en tu rostro.

La brisa fría refrescó las ideas de ambos, trayendo consigo recuerdos del pasado de dos jóvenes que se conocieron en escenarios difíciles, pero que a pesar de las circunstancias lograron confiar el uno en el otro.

—La primera vez que nos encontramos fue en una noche similar a esta —comentó Jalila—, en este lugar y tampoco había luna en el cielo, ¿recuerdas?

Los labios del visir se curvaron en una sonrisa perezosa.

—No podría olvidarlo, intentabas escapar del *helvurir* por el balcón de tu alcoba y está a dos pisos de distancia. Un acto muy osado de tu parte.

—Lo dices como si hubiese sido la única intentando escapar. —Ella enarcó una ceja con expresión burlesca.

Abdul echó la cabeza hacia atrás riendo sonoramente, permitiéndose caer sobre la superficie plana, contemplando el río de estrellas sobre él.

—Lo admito, yo también intentaba escapar —mencionó despreocupado—, vivir en el *helvurir* siendo adolescente es una pesadilla. Demasiadas mujeres prohibidas.

—Por suerte te sacaron de allí, pero yo… —la sonrisa se borró del rostro de la chica—, siempre he estado atrapada.

—Lo sé, sin libertad de marcharte…

—Sin libertad de elegir —corrigió Jalila, dignándose a mirarlo—. Como mujer del *helvurir* no puedo escoger, estoy sometida a las decisiones del Sultán, incluso más que cualquier sirvienta. He llegado a envidiarlas.

—Las sirvientas no tienen habitaciones con tantas comodidades —recordó Abdul.

—Sí la libertad de andar por el palacio sin tener que esconderse y al terminar su labor son liberadas para amar a quienes elijan —sollozó ella—. ¡Yo no tengo eso!

—Jalila…

La infinidad de veces que recibió a Jalila entre sus brazos de forma protectora pasó por su mente como una ráfaga. Él contuvo el impulso de abrazarla, sabiendo que al hacerlo terminaría por confundir los sentimientos de la joven aún más de lo que ya estaban.

Desde que se conocieron ambos fueron los confidentes del otro. ¿Cuántas veces se quejaron de sus desdichas? ¿En cuántas ocasiones se dieron apoyo para soportar las dificultades? La quería, la quería muchísimo, pero todo cambió tan deprisa que fue difícil de asimilar.

Él tuvo que marcharse del palacio a aprender como ser un buen gobernante, alejándose durante años. Ambos crecieron de formas diferentes: ella en una jaula de oro sometida por las órdenes de su padre y él en la brasa de la batalla, el conflicto y deber. Cuando volvió ella seguía siendo la misma joven inocente, pero él no. Los pecados de Abdul eran y serían siempre demasiado grandes para poder perdonárselos, mucho menos para confesarlos a alguien tan inocente como ella.

Tan pronto Rajah se hizo con el poder, mostró interés por Jalila y él decidió apartarse para no fomentar el sentimiento de amor que ella demostraba desde antes de marcharse. No podía corresponderle, nunca pudo a pesar de la afinidad entre ambos ni las confidencias ni la confianza, el sentimiento no afloró.

—¿No vas a abrazarme? —preguntó entre sollozos.

—No lo haré. —Ella le dedicó una expresión de desconcierto.

—¿Es por ella? ¿Por Amira? —Él negó con la cabeza, reincorporándose para encararla. —Nunca me negaste consuelo.

—Sin querer fomenté tus sentimientos hacia a mí y ahora haces tonterías porque no puedes aceptar que no puedo corresponderte.

—¡Lo sabía! ¡Sí es por ella! —acusó enojada, limpiándose un par de lágrimas que escaparon de sus ojos.

Abdul suspiró tratando de calmarse, no deseaba que se convirtiera en una discusión inútil como la de días atrás.

—Sabes, aún recuerdo la primera vez que me dijiste que me amabas.

Ella lo miró atenta, apreciando su cálida y pausada voz. Estaba preparada para cualquier argumento que él utilizara en su contra, pero no para eso. Jalila sentía miedo de verdad por las palabras de Abdul, ese no era el hombre que solía decirle que la rechazaba para después consolarla, que la resguardaba a pesar de sus altanerías y agravios. Él era…diferente.

—Habías cumplido recién quince años, estábamos aquí sentados, quejándonos de algo trivial e infantil. —Él sonrió con dulzura. —Recuerdo que tomaste mi mano, me pediste que cerrara los ojos y me besaste. Sentí tanta vergüenza que no reaccioné.
—Estabas rojo —concordó Jalila, con una mueca extraña intentando sonreír.
—Te apartaste y me gritaste que me amabas, que era un idiota por no haberte devuelto el beso.
—Aún creo que eres un idiota por no haberlo hecho —aclaró Jalila, limpiando otra lágrima de su mejilla—, pero no fue solo el beso… nunca correspondiste a mis sentimientos, ¿por qué?

Silencio.

—Fui tu amiga, tu confidente y no logré cautivar tu corazón. Como adulta intenté seducirte más veces de las que puedo contar, pero siempre me rechazaste. Aun así… si necesitaba tu hombro para llorar me lo ofrecías, si tu hermano me golpeaba acudías a curar mis heridas, abogabas por mí, me protegías, actuabas como si me amaras.

—Actué como tu amigo.
—¿Por qué? ¿Qué sientes por mí?

Abdul se quedó callado unos minutos, meditando como responder. Después de tantos años de decírselo, pero sin explicárselo, por fin había llegado la hora. Sabía que esa conversación no era como tantas otras que ocurrieron allí. Ya no eran esos niños, eran dos adultos con destinos y sentimientos diferentes.

—Aprecio, cariño, amistad, lealtad. —Jalila inspiró tratando de contener el impulso de sollozar. —Siempre te he visto como una mujer maravillosa, bellísima como ninguna y comprendí desde el primer momento porque Rajah posó sus ojos en ti.

—Yo nunca he querido a Rajah —confesó ella.

—Lo sé. —Abdul limpió una de las lágrimas que resbalaban por las mejillas de su amiga. —Él no es fácil de querer, te ha hecho demasiado daño, al igual que yo.

—¡Tú nunca me has lastimado! —aseguró Jalila alterada.

Abdul sonrió con tristeza al notar su seguridad. Era cierto que no la hirió como su hermano, nunca la golpeó ni a ella ni a ninguna mujer en toda su vida, pero sí la lastimó: con cada rechazo abría una herida en su pecho que ella se negaba a aceptar.

—Si fueses el Sultán, hubiera sido diferente.

—Es una posibilidad, pero lo dudo mucho —declaró con sinceridad—, yo nunca he podido verte más allá de una amiga o hermana y eso se debe al enorme aprecio que tengo por ti. Siempre voy a atesorar los momentos que vivimos juntos. Nuestras conversaciones, las travesuras, incluso las discusiones; cada instante que compartimos fue especial e importante.

Abdul se puso de pie, mirando hacia el cielo con la mirada perdida en alguna estrella.

—Hablas como si fuera un adiós.

—Lo es, no pienso regresar a este lugar. —Una sonrisa melancólica curvó sus labios.

—¿Qué quieres decir? —El tono de alarma en su voz no pasó desapercibido para él. —¿Por qué estás despidiéndote?

—Mereces ser feliz y, mientras continúes aferrándote a la esperanza de que yo estaré para ti, no podrás serlo.

Jalila se levantó apresurada, abalanzándose a sus brazos, rodeándolo por el cuello en un acto desesperado por detenerlo. Ella no quería que dijera esas cosas, no deseaba escuchar más. Necesitaba retenerlo, conservar todos esos momentos que mencionaba y dejar de sentir la soledad tremenda que la estaba invadiendo con cada palabra que Abdul pronunciaba.

—De mi felicidad me encargaré yo, no puedes…

—Sí puedo —interrumpió Abdul, separándola de su cuerpo, sosteniendo sus muñecas para que no volviera a abrazarlo—, este camino sinuoso que has decidido tomar…esta obsesión que te has formado al enamorarte de un espejismo, de esta idealización que tienes de mí, te está lastimando y no quiero que lo prolongues. Va a destruirte y terminarás arrastrándome junto contigo, y no puedo permitirlo.

—Pero… yo te merezco —gimoteó Jalila—, te he esperado todo este tiempo, he luchado por ti, yo…

—No más, Jalila, si no desistes terminarás odiándome. Yo no puedo amarte como deseas. Esa espera se te ha convertido en una daga, hiriéndote cada segundo que pasa por albergar una esperanza irreal.

—Pero…

—Por favor, comprende que este es el camino que decidí tomar. —Su seria expresión dejaba en claro que su decisión era definitiva y ella lo entendió.

Jalila sentía que moriría. Nunca en su vida había experimentado un padecimiento semejante, ni siquiera cuando fue llevada a la fuerza al *helvurir* siendo tan solo una niña, tampoco era una sensación similar a cuando sus padres la vendieron. Estos eran sentimientos inexplicables y dolorosos. No sabía qué decir o cómo actuar, incluso las lágrimas que derramaba parecían no querer continuar su recorrido.

—Jalila —llamó él. Ella elevó la mirada, esperando la estocada final que acabaría por destruirla—, gracias por haberme amado.

Aún en el estado deplorable en que se encontraba, con rastros de lágrimas sobre sus pómulos, la cabeza gacha y derrumbada sobre el suelo, comprendía que no podía acabar así, tantos años de amistad, de celarlo, de una lucha por querer estar junto a Abdul, no debía terminar de ese modo.

Él le habló de lo que sentía, de cuanto la apreciaba aun sabiendo que le había hecho daño intencional a la artista. Era inadmisible dejarlo ir con esa decepción, mucho más cuando existían tantos recuerdos felices de por medio.

Abdul se dio la vuelta con intenciones de arrojarse al jardín para marcharse, pero al escuchar su nombre se detuvo. Jalila se enderezó trastabillando antes de erguirse por completo.

—No solo le conté que ella conocía las danzas del *helvurir*…

Él la miró estoico por el rabillo del ojo, escuchando con atención la confidencia que iba a hacerle. La última confesión entre dos amigos que tomarían caminos separados desde ese día.

—También le dije su nombre —declaró llorosa—, y él pareció muy complacido, su actitud fue muy extraña, pero no dijo nada al respecto... después, me preguntó que sentías por ella.

Abdul suspiró preocupado. Debía prepararse para el peor escenario posible ahora que poseía esa información. Debía advertir a Amira con prontitud, ya no se encontraba a salvo y ahora tenía la certeza de que su hermano tramaba algo contra ellos.

—¿Qué le dijiste? —indagó curioso.
—Le mentí. —Ella mostró una sonrisa triste. —Le dije que no parecías mostrar mayor interés por ella que por cualquier otra mujer del palacio, que si deseaba encontrar algún punto débil en ti no sería a través de Amira.
—Me protegiste...
—Por resentida que esté contigo, te amo. —Las palabras de Jalila fueron sinceras. —No quiero que te haga daño. Sé de lo que es capaz.
—Gracias por contarme esto —dijo Abdul con honestidad, mirando una última vez el rostro de su antigua amiga—. Adiós, Jalila.

Ella lo miró marcharse del modo acostumbrado, sintiéndose diferente.

Ese era el adiós definitivo entre ambos y le dolía, sin embargo, comprendía a Abdul. Entendía que deseaba formar un futuro junto a otra persona que no era ella y debía dejarlo ir. Le tomaría tiempo madurar antes de poder estar bien, pero lo conseguiría. Era una mujer fuerte.

Elevó la mirada al cielo mientras las gotas salinas resbalaban por su garganta. El camino sería largo para olvidarlo, para dejar solo los recuerdos bonitos de su amistad, pero tal como las estrellas, ella brillaría entre la oscuridad del derredor, hasta resplandecer.

CAPÍTULO: XXVI

PLAN

Ceñuda, había abandonado el estudio del visir sin conceder explicaciones, abogando tener que acabar el retrato pendiente del Sultán. Amira lo sabía, había dado una excusa terrible para salir de allí, pero después de escuchar la conversación entre ellos, se halló presa de diversas emociones.

Entendía que Abdul debía acatar la orden, más aun sabiendo que conspiraba contra este. Además, la vida de una mujer correría peligro. Si él hubiese mentido sobre la forma de bailar de ella, tan pronto se viese descubierto el engaño tanto el visir como Jalila serían asesinados por mentir al Sultán. Las leyes lo estipulaban: no puedes mentirle al Sultán.

No podía evitar la desagradable sensación en su pecho. Comprendía la situación, él hizo lo correcto, si ella hubiese estado en su lugar habría hecho lo mismo, pero fue lastimada tantas veces que en cierta manera veía su actuar como una traición, era justificada, pero era una traición, al fin y al cabo.

Recorrió con la mirada la cama y frunció el ceño. No había logrado pegar ojo en lo que iba de la noche, mientras su cabeza cavilaba en lo ocurrido. Debía escapar del palacio, eso era evidente, pero no sabía cómo hacerlo.

La salida de los palaciegos estaba prohibida luego de la explosión, los guardias fueron reasignados a salvaguardar nuevos sectores del palacio, en especial los accesos de ingreso. Necesitaba un plan de escape, aunque no poseía conocimiento suficiente de la distribución del lugar como para idear algo elaborado.

Amira cerró los ojos tratando de alejar las preocupaciones que no podría resolver por el momento, concentrándose en el intermitente movimiento que producía con su cadera. Necesitaba practicar si no deseaba hacer ver como mentirosas a las dos personas que halagaron su manera de danzar, además era una forma rápida para relajarse.

Danzar para ella era un escape de la realidad, cuando ejecutaba algún movimiento lo hacía porque su cuerpo se lo pedía, no porque el ritmo se lo dictara. Tan cierto era que llevaba más de veinte minutos danzando en su alcoba en absoluto silencio, jugueteaba con el velo, moviéndolo frente a su cara con suavidad, abstraída de su derredor.

—Amira, perdón por ven…

El susurro de Abdul se apagó en su garganta repentinamente seca. Estupefacto. Ni en sus sueños más indecorosos podría haber concebido una imagen tan sensual.

En el pasado había visto a muchas mujeres bellas danzar, tampoco era la primera vez que observaba a Amira moverse de esa manera. Aunque, en esa ocasión no lucía ropajes tan reveladores como ahora.

Abdul creyó que era una visión: sus brazos estaban descubiertos, su largo cabello desparramado sobre la espalda y hombros, dejando ver su piel expuesta con cada movimiento. Abdul agradeció que las piernas estuviesen ocultas bajo una amplia falda, pero su poca cordura se vino abajo tan pronto se giró.

Sus ojos negros brillaban como las estrellas, llenos de promesas, de pasión contenida y delirante, deseando escapar.

Amira advirtió la presencia del visir al girarse, sorprendiéndose tanto por la intromisión a sus aposentos a través del balcón, como por su habilidad de mantenerse inmóvil en una postura incómoda y peligrosa: tenía una pierna sobre la balaustrada y una fuera, mientras parecía mantener el equilibrio solo porque sus manos sujetaban con fuerza el mármol.

—Abdul, ¿qué haces aquí? —dijo más sorprendida que alarmada.

Él pareció reaccionar a su llamado saliendo del trance. Con torpeza y nerviosismo ante la inesperada situación intentó terminar de ingresar, pero la sensación de hormigueo en su pierna derecha le advirtió que moverse no era buena idea. Su agarre estaba tenso y tan pronto se moviese perdería el equilibrio y caería al vacío.

Abdul tragó con dificultad, sabiendo que sería una caída dolorosa que podría matarlo si no reaccionaba a tiempo. Se ensimismó tanto tratando de buscar una solución a su problema, que le tomaron por sorpresa las manos de Amira sobre su cuerpo. Ella lo haló hacia adelante permitiéndole caer sobre la piedra caliza. Abdul detuvo el impacto con las manos, sentándose sobre el suelo mientras su pierna despertaba.

—Gracias por no dejarme caer —dijo él posando su atención sobre cualquier objeto lejos de ella.
—¿Por qué estás aquí?

El semblante de Abdul se tornó serio al recordarlo. Se puso de pie por medio de un salto, sin perder tiempo, comenzó a buscar por los alrededores sin entregar ningún tipo de explicación. Amira lo observaba con reproche, preguntándole en varias ocasiones que hacía, pero él solo negaba y solicitaba que guardara silencio.

Al acabar de revisar la puerta de la alcoba sin protección y el escondite detrás del tapete, Abdul se relajó. Supuso que el Sultán intentaría vigilar a Amira ahora que sabía quién era y lo que representaba, pero por lo que veía Rajah mantendría las apariencias.

—¡Abdul! —clamó Amira con molestia.

El visir suspiró, llevando sus manos hasta las sienes. Estaba preparado para informarle de la noticia, pero no para encontrarla vestida así. Le crispaba los nervios, lo estremecía de pies a cabeza. Le costaba concentrarse en su objetivo.

«¿Quién la hizo vestir de esa forma?» pensó.

—Voy a preguntar una última vez —advirtió enfadada—. ¿Qué haces…?
—El Sultán conoce tu identidad —interrumpió con una expresión seria y controlada—, sabe que eres la hija de Samira y vine a advertirte.

El horror se apoderó del rostro de Amira. Su pecho se agitó al mismo tiempo que su respiración, su alrededor empezó a darle vueltas, teniendo unas repentinas ganas de vomitar. No estaba preparada para eso, lo intuía claro, pero no asimilaba las palabras. La sensación de inestabilidad era similar a caer de una altura considerable, como un abismo. Trastabilló un poco, sosteniéndose con ayuda del tocador.

—¿Estás…seguro?

—Es información de primera mano —dijo él, sin ápice de duda.

—El Sultán va a matarme… —su voz se escuchó más como una afirmación que una pregunta, pero Abdul respondió de todos modos.

—Es lo más probable, mi hermano odia la competencia y tu sola existencia representa una amenaza.

—¡Pero yo no quiero arrebatarle el trono, Abdul! —gritó desesperada.

—Lo sé, pero a Rajah no le importa eso, cualquier cosa o persona que represente una amenaza para él la destruirá.

Estaba mareada, necesitaba sentarse o desfallecería en cualquier segundo. Tomó asiento en la silla junto al tocador, dejando caer su cabeza hacia atrás y cerrando los ojos, intentando que el mundo dejara se girar a su alrededor.

Abdul deseaba abrazarla, decirle que todo estaría bien, pero no lo sentía correcto al verla tan expuesta, no quería que ella creyese que intentaba propasarse. Además, una parte de él pensaba que si la tocaba no sería capaz de soltarla jamás. Nunca había experimentado tal prueba de autocontrol.

Se acercó hasta ella con paso lento, sentándose en el suelo a su lado; buscó su mano y la sostuvo entre las suyas, acariciándole los nudillos en silencio. Esperando a que ella se compusiese. Estaba preocupado, no estaba seguro de que sucedía dentro de la cabeza de Amira ni que estaba decidiendo en silencio.

—Tengo que huir —murmuró agobiada—, pero no sé cómo.

—¿Cómo escapaste la primera vez? —preguntó en tono curioso.

Los labios de Amira se torcieron en una mueca, luego bufó y sonrió con desanimo.

—No lo recuerdo —confesó—, tengo muy poca memoria de esos días. Después de que mi madre fuera asesinada, fue como si mi cabeza se apagase y funcionara por sí sola. Aun cuando intento recordar, es como si me viera lejos de mi cuerpo, como una persona distinta a la que estaba viviendo ese momento.

—Comprendo, atravesaste una situación traumática, como defensa tu cuerpo te aisló para que no continuaras sufriendo.

—Digamos que fue eso —dijo Amira, escueta—, por más que intento recordar, solo acuden imágenes vagas a mi mente: un pasadizo oscuro, alguien cubierto con una capa sujetando mi mano y luego… me encuentro en el bazar junto a Hedef.

—No es necesario que presiones tu memoria, solo era curiosidad. —Abdul se encogió de hombros—. Pensé que podíamos utilizar ese medio para abandonar el palacio.

Amira levantó el rostro y lo escrutinio con la mirada, estaba desconcertada, en ningún momento se le pasó por la cabeza que él escaparía junto a ella. Abdul estaba demasiado concentrado acariciándole la mano como para notar su reacción.

—¿Vendrás conmigo? —preguntó, incrédula.

—Por supuesto, no creerás que después de ayudarte el Sultán no irá tras de mí.

—Es arriesgarte demasiado, si él lo descubre te asesinará.

—Lo hará de todos modos. —La certeza en su voz confundió a Amira—. Está haciendo tiempo para que me encargue de lo que no quiere hacerse responsable. Además, recuerda que estoy confabulando en su contra y en cierto modo tú también.

Ella respiró hondo con cansancio. Su idea de relajarse mediante el baile fue todo un fracaso, ahora debía enfrentarse de nuevo a su pasado y, en esta ocasión, no creía tener tanta suerte como cuando era niña.

—¿Conoces algún modo de abandonar el palacio?

—Hay tres formas —expuso el visir—, por la entrada principal, por la salida de emergencia de los jardines o por el túnel secreto en las catacumbas.

—¿Túnel en las catacumbas?

—Sí, es un pasaje que solo mis hermanos y mi padre conocían, pero si te ayudo el Sultán sabrá que usaré ese camino, por lo que estará esperándonos.

Abdul suspiró derrotado, en ocasiones pensar como lo haría su hermano lo abrumaba.

—¿Las catacumbas del palacio se conectan con las de la ciudad?

—No, estas dan salida directa al desierto, al lado opuesto de la ciudad —reveló Abdul—, si estuviesen conectadas, sería evidente que los rebeldes intentarían entrar por ellas.

—Tienes razón. —Amira sonó desanimada—. ¿Entonces cómo podremos salir de aquí?

—Por la entrada principal, es nuestra mejor opción. —Ella lo miró como si estuviera loco.

El visir enarcó la ceja divertida ante la expresión de Amira, luego sonrió y soltó una carcajada. Ella lo fulminó con la mirada.

—No me veas así, es en serio, creo que es nuestra mejor opción. —Él no parecía bromear y eso la intranquilizó todavía más.

Abdul hizo una pausa soltando su mano y encarándola. Si se concentraba en el rostro, que consideraba devastadoramente hermoso, y no en la escasa vestimenta que portaba, podría mantenerse en el tema sin distraerse… tanto.

—Mi idea es escapar el día de la celebración tan pronto empiece la invasión al palacio.
—Es imprudente. Habrá guardias a diestra y siniestra, muchas personas morirán y nada garantiza que no seamos parte de ellos antes de que logremos salir.
—Pero que poca confianza tiene en mis habilidades, señorita Durand —dijo Abdul pretendiendo estar ofendido. Ella lo miró con severidad—. No habrá tantos guardias, gran parte fueron enviados a Etrus con intención de invadir el reino vecino. Es por lo que la seguridad disminuyó de forma drástica en el palacio.
—Hablo en serio.
—Yo también, si digo que esta es la mejor opción es porque evalué distintos escenarios posibles, si utilizamos el asedio a nuestro favor, podría intentar solicitar ayuda a los líderes para que nos faciliten el paso.
—¿Crees qué nos ayudarían?
—Estoy seguro de que no querrán que ninguna de sus dos opciones… —hizo un ademan señalándolos de forma intercalada—, salgan heridos durante el combate.
—Suenas muy seguro, como si fuera muy simple —dijo no muy convencida.
—No lo es, pero intentaré resolver todos los cabos sueltos para la fecha. Lo prometo.

Él calló por breves instantes, haciendo una que otra mueca de desagrado.

—¿Qué ocurre? —indagó Amira al notar sus expresiones.
—El asedio al palacio sucederá al atardecer. —Ella asintió, sin comprender su punto. —Es probable que debas bailar para el Sultán antes de eso.

—¿No hay forma de evitarlo? —Él negó.

—Sería una ventaja que lo hicieses, en realidad. Si bailas con la mitad de la intensidad que la vez que estábamos en el Zahra, sé que lo distraerías el tiempo suficiente como para que el ataque lo tomé por sorpresa.

Amira exhaló con frustración. El plan le parecía una locura, pero no se le ocurría uno mejor, y en cuanto a bailar para el Sultán albergó la vana esperanza de no tener que hacerlo, pero parecía inevitable.

—Si no queda más opción —dijo derrotada.
—Bien, es hora de irme.

Abdul se puso de pie sacudiendo sus holgados pantalones tratando de disimular cierta *zona* adolorida en su cuerpo. Necesitaba marcharse de allí pronto, ahora que había cumplido su misión, le costaba centrarse en algo que no fuera: la seductora mujer sentada frente a él; la cama a pocos metros de distancia; que estuviesen completamente solos y su enorme deseo de besarla. Quería hacerle cientos de cosas que no dejaban de pasar por su cabeza. Eso era abusar de su autocontrol.

—¿Tan pronto? —preguntó desanimada—. Pensé que te quedarías un poco más.

Después de haber escuchado todo, lo menos que Amira deseaba era quedarse a solas en esa habitación. El recuerdo de su madre siendo ejecutada era demasiado recurrente tras conocer que podría depararle un destino similar; no podría dormir con tanto en que pensar.

—Solo vine a advertirte, Amira, no es correcto que esté en el *helvurir*, mucho menos en tu alcoba.
—Eso no pareció detenerte antes, semanas atrás deseabas que nos encontráramos aquí. —Ella se levantó, caminando con pasos lentos hasta él, deteniéndose a centímetros de su cuerpo—. ¿Qué es diferente ahora?

«¿Qué lo hizo cambiar de parecer?» se preguntó al verlo.

Ella consideraba extraño el comportamiento del visir. Lo había visto tropezarse, sonrojarse, esquivar una que otra mirada, inclusive al verla vulnerable se contuvo de tocarla. *¿Qué le ocurría a ese hombre que solía ser gentil con ella? ¿Por qué se mostraba tan serio e incómodo en su presencia?*

Abdul sintió como la boca quedó seca de repente. Sus ojos flamearon deseosos por la escasa proximidad que había entre ambos. Los músculos de su cuerpo se tensaron y dejó de respirar de forma deliberada en un inútil intento de no percibir su embriagador aroma, porque ella olía malditamente bien. Toda ella era una tortura andante que no existía más que para tentar su autocontrol.

—Tú —La voz del visir se escuchó gutural—. Solo mírate.

—¿Yo? —preguntó, con incredulidad—, Abdul, esta es la ropa que utilizan las odaliscas para bailar frente al Sultán —dijo como si fuese evidente—. ¿No estás acostumbrado a ver mujeres vestidas así?

Abdul cerró los ojos tratando de calmarse. Ella acababa de girar frente a él: moviendo sus caderas y manos con gracilidad intentando demostrar su punto, pero no tenía idea de lo que le producía verla hacer eso. La deseaba, cientos de pecaminosas fantasías pasaban por su mente al verla y la molesta dureza en su entrepierna se lo recordaba cada segundo.

—Lo estoy —respondió escueto—, pero tú no eres como las demás mujeres.

—¿Por qué soy una artista o una princesa? —sonrió ella, suspicaz. Él negó con la cabeza con una sonrisa de exasperación.

—Por lo que me provocas —confesó rendido—, siento que mi cordura se desvanece cada maldito segundo mientras te miro, Amira.

¿Cómo una oración podía estremecerla de semejante manera? Ella no supo cómo responder.

CAPÍTULO: XXVII

ABISMOS

Sus ojos bicolores se impactaron con los de ella, transmitiéndole la frustración que estaba experimentando y que solo parecía controlar presionando sus dedos dentro de sus puños.

—Lo mejor es que me marche —insistió el visir—, no deseo incomodarte o que sientas que puedo aprovecharme de ti en esta situación.

«¿Cómo puede ser así?» se preguntó ella.

Él fue criado para ser un Sultán, un ser con el poder de hacer y deshacer lo que le plazca, de tomar a la mujer que desea cuando y como lo quisiera, pero estaba frente a ella confesándole que la deseaba, prefiriendo marcharse antes de intentar forzarla o irrespetarla.

Ella permaneció de pie inmóvil, con su corazón martillando salvaje contra su pecho. Sabiendo que estaba irrevocablemente perdida ante él.

Nada sería lo mismo, lo sabía. Si lo dejaba marchar esa noche, corría el riesgo de no volver a tener una oportunidad de estar con él. Nada garantizaba que su plan de escape fuese a tener éxito. Ella también lo deseaba, lo anhelaba desde el instante mismo en que besó sus labios dulces y salvajes.

Abdul interpretó el silencio de ella como una señal para que continuase su camino. Realizó una respetuosa inclinación como ademán de despedida, antes de girarse al balcón.

Tan pronto sus manos tocaron la piedra de la balaustrada, unos brazos lo rodearon por la cintura deteniendo su avance. Ella recostó su frente en la amplia espalda masculina, ganando un poco más de tiempo para reunir el valor suficiente y pronunciar las palabras.

—Quédate —Él no se movió.

—¿Estás segura de que es lo que deseas? —preguntó sin mirarla, recordándole una vez más—. No habrá marcha atrás, Amira. No podré controlarme.

Un breve silencio que pareció una eternidad para ambos se formó entre ellos.

Miles de pensamientos la abrumaron, recuerdos del pasado, dudas, miedos e inseguridades, pero los apartó todos. Solo importaba el ahora y como él dijo *no había marcha atrás.*

—Quédate —repitió segura.

Un súbito estremecimiento recorrió su espalda, forzándola a soltar su agarre y retroceder. Amira se sentía de pronto como una presa a punto de ser cazada. Caminó hacia atrás un par de pasos más sin retirar su mirada de la espalda masculina, atenta a cualquier minúsculo movimiento.

Él se dio la vuelta, atrapando su mirada con una atracción inminente, no había escapatoria. Amira se quedó de pie en medio de la habitación, contemplándolo con la misma intensidad que un cazador a su presa. La *devoraría.*

Abdul caminó suave y lentamente, avanzando con esbelta gracia animal, deteniéndose solo a centímetros de distancia de su cuerpo. Dando la vuelta alrededor de ella, admirándola, memorizando cada minúscula parte de su piel, degustando con la vista lo que pronto probaría.

Se detuvo detrás, rozando con delicadeza el contorno de su brazo, aspirando el aroma a flores que desprendía de su cabello.

—Eres bellísima —siseó junto a su oreja, bajando por el costado de su cuello dejando un camino de diminutos besos sobre la piel.

Ella sintió un escalofrío recorrer su cuerpo, el íntimo contacto en sus brazos descubiertos era placentero, y sus besos sobre su cuello lo era todavía más. Sentía el corazón latir desbocado y como la temperatura de su cuerpo subía a niveles vertiginosos con cada leve contacto.

Él inspiró bruscamente separándose un leve instante, caminando unos cuantos pasos hasta quedar frente a ella, admirándola: sus ojos negros estaban grandes, profundos y oscurecidos por el deseo; su pecho se movía a ritmo precipitado y su boca entreabierta emitía leves jadeos de pasión.

Abdul se mordió el labio inferior antes de dibujar una sonrisa sensual. Consideraba divertido y excitante que ella estuviese en ese estado cuando aún no se dignaba a besarla. Resolvería eso a su debido tiempo.

Necesitaba seducirla, enloquecerla, que lo demandara tanto como respirar y, tan pronto lo consiguiese, juntos desencadenarían toda su pasión como un solo ser… pero Amira tenía otros planes.

Lentitud no era lo que quería en ese momento. Le había pedido que se quedara, rompió su juramento de jamás acostarse con un miembro de la familia real, tragándose su orgullo por él. No, necesitaba sentirlo, deseaba algo más que un mísero contacto en sus brazos y cuello. Ella lo quería todo e iba a obtenerlo.

En un acto de impaciencia ella acortó la escaza distancia entre sus cuerpos y lo besó. La pasión fue inminente, abrazadora. Él rodeó su cintura recibiéndola gustoso entre sus brazos.

El contacto entre sus bocas fue como una tempestad repleta de calor y deseo. Él enterró las manos en su cabello para controlar el movimiento, apartándola tan solo un poco y enterrar su lengua profundamente en su boca.

Ella jadeó ante la sensación, el beso fue famélico, hiriente, duro. Rodeó el fuerte cuello masculino, percibiendo la rasposa tela de su camisa negra contra su piel descubierta, tentándola a indagar bajo esta. Con agilidad desató la única unión que mantenía la camisa cerrada, exponiéndolo a la vista.

—Que traviesa —siseó él contra sus labios.

Amira perdió el aliento. Exudaba sexualidad, abrasadora, peligrosa, cruda. Tenía el cuerpo digno de un guerrero altamente entrenado: músculos grandes, marcados y firmes; hombros amplios, brazos fuertes que podrían sostenerla sin dificultad tendido rato; abdominales marcados y definidos, sin rastro de vellos. Ella tragó con dificultad, no esperaba sentirse tan abrumada.

Él enterró sus manos en su cabello, aprisionando su boca con besos profundos, separándose solo para juguetear dando leves mordiscos a sus labios. El mundo dejó de existir para ambos, solo estaba la necesidad por el otro, las ansias de desatar fantasías. Ella se ahogaba en la sensualidad y el calor que expedía, mientras él se consumía ante el placer de saborearla, de tocarla y tenerla en la más completa soledad.

La levantó por el trasero, forzándola a rodear la cadera con sus largas piernas, profundizando el íntimo contacto entre ellos. El calor era abrazador. Él contoneaba con lentitud las caderas contra ella provocándole entrecortados jadeos, mientras descendía por su cuello, luego su pecho para regresar nuevamente a sus labios.

—Abdul —pronunció en protesta por su tortuosa lentitud. Él sonrió con malicia.

—¿Sí? —Su voz sonó lacónica y divertida. Ella movió sus caderas contra las suyas, pero él las alejó un poco, sosteniéndola solo con los brazos.

—¡Abdul! —chilló frustrada.

—Dime qué quieres, Amira, ¿quieres que te toque o que te bese? ¿Qué sea gentil o brusco? ¿Qué es lo que deseas de mí? —prorrumpió él.

—Abdul...

—¿Realmente? —él sonrió divertido, embistiendo con rudeza contra ella un par de veces.

Lo miró expectante, atenta a cada pregunta que hacía. ¿Qué quería? ¡Ella lo quería a él! No le importaba cómo, solo ansiaba sentirlo, tocarlo, deleitarse por todo lo que ese hombre significaba. Estaba intoxicada por la pasión, mareada por su exótico perfume masculino, turbada por el contacto de su piel desnuda.

—Lo quiero todo —jadeó.

—¿Todo? ¿Todo lo que he deseado hacer contigo? ¿Cada fantasía? ¿Cada pecaminoso pensamiento?

—Todo —repitió Amira casi como una súplica.

—Lo tendrás —juró él, besándola.

La reclamaba con su boca, demostrándole que le pertenecía únicamente a él. La besó larga y profundamente mientras la cargaba hasta la cama. Tan pronto la dejó caer en el colchón, Abdul surgió amenazador encima de ella, notando la abrasadora forma en que lo veía. *Lo deseaba:* lo necesitaba tanto como respirar, y él se convertiría en el aire que exigía.

Perdió el aliento al contemplarla: estaba a su completa merced, su largo cabello desparramado, su pecho agitado subiendo y bajando con rapidez, sus labios enrojecidos por sus besos y sus ojos…sus ojos lo miraban como si él fuera lo único en el mundo.

—¿Estás asustada? —Ella negó, pero él supo que mentía.

Ante el completo deseo que le mostraba también podía vislumbrar un diminuto nerviosismo en su mirar, lo enterneció y alertó, no podía ser una bestia descontrolada…por el momento.

—Confía en mí —pidió él sin romper el contacto.

Ella elevó su mano hasta rozar su mejilla en una leve caricia. Él la sostuvo y dejó un diminuto beso en la muñeca, mientras sus miradas colisionaban.

—Eso hago —aseguró con una sonrisa.

Abdul sintió su corazón detenerse ante la sinceridad de su voz. No había dudas, excusas o réplicas. Por esa noche serían uno solo.

Se estiró completamente sobre ella, deleitándose con la unión de piel con piel antes de besarla otra vez...

<hr>

Amira abrió los ojos con pesadez. Se sentía cómoda, aún con el cuerpo agarrotado, pero a la vez envuelta por un aura de completa seguridad. Se removió un poco entre las sábanas, percatándose del fuerte brazo que la envolvía por la cintura, recordando todo lo ocurrido durante las últimas horas.

—Ya despertaste —comentó Abdul, bostezando—, lo siento, sigo cansado.

Ella sintió su rostro arder al recordar todo lo que pasó durante su encuentro. Él había sido dulce al comienzo, para después transformarse en una bestia salvaje e incontrolable que no solo la poseyó, sino que la hizo sentirse amada.

—Es lindo ver tu faceta tan relajada y despreocupada a la que sueles mostrar.
—¿Realmente? —dijo él. Ella reconoció la sonrisa al instante, correspondiéndola—. Entonces ya has visto dos facetas mías: la despreocupada y la bestia salvaje sin compasión.

Amira se carcajeó como no lo había hecho en mucho tiempo.

—La segunda fue la que más te gustó, si no mal recuerdo —acotó presumido.

Ella rio abochornada por la acusación. Era cierto, pero no se esperaba que lo señalara directamente.

—Lo admito.
—Te la hubiera presentado antes… —dijo él con tranquilidad, acercándose travieso hasta su cuerpo desnudo, comenzando a hacerle cosquillas.
—Para…ja, ja, ja…basta…Abdul… —suplicó Amira, entre risas.
—Si me hubieses dicho desde un comienzo que no eras…
—Virgen.

Abdul se detuvo y se apartó preocupado al ver su expresión triste. Tomó asiento, recostando su espalda en la cabecera de la cama. Esperando paciente a que ella se moviera, pero no lo hizo.

—Amira, no me importa en absoluto —aseguró—, la virginidad está demasiado sobrevalorada estos días.

Ella viró el rostro hacia él, desconcertada. Abdul le ofreció su mano para atraerla hasta su cuerpo, permitiéndole recostar la cabeza sobre las piernas. Él comenzó a acariciar las hebras de ese largo cabello negro, dejándose envolver por su aroma, mientras la tranquilizaba.

—Pienso que una mujer posee el derecho de amar cómo y a quién quiera sin miedo al reproche, aunque no es un pensamiento popular.
—No lo entiendes —pronunció ella, casi inaudible.
—Lo hago, pero no negaré que envidio a quien fue tu primer amante.
—Tú eres el único con el que he estado.

Silencio.

Abdul no entendía a qué se refería ella, y confundirlo de ese modo no era algo simple de lograr. Deseaba preguntarle más al respecto, pero no quería incomodarla, mucho menos después de haber compartido algo tan especial para ambos.

—Tienes razón, no lo comprendo —dijo él desconcertado.

Ella suspiró con pesadez.

—Cuando era pequeña, mi madre me explicó que el Sultán escogía a sus mujeres favoritas o esposas, luego de pasar la noche con ellas, y que debían cumplir con ciertas cualidades.

—Sí, es cierto, deben saber danzar, hablar distintas lenguas, leer, pintar, cantar y ser virgen.

—Exacto, otra razón por la que odio el *helvurir*: sus absurdas reglas.

Abdul sintió un mal augurio respecto a lo que ella estaba por decirle. Concibió como el cuerpo de Amira se tensaba, estaba asustada, lo sentía en su corazón. La tomó de la mano dándole apoyo, mientras que con la otra prolongaba las caricias entre las hebras oscuras.

—Mi madre quería asegurarse de que yo nunca calificara para ser amante del Sultán, lo consideraba una deshonra, así que le solicitó a una de las sirvientas que destruyera mi… —la voz de Amira se quebró al recordarlo.

Habían transcurrido alrededor de veinte años desde ese acontecimiento, durante todo ese tiempo nunca se dignó a platicar de ese suceso, pero ahora sentía que debía hacerlo. Se sentía frágil, vulnerable y necesitaba sacar todo lo que la resentía.

—Esa noche la sirvienta me apartó del resto de las demás niñas, me llevó a los baños desiertos a esas horas. Levantó mi falda, me abrió las piernas e introdujo sus dedos en mi interior hasta hacerme sangrar. Recuerdo un dolor muy agudo y unas ganas tremendas de escapar, aún me azora solo pensarlo. —Las lágrimas comenzaron a resbalar por sus mejillas—. Al terminar, me lavó con cuidado y me regresó a esta habitación junto a mi madre. Nunca hablamos de lo ocurrido.

«Maldita sea» pensó Abdul con impotencia.

—Tenía solo cuatro años.

Abdul no dijo nada. Espantado no describía lo suficiente la magnitud de lo que estaba sintiendo. ¿Cómo sufrió tanto? ¿Cómo podía ser tan resiliente? Amira había experimentado horrores que él nunca consideró posibles y este fue causado por obra de su madre.

Negó una y otra vez mientras se aceleraba su corazón con intranquilidad.

La tomó entre sus brazos, presionándola con fuerza contra su pecho, intentando que no se alejase nunca de su lado. La protegería, no permitiría que nadie le hiciese daño.

—Todo está bien, princesa —susurró una y otra vez como un mantra.

—Aún con esa edad entendí lo que había hecho, cuando la dirigente del *helvurir* me examinara se daría cuenta de que no era pura y por lo tanto me mataría. Mi madre prefería verme morir antes que en la cama del Sultán.

Él la separó de su cuerpo forzándola a que levantase la cabeza, pero se negaba a mirarlo. Retiró con cuidado las lágrimas que caían por su rostro, sintiéndolas como si fuesen propias. Ella sollozó.

—Mírame —suplicó él.

Ella accedió incómoda, encontrando en sus ojos una comprensión inesperada. No era una mirada cargada de compasión como podría suponerse, él la veía con cariño, con dolor, como si estuviese experimentando los horrores que vivió mientras los relataba.

—Voy a protegerte, Amira. —Su voz sonó seria, similar a cuando haces un juramento de por vida, uno que nunca pensarás romper. —Todo lo que haga a partir de este momento, no importa si no lo parece, será por protegerte. No dejaré que nadie más vuelva a lastimarte.

Ella se abalanzó sobre él, rodeando su cuello con los brazos, aprovechando para juntar sus frentes, conectando sus miradas, trasmitiéndose sensaciones indescriptibles el uno por el otro.

—Lo sé —dijo segura, dedicándole una sonrisa genuina, una de esas sonrisas que solo se ven en ocasiones específicas, una que podría grabarse en la memoria como algo perfecto—, pero tengo miedo, temo que un abismo enorme nos separe.

Él tomó el rostro de Amira, centrando todo lo que sentía por ella, pero que no se animaba a decirle en voz alta.

—Yo saltaré todos los abismos por ti, Amira —dijo él, llenando de pequeños besos su rostro—, brincaré cientos, no, miles si es necesario, no importa la distancia si es para estar contigo.

Unió sus labios con los de ella en un beso profundo, perdiéndose en una ola repleta de pasión.

CAPÍTULO: XXVIII

PREPARACIÓN

El golpeteo en la puerta despertó a Abdul de forma abrupta.

Había pasado toda la noche con Amira, consolándola, amándola una y otra vez hasta que sus energías colapsaron... *toc... toc... toc...* cayó tan agotado que no se dio cuenta que había amanecido hasta entonces.

—*¡Señorita Durand!* —clamó Zully al otro lado de la puerta.

Intentó despertarla, pero lucía profunda, soñando con una expresión placentera. Si no fuese por el apremio de la situación, Abdul gozaría de admirarla durante horas.

Toc... toc... toc.

Al no lograr su cometido, recogió los pantalones del suelo colocándoselos con velocidad, mientras escondía la camisa y las botas bajo la cama.

—*¡Señorita Durand!* —repitió Zully, meditando la posibilidad de ingresar sin autorización.

Abdul corrió al tapiz que ocultaba el pasaje, tomando las precauciones precisas para no ahogarse en la oscuridad como la vez anterior. Cogió una de las linternas que continuaba encendida junto a la cama, dejó la puerta abierta y acomodó la tela para que cubriese por completo la entrada. Adentrándose lo suficiente para que la luz no revelara su escondite.

La puerta se abrió.

Zully entró en la alcoba con cierto nerviosismo. No le agradaba irrumpir sin la autorización de la artista, pero estaba preocupada. Lo usual era encontrarla despierta a esas horas, acostumbrada a verla esbozando un dibujo en alguna hoja sobre el tocador, hasta que ella iba a buscarla.

Consideró extraño el inusual desorden: varios objetos del tocador estaban despilfarrados en el suelo, lo mismo con las sábanas, y un leve rastro de diminutas plumas de los almohadones que conducían directo a la cama, además del traje de baile distribuido en distintas áreas de la habitación. Parecía que un tornado hubiese estado dentro de la alcoba. Tendría que solicitar a las sirvientas que lo limpiasen.

Se acercó a la joven que dormía con comodidad y placer. Se veía tan pacífica que era una lástima perturbar su descanso, pero ella debía cumplir con su trabajo y ese era tener a la artista lista para que culminase el regalo del Sultán ese mismo día.

—Señorita Durand—llamó Zully con gentileza removiendo su brazo descubierto.
—Mmm…
—Es hora de despertar, señorita, se hace tarde —le recordó.

Amira abrió los ojos con dificultad, sintiéndose satisfecha y feliz. Desperezó su cuerpo agarrotado mientras disfrutaba de la brisa matutina sobre la piel desnuda.

Su cabeza se llenó de forma repentina de cientos de imágenes pecaminosas que explicaban su desnudez. Buscó a Abdul, silenciosa, con la mirada por los alrededores preguntándose si la había abandonado tras su apasionado encuentro.

—Buenos días, Zully —dijo Amira un tanto exaltada al advertir la presencia de la chica—. ¿Podrías alcanzar la bata que está en el tocador?
—Sí, por supuesto —respondió con normalidad.

Era muy usual que algunas mujeres dentro del *helvurir* estuviesen con ropas escasas o en completa desnudez, además de bañarse en grupo dentro de los baños privados del recinto, por lo que no era de extrañar que a Zully no le perturbara la carencia de ropa de Amira.

Tan pronto su dama le acercó la bata, Amira se reincorporó, levantándose de la cama y contemplando el desorden, detallando cada objeto fuera de lugar hasta notar el escaso brillo que emitía el tapiz de la pared. No era muy evidente si no se conocía el patrón de memoria; para ella resultaba obvio.

Dedujo deprisa que Abdul se encontraba oculto en aquel lugar y no que se había marchado sin despedirse como creyó en un principio. Una ola de felicidad inundó su pecho ante ese pensamiento, seguido de sentimientos de alarma.

Ese pasaje era peligroso si estaba cerrado, ambos lo sabían de primera mano y por estar tan ensimismada cavilando la idea de que él se encontrara ahogado, no prestó atención a la conversación que Zully mantenía con ella.

—…y deberá llevar un vestido azul durante el almuerzo, todos los palaciegos deben vestir de azul los días previos al natalicio del Sultán —indicó buscando entre el ropero algún vestido de ese tono.

—Zully, yo puedo encargarme sin problemas de seleccionar mis ropas —aseguró Amira con cierta aprensión.

—Lo sé, señorita, pero es mi deber facilitarle las cosas y, ya que se ha quedado dormida, pues…

—Me he quedado dormida porque anoche estuve practicando para mi presentación ante el Sultán —explicó Amira, aparentando normalidad.

Zully asoció el desorden de la alcoba con la práctica. Admitía que cuando se le dio la orden de entregar a la artista un traje para danzar le desconcertó, pero conociendo los gustos del Sultán por ver a las mujeres bonitas moverse no lo consideró demasiado extraño. No obstante, nunca había visto una que practicando hiciese tal calamidad.

—¿Quiere practicar un poco más antes de emprender sus labores? —inquirió Zully, no muy convencida.

Amira asintió al descifrar los pensamientos de la joven. En realidad, ella hubiese accedido a cualquier cosa con tal de que Zully se marchara, necesitaba asegurarse de que Abdul no se estuviera asfixiando dentro del pasaje.

—Bueno —Zully miró el desorden una última vez—. Traeré la bandeja con el desayuno, eso deberá tomarme unos veinte minutos —dijo con una sonrisa cómplice—, tiempo suficiente para una práctica rápida.

—Gracias.

—También enviaré algunas sirvientas en unas horas a arreglar todo esto, no debe preocuparse por limpiar cuando concluya su práctica.

—Gracias, Zully —dijo ella con impaciencia.

Tan pronto la sirvienta cerró la puerta, Amira corrió a toda prisa hacia el tapiz de la pared, moviendo la tela a un costado. Su corazón se detuvo y perdió el aliento. Aún un en medio de la aborrecible oscuridad Abdul deslumbraba.

Él arqueó una ceja y sonrió con picardía.

Amira casi sollozó de placer al verlo en esa postura despreocupada: el cabello liso alborotado, recostando su hombro sobre la pared con su musculoso pecho desnudo, con ternura y lujuria patente en su mirada bicolor. Esperándola con tranquilidad absoluta.

—Así que… estabas preocupada por mí. —Amira lo fulminó con la mirada tras esas palabras pronunciadas llenas de satisfacción.

Él echó la cabeza atrás emitiendo una carcajada.

Abdul dio un paso al frente, ofreciéndole la sonrisa más devastadora que podía, turbando su mente hasta que no pudiese pensar en nada más que no fuese él.

La besó con pecaminosa lentitud, disfrutando del íntimo contacto entre sus labios, sabiendo que no poseía demasiado tiempo. Por ese motivo, pretendía ignorar la traslúcida bata que cubría su desnudez o acabaría cayendo envuelto en la pasión desenfrenada.

—Buenos días, Princesa. —Ella sonrió complacida.
—Pensé que te habías marchado sin despedirte.
—No me marcharía sin avisarte, además, me quedé dormido —admitió avergonzado—, no es algo que suela sucederme.
—Digo lo mismo. —Amira se alejó tan solo un poco de su cuerpo al notar la linterna en su mano—. Supe que estabas aquí por la luz de la vela, traspasa la tela del tapiz.
—Lo imaginé, pero gracias a eso descubrí algo importante.

Ella lo miró con extrañeza, preguntándose qué podía haber hallado Abdul en un pasaje tan oscuro y sucio.

—¿Crees que tengamos tiempo de verlo? Escuché que Zully volverá.
—¿Tardaremos demasiado? —Él negó—. Está bien, pero antes por favor acaba de vestirte, verte de ese modo me distrae.

Abdul se asombró ante la abierta confesión, pero no dijo nada, comprendía que sus palabras habían salido de un impulso y no quería incomodarla, además había adorado el trasfondo de ellas.

Mientras él buscaba el resto de su ropa, Amira aprovechó para ponerse algún vestido azul tras el bastidor, evitando que ambos cayesen en la tentación de regresar a la cama. Tan pronto estuvieron listos, él le entregó una linterna recién encendida y le pidió que lo siguiera.

El pasaje, que en un principio Amira consideraba poco profundo, angosto y tenebroso, no lo era. Ante la luz de las linternas, se revelaba un amplio corredor impido de aire, cuyas paredes ennegrecidas por el pasar del tiempo le indicaban su antigüedad. El suelo estaba cubierto por polvo y unas cuantas telarañas colgaban del techo abovedado. Esa era un área del palacio desconocida para muchos, ella misma no recordaba haber ingresado allí y tras varios minutos de caminar se encontraron ante una imponente pared que les impedía su avance.

—¿Qué es esto?
—Justo lo que deseaba mostrarte.

Símbolos. La pared estaba repleta con un lenguaje que Amira desconocía —a excepción de uno en particular—, pero que al mismo tiempo le resultaba vagamente familiar; el color de las piedras difería del resto de las paredes ennegrecidas, era casi blanca con diminutas hendiduras, como si se tratara de cerraduras.

—¿Lo reconoces? —Amira negó, sin apartar la mirada de la pared—. Es la lengua de Ktar, la he visto en algunos archivos ocultos en la biblioteca privada del Sultán.
—Pensé que no quedaban registros de Ktar.
—No para el público, pero como debes suponer, mi hermano posee información confidencial y en ocasiones, yo la reviso.
—Sin autorización…—concluyó ella.

Él se encogió de hombros en respuesta.

Amira tocó la pared con cuidado, delineando los bordes de las figuras con extrema delicadeza, como si se fuese a romper en cualquier instante. Los símbolos eran similares a las letras de Zahar, pero variaban en forma y grosor. Además, había pictogramas finalizando algunas de las oraciones, y entre estos se hallaba el escarabajo. Ella recorrió el borde con sus dedos, sintiéndose extraña al tocar la piedra. A su cabeza acudió la imagen del broche del Sultán junto a la palabra: *Resurgir.*

—Se parece mucho al broche con el que estoy retratando al Sultán. ¿Crees que estén relacionados?

—Puede ser, el escarabajo es el símbolo de Ktar.

—¿Lo es? Pensé que pertenecía a Zahar —confesó ella, sorprendida.

—¿En todo este tiempo has visto alguna representación del escarabajo en el palacio? —Ella negó—. Eso es porque el símbolo de Zahar es el lirio blanco.

A su mente acudieron todas las imágenes de flores representadas en las paredes, murales tapices y cuadros. Dándole la razón a Abdul.

—Además, ese broche te pertenece.

Amira ladeó la cabeza en su dirección, descolocada. Eso era imposible, ella nunca vio a su madre con un broche semejante.

—¿Qué has dicho? —Abdul suspiró.

—Entre los archivos que me dejó mi padre poco antes de morir se encontraba ese broche —dijo él con seriedad—, al parecer, mi abuelo lo hurtó al antiguo Sultán de Ktar, el que vendría a ser tu abuelo o quizás tatarabuelo, no estoy muy seguro.

—Eso es... ¿fascinante? —Amira no sabía que sentir ante la nueva información.

—Como descendiente directa, el broche te pertenece. —Acercó la luz al escarabajo de la pared—, por lo que veo, parece ser una especie de llave.

—Si es una llave, este muro debe ser alguna clase de puerta —concluyó ella, intrigada—. ¿Qué crees que haya al otro lado?

—No tengo la menor idea, pero debe ser muy importante.

Él meditó por instantes la fijación de su hermano por el broche. Desde que lo heredó, Rajah buscaba con persistencia el modo de quitárselo con alguna excusa o treta, y como él era el único conocedor del dispositivo interno, siempre extraía el contenido oculto antes de prestárselo.

Algo le decía que el mensaje estaba relacionado con ese muro y que su hermano debía conocer mucho más sobre Ktar de lo que él suponía.

Abdul resguardaría el mensaje secreto un tiempo más hasta confirmar sus sospechas. No deseaba involucrar a Amira, en especial si su hermano poseía información sobre ese pasaje.

¡Achís! ¡achís! ¡achís!

Los consecutivos estornudos de la artista sacaron al visir de sus pensamientos, trayéndolo a la realidad. El lugar era cerrado y ellos habían estado removiendo el polvo de las hendiduras de la pared.

—Es mejor volver antes de que te enfermes —sugirió él, con amabilidad.

Amira accedió a su consejo sin rechistar, retornando a la alcoba a los pocos minutos. Abdul trancó la puerta del pasaje al volver, ocultándolo de nuevo tras el tapiz como si nunca se hubiese movido. Ella, por su parte, aprovechaba para recoger algunos objetos del suelo y devolverlos a su lugar, intentando retrasar la despedida otro poco.

—Zully dijo que mandaría sirvientas a limpiar.
—Sí, pero no quiero que piensen que soy tan desordenada —aclaró Amira, sonriéndole divertida.

Abdul le correspondió el gesto, aproximándose.

—Es hora de irme —dijo desanimado.
—Lo imaginaba. —Ella desvió la mirada a cualquier punto de la alcoba para que no notase su semblante triste. —¿Usarás la puerta o el balcón?
—El balcón, no quiero toparme con Zully, además, tengo cosas que resolver antes de regresar a mi alcoba y es más rápido si voy por allí.
—También es más fácil evadir a los guardias. —Ella alzó una ceja perspicaz.
—¿Realmente? No lo había notado. —Él sonrió al verse atrapado.

Extendió la mano hacia ella, regalándole suaves caricias a su mejilla. La agobiante sensación de despedida se agolpó en su pecho. Esa noche había sido la más perfecta de toda su vida y ahora debía marcharse, volver al mundo real lejos de Amira, de esa mujer que lo hechizaba. Se sentía tan conectado a ella que le aterraba.

Sus miradas colisionaron en un aura silenciosa. No eran necesarias las palabras, con solo verse podían transmitirse la cargada sensación de desasosiego que los invadía. No estaban seguros de volver a encontrarse antes de la fiesta del Sultán, Abdul debía solventar tantas cosas si quería sacarla con vida del palacio, mientras que ella debía continuar aparentando desconocimiento y acabar con su trabajo.

Amira tomó su mano libre entre las suyas en un gesto cariñoso, mientras dejaba un par de besos escasos entre las manos poderosas. En ningún momento rompieron el contacto, se decían tantas cosas sin hablar, pero el tiempo escaseaba y había llegado la hora.

Él se inclinó sobre ella con el peso del tiempo sobre los hombros, pero se negaba a marcharse sin besarla, en especial porque desconocía cuando podría volver a hacerlo. Amira cerró los ojos, inclinando la cabeza tan solo un poco, esperando el ansiado contacto.

Un gimoteo escapó de la boca de Amira tan pronto sus labios acariciaron los suyos. Ese no era un beso como los demás, era un roce leve, lento y agonizante, casi como un llanto. Ambos estaban despidiéndose, desconociendo las circunstancias en las que volvería a encontrar.

A regañadientes, Abdul cortó el contacto, no podía continuar abusando del tiempo. Se apartó de ella con tortuosa lentitud, acercándose al balcón. Ella lo siguió hasta el borde y antes de marcharse, él susurró junto a su oído:

—Recuerda que saltaré abismos por ti, princesa. —Dicho esto se arrojó por el balcón.

Amira deseaba ver con cuanta agilidad él descendía, pero el traqueteo en la puerta le indicó que se había acabado el tiempo; en su pecho yacía el peso de un presagio y el recordatorio de unas palabras acudieron a su mente sin motivo.

«La sangre debe correr por las aguas de Zahar»

✦ ✳ ✦ ✦ ✚ ✦ ✚ ✦ ✦ ✳ ✦

Media hora más tarde, luego de evadir algunos guardias e ingresar al área exclusiva de los guerreros élites, entró por la ventana abierta de la alcoba. Zaid parecía dormitar luego de su turno nocturno: vigilando su habitación vacía.
—¡Despierta!
Zaid se levantó abruptamente, buscando la cimitarra a un costado de la

cama dispuesto a atacar, hasta que se percató de quién era su visitante. Sorprendiéndose de la inusual intromisión.

—¿Gran Visir? —dijo el guerrero, sin comprender que hacía su amigo allí.

Notó su semblante serio, uno que no veía desde hacía muchísimos años y se estremeció. Esa era la expresión de un hombre dispuesto a todo y temía que de verdad lo estuviera.

—Tenemos que hablar, debes ir por Enver, es muy serio.

CAPÍTULO: XXIX

CELEBRACIÓN

La celebración por el nacimiento del Sultán llegó más pronto de lo esperado.

Durante esos días el palacio era un hervidero de actividades. Sirvientes que corrían de un lado a otro con arreglos florales que preparar, alfombras que sacudir, muebles que mover, tapices que guindar y los cuadros, recién acabados por Amira, colgados en el salón principal. Todo bajo la supervisión de la sultana Rania, la encargada de coordinar el evento.

Los pasillos estaban adornados con diferentes tonalidades de azul, incluso las ropas de los sirvientes y los criados. Cada habitante del palacio debía obedecer esa particular regla, mientras que los ciudadanos debían portar algún elemento de dicho color: no importaba el tamaño, solo que llevasen el tono de la nación. Con aquel sencillo gesto expresaban su lealtad y conformidad con el Sultán.

Amira consideraba extraño que el traje de baile que este solicitó fuese escarlata, un color nada relacionado con la lealtad de la nación ni al Sultán. Según el escaso conocimiento que poseía sobre el tema, en tiempos pasados ese fue el color de Ktar: el rojo sangre, el vino y el escarlata, tres tonalidades similares que ondearon alguna vez en los estandartes de un imperio inexistente.

Mientras se admiraba frente al espejo —esperando a que Zully acabase de peinarla—, consideraba en lo que podría suceder tras su presentación: ¿Cuál sería su destino? ¿Una muerte rápida? ¿El Sultán podría mostrarle piedad? ¿Qué tanto sabía sobre ella?

Según lo que Abdul le contó, el Sultán conocía su identidad, pero durante los días previos, las pocas veces que se encontró con Rajah actuaba con normalidad: con ánimo más relajado al usual, incluso en ocasiones con simpatía. Esa actitud no era demasiado característica en él, logrando desconcertarla de sobremanera.

—¡Listo! He terminado —dijo Zully, mostrando una sonrisa satisfecha.

—Es un excelente trabajo. —Amira la felicitó por reflejo, ya que poco le importaba como estaba vestida.

—¡Que alegría! Sé que he tardado un poco, pero deseaba que su aspecto fuera perfecto, después de todo, va a presentarse en solitario frente al Sultán. Es un gran honor.

—Pensé que no era de tu agrado.

—No lo es, pero eso no quita que él sea el dirigente de un imperio, por muy desagradable que pueda ser.

—Sí, supongo que tiene razón.

—Espero que haya mejorado su técnica —dijo ella, aludiendo al desorden de días atrás—, pero como la alcoba ha estado en perfecto estado, asumo que la mejora es considerable.

—Eso creo. —Amira sonrió incómoda y a la vez con deje de tristeza.

El comentario le recordó la ausencia de Abdul. Desde su despedida no habían vuelto a encontrarse ni siquiera por accidente; comprendía que estaba resolviendo no solo la forma de que ambos escaparan del palacio, sino cumpliendo con su labor como visir y que eso abarcaba su tiempo. Pero no podía evitar preocuparse.

El mal presagio que tuvo no hizo más que acrecentarse con el transcurrir de los días, más encontrándose en la fecha en que todo se desarrollaría, podría decir que era un mar de nervios.

Suspiró tras mirar las manecillas del reloj en la pared. Nunca en toda su vida había sido tan consciente del *tic tac* al pasar los minutos.

«Quince minutos» pensó.

Esa era la cantidad exacta de tiempo que faltaba para tener que presentarse ante el Sultán. Temía que algo saliese mal —lo que era muy probable—, pero no tenía más alternativa que seguir el plan de Abdul.

—Zully.

—¿Sí, señorita?

—Gracias por ser tan buena compañera y amiga durante este tiempo —dijo cariñosamente.

—Para mí ha sido siempre un gusto servir a una persona tan gentil como usted —aseguró Zully, un tanto avergonzada.

Amira negó con la cabeza antes de sonreírle con aparente tranquilidad, levantándose del asiento le regaló un cálido abrazo a la criada, quedando perpleja ante la reacción de la artista.

—Gracias, Zully.

—¿S…se encuentra…bien, señorita?

—Lo estoy.

Ese era un abrazo de despedida, fuera lo que ocurriese, era muy poco probable que ambas volvieran a verse, tanto si tenía éxito en su escape como no. Zully salió de su turbación al romperse el abrazo, dejando a la criada con una inusual sensación de tristeza. Miró el reloj, alarmándose, faltaban diez minutos.

—¡Es hora de irnos! El Sultán debe estar esperándola. —Amira asintió, antes de abandonar la alcoba rumbo al salón.

✦ ✳ ✦ ✦ ✦ ✦ ✦ ✳ ✦

Los inusuales invitados a la gala tenían a Abdul en una constante alerta. El salón que debería estar lleno de cortesanos de otros reinos para fomentar relaciones, a duras penas contaba con la presencia de unos pocos: unas cuantas odaliscas, los músicos, algunos guardias, los habituales palaciegos, la sultana Rania, del jeque de Etrus y el de Ebanica; reinos que no pertenecían directamente al imperio, pero no eran indiferentes a los mandatos del Sultán: uno por unión matrimonial y otro por economía, respectivamente. Ni siquiera estaban presentes los visires de menor rango.

«Una fiesta bastante limitada de invitados» pensó Abdul, receloso.

A Abdul le preocupaba sobre todo el jeque de Ebanica, dicho reino era bastante conocido por su habilidad en armamentos y dudaba que su hermano lo hubiese invitado solo por mera cortesía.

—Gran Visir —saludó Rania, apartando su rojizo cabello a un lado con elegancia y coquetería.

—Sultana —correspondió él con una inclinación de cabeza—. ¿Aún no llegan todos los invitados? —indagó con curiosidad, mientras contemplaba de reojo la conversación que se llevaba a distancia entre el Sultán y los dos jeques.

—Estos son todos, mi esposo ha solicitado que esta reunión sea privada y muy breve.

—Supongo que le ha causado más molestias de las necesarias al preparar el palacio para la escasa concurrencia —agregó Abdul, dando un sorbo de vino a la copa entre sus dedos.

—No se imagina cuantas, no hay algo tan difícil como hacer que todos los presentes usen el estúpido color azul, pero no es lo que me incómoda, sino la particular animosidad que ha estado mostrando estos días. Su buen humor me preocupa.

—Comparto el sentimiento.

En cualquier otro reino estaba seguro de que los ciudadanos se alegrarían de la felicidad de su gobernante, pero tanto Rania como él sabían que no había nada tan peligroso como eso. Algo estaba mal, en verdad mal.

Abdul quería platicar con Zaid, preguntar si todo estaba saliendo de acuerdo con lo planeado, pero no debía hacerlo tan evidente, cuando la mayoría de los guardias que estaban en el salón no hacían otra cosa más que vigilarlo.

Vio como uno de los guardias se acercó a susurrarle algo al Sultán antes de volver a su puesto. A continuación, un par de aplausos formaron eco en el espacioso salón, causando que todos los presentes miraran atentos al dirigente.

Rajah sonreía complacido, todo estaba saliendo tal como deseaba. Ese año no realizaría la gran algarabía que acostumbraba, no lo creía conveniente teniendo a los ciudadanos aun velando a sus muertos y no deseaba ser irrespetuoso; aunque una parte de él pensara que lo merecían.

Su buen humor se debía en parte a la previa llegada del encargo que esperaba desde hace semanas y que su más reciente amigo se apresuró a entregarle como obsequio para ganar su favor. Consiguiéndolo sin duda.

—Lamentablemente, mi más talentosa odalisca se encuentra indispuesta esta noche —dijo el Sultán.

Rajah miró fijo a Rania intentando complacerla, ante su exigencia de que Jalila no bailara si deseaba que estuviese ella presente. Si el padre de su esposa no hubiese asistido a la fiesta, le hubiese importado en lo más mínimo tanto su petición como su amenaza.

—Sin embargo, tengo una sorpresa para ustedes, he conseguido a la verdadera *joya del desierto*.

Abdul entendió la indirecta en esa frase, en efecto Rajah sabía que Amira era la princesa de Ktar, o la princesa de la joya del desierto.

Algunas expresiones de curiosidad e interés pasaron por los rostros de los presentes, encontrando extraña la información del Sultán. Jalila era conocida por ser la mejor y no podían sentirse más que intrigados ante sus palabras.

Los sirvientes cerraron las cortinas, apagaron las luces de los candelabros y las linternas. En el centro del salón encendieron un camino hecho con velas, que fueron dispuestas por ellos pocos minutos antes: creando un escenario circular lo suficiente amplio para danzar y ser el centro de atención. Los músicos se ocultaron detrás de las cortinas oscuras y eran iluminados por una tenue luz, tan diminuta que no afectaría al interior del salón.

Rania observaba expectante, esperando a la mujer que provocó que permaneciera levantada hasta la madrugada coordinando con criados y sirvientes la disposición de esas velas y la música. El Sultán fue muy tajante con esa orden: *Ella no debe vernos, pero nosotros sí a ella.* ¡Menuda tontería! Tuvo que rebanarse los sesos tratando de crear una ilusión semejante y no fue hasta muy entrada la noche que logró su objetivo.

—¡Comiencen! —ordenó el Sultán a los músicos.

Las darbukas empezaron a sonar a juego que los panderos, en un compás marcado y seco de seis golpes bajos de tambor y dos de pandero, intercalando la velocidad para crear un ritmo descarriado. Todo un reto para danzar.

—¿Me pregunto cómo lo hará sin saber que se enfrenta a esta oscuridad? —susurró Rania, siendo escuchada por Abdul.

—Ya veremos —respondió el visir, concentrado en divisar al Sultán en el asiento del trono.

«¿Qué estás tramando, hermano?».

La puerta del salón se abrió de golpe, apareciendo debajo del marco una mujer que lucía insolentes ropajes escarlata, cubierto de joyas del mismo color, envuelta por un manto que resguardaba parte de su rostro, exceptuando su gatuna y oscura mirada, otorgándole un aire de misterio.

Su entrada hasta el centro del salón fue al ritmo de la música, moviendo sus caderas al compás, imitando cada nota producida. Cautivó a todos los presentes con excepción del Sultán.

Rajah estaba acostumbrado a ver mujeres danzar casi a diario, esa era su diversión favorita, un sencillo movimiento de caderas no lo impresionaría como al resto. La música aceleró el ritmo y Amira retiró el velo de su cara, jugando con él, dando vueltas en su eje y en cuanto los ojos del Sultán chocaron con los de ella, comprendió las palabras de su hermano.

¡Eso era seducción pura! No había forma de apartar la mirada de ella por más que tratara y lo intentó en varias ocasiones. Amira movía los brazos de un lado a otro con el velo meciendo sus caderas, luego un rápido movimiento de pecho antes de echarse hacia atrás. Rajah perdió el aliento en cuanto vio su rostro. ¡Sonreía! Y no una sonrisa forzada como la de sus odaliscas sino de verdad, ella estaba disfrutando bailar para él. Era mágico, hipnótico y se vio abrumado de repente por el deseo de tenerla en su cama.

Amira sonreía al danzar divisando en las sombras el semblante de Abdul, sintiendo su mirada complacida y expectante, hablándole silencioso a través de sus ojos brillantes.

Ignorando a cualquiera que se encontrara entre las sombras incluso al Sultán. Abdul era el motivo y el valor que le producía esa sonrisa, si ese momento se convertía en el último en el que podría danzar para él, entonces lo haría espléndido.

El visir estaba atónito… maravillado, incluso más que en la primera ocasión que la vio, la deseaba muchísimo, pero al mismo tiempo se sentía orgulloso por lo que estaba haciendo. Él, mejor que cualquiera en esa habitación, conocía el pasado de Amira, lo que sufrió, todas las vicisitudes que el antiguo Sultán propició en su vida; aun así, ella lucía espléndida danzando con una técnica impecable, sonriéndole.

Sí, estaba perdido por ella.

Amira echó las manos hacia atrás junto a su cabeza, sus hombros movían su pecho con velocidad y sus caderas no se detenían siendo constantes e intermitentes. Daba vueltas, sonreía, mecía sus brazos como serpiente, sonreía más, movimientos lentos y seductores. Movía su cuerpo en compases distintos, un par de vueltas en su propio eje y se echó al suelo en el instante preciso en que la tonada terminó.

Sudaba, estaba agitada por el esfuerzo físico de danzar esa canción, una que conocía a la perfección. Su madre le enseñó a bailar con ese ritmo: ella decía que debía empezar desde lo difícil para que el resto no le costara.

Las luces fueron encendidas tras un silencio incómodo. Todos esperaban la reacción del Sultán para poder aplaudir la grandiosa actuación, pero él estaba perplejo y apenas podía moverse. Nunca miró a ninguna mujer danzar de ese modo.

Abdul fue el primero en aplaudir, dando permiso al resto de invitados para que imitasen su acción, y de a poco el salón estaba repleto de bullicio. La música volvió a sonar, pero a ritmo pausado y tranquilo permitiendo a los invitados conversar.

Rania también estaba absorta, esa mujer era una verdadera amenaza para ella, más que Jalila. Lo supo tan pronto notó la reacción de su esposo. Iba a decirle algo, pero el Sultán se levantó de su asiento, avanzando hasta quedar frente a la artista.

—Cuanto talento en una sola mujer —dijo Rajah, mirándola con detenimiento—, danzas como una divinidad.

—Gracias —respondió ella, encarándolo con orgullo y altivez.

—Has cautivado mi atención, Amira.

Intentó descolocarla al pronunciar su nombre, pero ella no se inmutó. Rajah le extrañó su reacción, pero no lo suficiente como para intrigarlo. Elevó la mirada en alto hacia sus invitados, solicitándoles que prestaran atención a lo que iba a decir.

—Muchos aquí presentes han visto a esta doncella en el palacio pintando cuadros para mí, pero lo que no saben quién es en realidad: Amira al-Kabir, princesa y única heredera del antiguo imperio de Ktar.

Los susurros no se hicieron esperar entre los invitados. La sultana se quedó atónita ante la noticia, mientras que Abdul y Zaid contemplaron con mayor atención los movimientos del Sultán.

El visir estaba preparado en estado de alerta; miraba a través de las ventanas, contando los minutos para que cayese el sol e iniciara la invasión.

El Sultán volvió a mirarla evaluando algún gesto de sorpresa o desconcierto, pero ella seguía estoica y firme. Sonrió complacido, le encantaba que actuara como una fierecilla ante todos.

—Y al ser quien es, no les sorprenderá que se convierta en mi esposa. Estoy seguro de que nuestra unión traerá avenencia a mi imperio.

El rostro descompuesto de Abdul debía ser preservado para la posteridad. Nunca pasó por su mente que su hermano le pediría matrimonio a Amira, era inimaginable, era una locura de pies a cabeza.

«¿Qué demonios?» pensó indignado.

Amira por su parte no parecía demasiado sorprendida o halagada, al contrario, la sola mención de esa posibilidad no hizo más que irritarla. Deseaba interrumpirlo de inmediato, pero se contuvo al haber tantos invitados presentes. Nunca aceptaría tal propuesta, iba contra sus principios y se lo haría saber tan pronto se callara. No cambiaría de opinión.

—Tengo la certeza de que aceptarás mi propuesta, debes saldar tu deuda.
—¿Una deuda?

El Sultán la miró fijo, mostrando una mueca que revelaba todos sus dientes en perfecta insolencia y superioridad.

—¿Acaso lo olvidaste? —examinó él sorprendido—. Bueno es natural, eras tan solo una niña y estabas tan asustada cuando te ayudé a escapar del palacio.

Los ojos de Amira se abrieron como platos. Su garganta se secó, no podía tragar, intentando recordar la imagen de ese chico que la ayudó a escapar por las mazmorras.

—Es mentira —acusó ella, demasiado abstraída en sus pensamientos para notar que lo dijo en voz alta.

El semblante del Sultán se tornó serio. Amenazante. Abdul adelantó un paso dispuesto a atacar si intentaba herirla. Debía ser cauteloso si deseaba escapar con Amira, pero estaba tan confundido como ella.

—No fierecilla, es la verdad —siseó Rajah, venenoso, acercándose a ella hasta quedar a una palma de distancia de su cuerpo, se inclinó a la altura de su rostro, amenazante—, te saqué del palacio por la mazmorra secreta, usando una capa para que nadie notara que el hijo del Sultán estaba protegiendo a la hija de una traidora.
—No puede ser —masculló Amira.
—Yo salve tu vida y es hora de que me pagues el favor.

CAPÍTULO: XXX

SIN RETORNO

El salón se vio acaparado por un tenso e incómodo silencio, mientras que la atención de los invitados se concentraba en la pareja al centro de la estancia, que parecían mantener una sórdida lucha de miradas.

De la boca de ella no salía ninguna palabra por más que quisiera, era como si la imponente mirada dorada de Rajah estuviera sometiéndola bajo su voluntad. Amira no estaba segura de qué hacer: lo odiaba, de verdad lo odiaba, pero ahora sabía que le debía la vida, si él no la hubiese salvado cuando niña hubiese muerto al igual que su madre, aun así…

—Suponía quién eras tan pronto llegaste a mi palacio —confesó Rajah, orgulloso—, una mujer con características tan similares a las damas de mis tierras es difícil de ocultar.

—¿Entonces lo sabía desde el principio? —intervino Rania, indignada ante el descubrimiento.

—Lo sospechaba, sí, pero no estuve seguro hasta hace unos días cuando Jalila me contó de su particular forma de danzar y no podría estar más complacido. Es una mujer muy talentosa.

—¿Y por qué no dijo nada, Sultán? —dijo Rania acusatoriamente.

—No tengo que dar explicaciones a nadie —le recordó—, lo que yo haga o deje de hacer solo me corresponde a mí.

Abdul comprendió en ese preciso instante que el ataque a la ciudad fue un intento de asesinato, trató de exterminar a Amira y crear la ilusión de un ataque enemigo. Quería resolver dos problemas de una sola vez.

«El muy maldito, por eso preguntó por ella».

El Sultán comenzó a rodear a Amira en silencio, como si la acechara un tigre, evaluando qué parte devoraría primero, hasta detenerse frente a ella, esperando su contestación.

—Comprendo que debes estar anonadada ante la noticia —murmuró contra su oído, intentando estremecerla. Aspiró su aroma a borrajas, disfrutando de la cercanía de su cuerpo—, pero necesito una respuesta ante este anuncio, al igual que mis invitados.

Ella lo encaró, demostrándole una expresión estoica, desafiante y cargada de rencor. Dibujando en su rostro una sonrisa ladina al imaginar por un breve instante la reacción del Sultán.

—Agradezco que me haya salvado la vida… —inició Amira, en voz baja y pausada para que él la procesara—, pero declino su ofrecimiento, Sultán, no me casaré con usted.
—Abusas de mi generosidad —siseó entre dientes.
—¿Generosidad? ¿Cuándo ha sido generoso? ¿Cuándo me golpeó? ¿Cuándo me forzó a permanecer en este palacio en contra de mi voluntad?

Él sonrió con amargura, concibiendo deseos intensos de golpearla por semejante afronta, pero no lo haría, pretendía negociar un poco más.

—Describes mis acciones como si fuese un monstruo desalmado. —Se burló con sorna. —No Amira, soy generoso, en especial contigo: te di encargos muy bien remunerados, libertad para transitar por el palacio, te entregué la alcoba destinada a una reina, sirvientes a tu disposición y un vestido repleto de joyas de incalculable valor ¿Eso no es generosidad?

—No —bramó enojada, mirándolo con insolencia—, y preferiría mil veces ser decapitada antes que ser su esposa.

Ella insultó el orgullo del Sultán, dejándolo en ridículo frente a un salón repleto de invitados que empezaban a mascullar entre ellos, aludiendo la debilidad de Rajah ante la mujer.

—Eso puede arreglarse. —Una sonrisa macabra se formó en los labios del Sultán.

Rajah le dio la espalda y tronó los dedos. De repente dos hombres aparecieron atrás de Amira, sujetándola por los brazos, inmovilizándola.

Abdul se tensó preocupado por cómo estaban avanzando las cosas, pero no se movió de su lugar considerándolo imprudente. El sol ya se había puesto en el horizonte, el manto nocturno cubría el cielo en su totalidad.

«¿Por qué aún no empieza el ataque al palacio?» se preguntó el visir.

—Bueno fierecilla, si no nos casamos representas una amenaza para mí y el imperio.

—¿Una amenaza? —El jeque de Etrus intervino indignado ante el comportamiento de su yerno. —¿Cómo una mujer sin poder puede amenazar un imperio?

—Esa es la diferencia entre un Sultán y un jeque, no ve más allá de lo evidente. —Se burló Rajah sin mirarlo. —Ella representa un símbolo, el *resurgir* de un imperio, en otras palabras: un ideal, y no hay nada tan peligroso como eso.

Rajah conocía de primera mano lo que provocaban los ideales en la población descontenta. Él lo vivió en ese mismo palacio, muchos años atrás, con los mismos ciudadanos revoltosos que no hacían nada más que molestar.

Se encaminó rumbo al trono dispuesto a sentarse para disfrutar del espectáculo que hacía mucho tiempo no presenciaba. Sonrió de medio lado al considerar que sería su regalo personal. Se detuvo junto a Abdul por un breve momento antes de proseguir.

—Es tu deber ejecutarla, aquí y ahora —demandó el Sultán amenazante.
—No creo que…
—No te pregunté lo que creías o no, Abdul, ¡es una orden! Si no lo haces serás el siguiente.

Abdul lo miró en silencio sintiendo un gran odio por su hermano, una cantidad de desprecio que no había dejado de acumularse durante los últimos años y que se acrecentaba con cada encuentro.

—¿No conoce otras amenazas? —preguntó tajante. El Sultán sonrió divertido.
—Funcionó cinco veces en el pasado. ¿Por qué no habría de funcionar una sexta? Además, se supone que deseas recuperar mi confianza tras tu afronta del otro día ¿no?
—Por supuesto —mintió Abdul con un marcado desprecio en su voz.

La consternación se posó en los ojos de Abdul al recordar la referencia del Sultán. Su respiración se agitó, sintiendo el peso de la culpa sobre los hombros. Otra vez esa amenaza, su vida o la de alguien más.

«¿Cuánta culpa cree mi hermano que podré cargar?» pensó.

El Sultán suponía que sería su marioneta eterna bajo esa amenaza, pero no, ya no más.

El visir que conocía Rajah había desaparecido y no estaba dispuesto a continuar con los caprichos estúpidos de su hermano. Mucho menos si estos implicaban dañar a la mujer que amaba.

—¿Qué esperas? ¡Mátala frente a todos! Que quede en claro quién es el Sultán y porque deben respetarme —demandó furioso, mientras se postraba en su trono.

Amira buscó una señal en la mirada del visir: sus ojos se mostraban culpables y aún a esa distancia podía notar el leve temblor en una de sus muñecas. Temió lo peor, él la mataría; ahora que se enfrentaba a la muerte sentía una extraña calma en su interior. No tenía miedo de morir, por alguna razón el ver a Abdul acercarse con una cimitarra desenvainada hasta ella no la asustaba.

«Todo lo que haga a partir de este momento, no importa si no lo parece, será para protegerte» recordó Amira al cerrar los ojos e inclinar la cabeza.

Abdul alzó el sable tan pronto estuvo en posición junto a la condenada… observando de reojo la impaciente, desdeñosa y sádica expresión del Sultán, esperando el derramamiento de sangre. Los invitados en cambio mostraban gestos de horror y espanto, unos cubrían sus rostros o miraban a otro lugar esperando a que el espectáculo terminase… y dio la estocada final.

Sorpresa. Silencio. Sangre. Gritos. Era todo lo que se percibía en el salón mientras se desataba el caos. La mayoría de los invitados escaparon por las puertas, asustados por la masacre que sobrevendría.

El sonido del metal atravesando la carne humana es inconfundible y particularmente desagradable para quienes lo conocen a profundidad. Abdul extrajo el arma del cuerpo del guardia con rapidez antes de atacar a su compañero, sin darle oportunidad de desenvainar.

Amira abrió los ojos alarmada ante el escándalo. Parte de su cuerpo estaba cubierto por sangre y por un breve segundo se preguntó si era la suya. Entonces, el guardia a su derecha cayó en el suelo, a un costado de ella. Procesó todo con suma rapidez.

—Muévete, Amira —demandó Abdul, colocándose justo frente a ella, usando su cuerpo como escudo ante los guardias que acababan de rodearlos.

—Pero que estupidez hiciste, hermano, no me dejas otra opción —masculló el Sultán, con aprensión—, ¡matenlos a ambos!

Un guardia se lanzó a atacar al visir por la retaguardia, pero Zaid intervino de inmediato cercenando su cabeza en solo dos movimientos con su arma.

—Siempre cuidándome la espalda.

—Ya estaría muerto sino lo hiciera, Gran Visir—rio Zaid, ubicándose cerca de la pareja.

—Creo que ese título ya no me corresponde —bromeó Abdul.

Ambos estaban rodeados por unos quince guardias, pero se mostraban dudosos de atacarlos, no solo por la muerte rápida que recién presenciaron, sino por la fama que precedía al Gran Visir.

Abdul fue criado como un guerrero, como un estratega preparado para enfrentar el más peligroso desafío y muchos de ellos habían visto su valía en combate. Por otro lado, estaba Zaid uno de los mejores guerreros élite del palacio, conocido por matar en pocos movimientos y su precisión. No, los guardias no deseaban atacar.

—Menuda cuerda de incompetentes —se quejó el Sultán, señalando a uno de los guardias cercanos a la puerta —, tú ve por los demás, ¡ahora!

«¿Los demás?» pensó Abdul, dirigiéndole la misma expresión de desconcierto a Zaid.

Se suponía que la mitad de los guardias se encontraban fuera del palacio, en las tierras de Etrus, pero… Abdul se tensó al instante ¿Cómo no pudo advertirlo antes? Si el jeque del reino se encontraba en la fiesta, entonces los guardias habían retornado junto con él.

—¡Pero qué estúpido soy! —dijo Abdul, antes de golpear el rostro de un guardia que se había acercado demasiado a Amira. Tan pronto el sujeto intentó levantarse del suelo, Abdul lo traspasó con su arma.

El sonido del metal enfrentándose se percibía a la distancia en compañía de alaridos, quejidos e insultos. Abdul, Zaid y Amira intuyeron por los ruidos que el asedio al palacio acababa de empezar.

—¡¿Qué está pasando allá afuera?! —exclamó Rajah.

Tres guardias intentaron atacar a la vez, siendo asesinados con prontitud. Aumentando la ira del Sultán.

La sultana corrió al balcón en busca de información. Rania cubrió su boca con las manos, horrorizada. A una distancia significante, pudo ver con claridad que una gran muchedumbre estaba reunida en la entrada del palacio intentando atravesar la puerta principal. La cantidad de guardias a los alrededores era escaza en comparación a ellos y parecía que no faltaba demasiado para que lograsen traspasarlas.

—¡Rania! ¿Qué es? —gritó el Sultán desde su asiento, aún atento a la batalla que se llevaba a cabo en el salón.
—¡Es una invasión al palacio! ¡Una revolución!

Aterrada corrió a los brazos protectores de su padre, quien no tardó en escapar junto con ella al *helvurir* del palacio, debían evacuar a las residentes.

—Con qué una revolución. —Rajah sonrió con fastidio.

Se levantó de su trono, ignorando con facilidad la catástrofe a su alrededor, hasta llegar al balcón, donde contempló con desprecio a todas esas personas estúpidas que intentaban ingresar al palacio.

Desvió la mirada a la terraza inferior, junto a la desembocadura de una de las cascadas, se encontraban algunos guardias lanzando flechas a los escasos invasores que lograban traspasar la muralla y junto a estos su nuevo cañón, cortesía del jeque de Ebanica.

—¡Ustedes! —Los guardias se pusieron firmes al escuchar la voz del Sultán—. ¡Carguen el cañón!

La orden tomó a los traidores por sorpresa: Abdul apretó los dientes con furia, mientras Zaid golpeaba a un par de guardias que acababan de entrar al salón.

—¿Escuchaste, Zaid? —preguntó Abdul
—Va a bombardearlos, no sabía que tenía un cañón.
—Ni yo.

Amira se sentía inútil, indefensa en medio de los dos hombres que luchaban por protegerla. Ella no sabía pelear, no tenía idea de cómo tomar un arma. Lo único que podía hacer era mantenerse quieta y esperar. ¡Era una cobarde!

Cinco guardias se lanzaron al ataque contra Abdul al mismo tiempo que tres se dirigían a Zaid, dispuestos a distraerlo lo suficiente para herir al visir. Abdul pudo enterrar su sable en la garganta del primero, golpear con una patada en el vientre al segundo ganando tiempo suficiente para cortar la cabeza del tercero, pero el cuarto y el quinto se enfocaron en los costados, logrando herir el brazo derecho y atravesar parte de la pierna izquierda del visir.

Un alarido de dolor salió de la boca de Abdul. Cayó al suelo sobre su rodilla derecha, tomando el arma con su otra mano para escudarse del ataque.

—¡Abdul! —gritó Amira, asustada al notar la sangre que brotaba de su cuerpo.
—Estoy bien, no te preocupes, he tenido heridas peores.

Zaid exterminó a los tres guardias dando un giro con su sable, poco antes de lanzarse contra los que atacaban a Abdul, enterrando la cimitarra en la garganta de uno, degollándolo, para después extraerla y clavarla en el vientre del otro.

—Hay que salir de aquí pronto —dijo Zaid—, los guardias no dejan de llegar.

Amira ayudó a Abdul a levantarse, pasando su brazo herido por sobre su hombro, comenzando a retroceder. Los guardias seguían atacando, pero Zaid repelía de uno a uno a quienes se dignaban a acercarse.

—¡Maldición! ¡Son demasiados! —gruñó Abdul, defendiéndose con su brazo sano.

Retrocedieron lo suficiente hasta llegar al balcón, viéndose acorralados por los guardias a un lado, una caída de siete metros al otro y el Sultán a su costado. Estaban atrapados desde todos los flancos.

Rajah les hizo una señal con su mano a los guardias, ordenando que se detuvieran momentáneamente. Zaid permaneció en posición de ataque, alerta a cualquier movimiento por parte de los guardias.

—¡Vaya! Hermano, mírate —dijo el Sultán en tono de burla—, y así nuestro padre quería que gobernaras el imperio, pero que pena me das.

—Un gobernante no puede ser un desalmado sediento de sangre como tú.

Abdul se puso frente a Amira lo más erguido que su pierna le permitió, escudándola en caso de que el Sultán pretendiera herirla, y prosiguió:

—Por eso nuestro padre te mantenía vigilado, porque conocía tu verdadero ser.

—No le sirvió de nada. —El Sultán se encogió de hombros. —Igual me hice con el poder y pretendo conservarlo, pero, a pesar de tu percepción sobre mí, he decidido darte una oportunidad.

—¿Una oportunidad? —dijo el visir en chanza—. ¿Qué oportunidad?

—Te perdonaré la vida.

Abdul lo observó como si estuviese enloquecido.

—Me has desafiado en más de una ocasión, pero eso no elimina los excelentes años de servicio, por lo que con darte un castigo ejemplar será suficiente para compensar tus faltas. Además, eres mi único hermano vivo —sonrió el Sultán con complacencia.

—Pero que dadivoso. —Se burló el visir.

—No te escuchas muy convencido. ¿Qué te parece si, además, prometo no cañonear a todas esas personas que intentan entrar al palacio?

—¿A cambio de qué?

—Entregamela, la ejecutaré personalmente —dijo el Sultán, arrebatándole la cimitarra de las manos de un guardia—, en cuanto a Zaid, prometo concederle una muerte rápida en manos de los guardias.

—¿Qué pasa si no acepto tu propuesta?

El Sultán echó la cabeza hacia atrás profiriendo una carcajada sonora, grave, grácil: no era la risa característica de un villano, era comparable a la de una persona en el instante más feliz de su vida. Amira se estremeció al escucharla.

—Cañonearé a toda la ciudad y morirán los tres —juró con un brillo particular en sus ojos dorados. Abdul sonrió de medio lado ante la oferta.

Abdul miró a la distancia: muchas personas yacían muertas alrededor de las puertas, mientras que otras combatían cuerpo a cuerpo con los guardias. Maldijo por no predecir las intenciones de su hermano, nunca planeó que regresarían todos los guerreros al palacio a tiempo para su fiesta. Miró hacia abajo, cavilando rápido una vía de escape.

—¿Me obsequia un minuto para considerarlo? —preguntó con falsa cortesía.
—Un minuto… está bien, además el cañón ya está listo, sé que harás lo correcto, no creo que seas tan estúpido como para sacrificar a todos por una mujer.

Abdul sonrió para sus adentros al recordar las palabras de Jalila: *El amor es egoísta*; cuánta razón tenía.
 Su hermano, al parecer, tenía el extraño concepto de que él era correcto y que no se atrevería a sacrificar su vida por otra persona si muchas más peligraban; pero que equivocado estaba. Él sacrificaría el mundo entero por proteger a Amira, porque ella era su mundo.

—Debes aceptar, Abdul —murmuró Amira a su espalda—, salvaremos a muchas personas.

Él ya había tomado su decisión, pero necesitaba unos segundos más antes de manifestarla. Se dio la vuelta, divisando a la mujer que irrevocablemente se adueñó de su corazón.

Ella lucía asustada, preocupada, frágil, mirándolo con cariño hasta el final.

Abdul desvió su mirada a Zaid, quien la comprendió al instante al recordar su conversación de días atrás. El guerrero estaba preparado para lo que vendría y devolviéndole el gesto silencioso en complicidad, se despidió.

—*Tic tac*, hermano, ¿ya tienes mi respuesta? —intervino el Sultán, con impaciencia.

El visir volvió sus ojos sobre la joven ignorando el comentario de Rajah, sonriéndole con ternura para tranquilizarla, percibiendo el leve tiritar de su cuerpo. Sentía unos enormes deseos de besarla una última vez, pero no era posible, ya no había tiempo.   .

—Te amo —dijo Abdul.

—Lo sé —respondió ella, automáticamente. Él sonrió satisfecho.

—Protégela —demandó a Zaid.

Todo ocurrió demasiado deprisa: Zaid saltó y Abdul la tomó del brazo usando toda la fuerza que le quedaba, empujándola sobre el barandal hacia la cascada.

—¡NO! —gritó el Sultán iracundo—. ¡Fuego!

El cañón comenzó a atacar la entrada del palacio.

Amira caía contemplando con terror como el Sultán atravesaba el estómago de Abdul. Un alarido seco de dolor superó con creces el ruido de la cascada, llegando a sus oídos segundos antes de que el visir se desplomara en el suelo. Viendo como su sangre se fundía con el agua.

La sangre debe correr por las aguas de Zahar, es inevitable.

Su cuerpo impactó contra el agua helada. Su mente continuaba procesando una y otra vez la escena. No podía moverse o no quería, no estaba segura.

Sintió como un brazo la extraía del agua con fuerza. Zaid la sacó y comenzó a sacudirla para que reaccionara, pero ella no podía. No dejaba de ver a Abdul desplomarse sobre el suelo, con una herida mortal infringida por el Sultán.

Ella llevó las manos hasta su cabeza tratando de asimilar lo que ocurría. Zaid estaba frustrado, unos guardias se aproximaron para atacarlos, pero logró defenderse, pese a estar mojado y con una mano sobre el brazo de la mujer, forzándola a caminar.

—¡Hay que volver! —gritó Amira, resistiéndose a avanzar—, ¡hay que salvar a Abdul!

—¡Esta muerto! ¡No podemos volver!

—¡No! ¡Él no puede estarlo! —sollozó desesperada.

Él le dedicó una breve mirada dolida mientras corrían por los jardines en dirección a la entrada. No deseaba decirle que Abdul había previsto un escenario tan desafortunado, no quería contarle que le hizo jurar protegerla con su vida si no sobrevivía, mucho menos relatarle lo preparado que estaba Abdul para morir en manos de Rajah. Lo haría, pero no ahora.

Zaid atacó un par de guardias que se aproximaban a la entrada, reponiendo la caída de aquellos que fueron hostigados por el cañón del Sultán.

—¡Que molestos son! —exclamó furioso, degollándolos sin piedad. Desatando toda la rabia y frustración que su cuerpo acumulaba tras la muerte de su amigo.

Aun a esa distancia, podían escuchar como el Sultán mandaba a recargar el cañón con intenciones de disparar otra vez a la puerta. Los rebeldes comenzaron a retirarse tan pronto reconocieron a la mujer que corría en compañía de Zaid. El plan fracasó rotundamente.

Tan pronto Amira y Zaid cruzaron las puertas, ahora destruidas, del palacio, atravesaron el camino cubierto de cuerpos: hombres, mujeres y niños que creían que podían provocar un cambio, pero todo acabó muy mal.

«¿Cuánta más sangre derramará el Sultán?» se preguntó Zaid.

Corrieron hacía unas casas con tapices al frente, a una distancia considerable del asedio, donde los esperaba amarrado un caballo con provisiones, listo para escapar. Sujetó a Amira con fuerza por la cintura obligándola a montar.

—¡Zaid! —El guerrero se giró al reconocer la voz de Enver, oculto entre las sombras.

Enver se aproximó hasta él portando un semblante angustiado. Analizó el rostro de Zaid y lo comprendió al instante. Su amigo murió. Ese era el adiós definitivo. Todo salió mal y ambos debían separarse, tal como lo prometieron a Abdul.

Zaid lo atrajo contra su cuerpo en un corto pero significativo abrazo.

—Se bueno, se fuerte, se libre —murmuró Zaid contra su oído.
—¡No digas eso! Permíteme ir contigo.
—Tienes un deber aquí, debemos cumplir nuestra promesa.

Enver lo presionó con fuerza, tratando en un acto desesperado no romper el contacto. No quería dejarlo sin la certeza de que volverían a verse, no tras escuchar esas palabras de despedida. Tenía unas endemoniadas ganas de llorar, pero se resistía.

—Tan pronto estemos a salvo, te avisaré —prometió Zaid.

El sonido de una bala de cañón impactando contra el suelo a la distancia, los obligó a separarse.

El guerrero se subió al caballo justo detrás de Amira, que parecía en ese instante más una estatua torcida que una persona. Miró por última vez el rostro de Enver, tratando de memorizarlo en su mente para siempre. Dio un par de golpes a los costados del caballo y este empezó a galopar rumbo a las costas.

No tuvieron dificultades para abandonar Zanabaq tan pronto se alejaron de las murallas del palacio.

El garañón galopaba vertiginoso sobre la arena mientras se alejaban. El único sonido que podía percibirse era el llanto desaforado de Amira. Ocasionalmente se escuchaba un estallido sobre alguna parte de la ciudad, pero estaban tan lejos que no se podía distinguir contra que podía haber impactado la bala de cañón.

Tras una hora de cabalgar, llegaron a la costa donde un barco con varios supervivientes esperaba. Abordaron montado sobre el animal, obligando a varias personas a apartarse de su camino.

—Es una entrada forzosa, Zaid —le reclamó una voz masculina a su espalda.
—No molestes ahora, Deraj —suplicó más que demandar —, por favor, avisa de nuestra llegada a Hedef, debemos partir de inmediato al reino de Anapat.
—¿No esperaremos al Gran Visir?

El recién llegado notó el semblante de su amigo, acatando la orden sin preguntar nada.

Zaid bajó a la mujer del garañón. Ella trastabilló un poco cuando sus pies se posaron sobre el suelo, tenía el rostro descompuesto, como si hubiese llorado durante horas sin parar y las lágrimas no dejaban de deslizarse por el rostro.

Se apartó de él, no quería tenerlo cerca después de haberle suplicado volver por Abdul.

Caminó lento, arrastrando los pies con pesadez hasta la baranda del navío. Mirando a la distancia los diminutos puntos que se encendían—en lo que ella suponía eran casas— en llamas.

Rajah no solo había destruido una ciudad completa, sino que lo había matado a él, a Abdul. No se lo perdonaría, no lo haría. ¡Quería venganza! ¡Quería despojarlo de todo cuanto amaba! ¡Quería el trono! Ansiaba hacerle pagar por todo el sufrimiento que le causó y a todas esas personas que la rodeaban.

—¡Voy a destruirte! —juró.

NOTA DE LA AUTORA

Estimado lector, Enver continúa su labor como guerrero del Sultán
y me gustaría compartir contigo las siguientes líneas de una carta que ha escrito:

Querido Zyid,

Éstos tres meses desde tú partida han sido de los más apremiantes,
pero debes volver lo más pronto y, se que esto implica que deban acelerar
sus planes, sin embargo, es una emergencia...

GUÍA DE PRONUNCIACION

Amira: Amirah	**Jalila:** Jalila
Abdul: Abdul	**Rania:** Rania
Dean: Din	**Enver:** Enver
Rajah: Rajá	**Hedef:** Hidef
Zully: Zulley	**Deraj:** Derak
Zaid: Zaid	

Ktar: Ka-tar	**Etrus**: Étrus
Zahar: Za-jar	**Alband:** Alband
Zanabaq: Zanabeq	**Gaegis:** Gaejis
Anapat: Anapate	**Ebanica:** Ebanica
Aegis: Aejis	

Zahra: Zan-ra	**Helvurir**: Ilvurir
Darbukas: Darbukas	**Arghul:** Yarghul

SOBRE LA
AUTORA

Me llamo Jesireth Suárez, pero como me buscan por revelar información clasificada en el reino de Zahar, mejor díganme J.M. Suárez y no existo. En serio, soy un fragmento de tu imaginación. De tu imaginación más romántica y masoquista.

En *Freepik* están convencidos de que trabajo ahí como diseñadora. Lo cual es curioso, porque ni siquiera vivo en España, y todos saben que es una empresa española.

Mi trabajo me ha dado una cantidad de anécdotas que no creerías, y en su mayoría decido plasmarlas en mis libros.

Escribir ha sido para mí la mejor manera de contar todo lo que me ocurre. Cuando me visitan *faes* que aseguran viajar por laberintos temporales, yo lo anoto para mi próxima historia. Cuando acuden guerreros furiosos que no pueden enamorarse, yo escribo una novela.

Hace poco tuve una experiencia de lo más extraña con un visir y una princesa. Se los narro todo en mi nueva novela: La princesa del Imperio Caído. Con los nombres cambiados para respetar la identidad de mis personajes, por supuesto. Si te gusta el romance y la acción en tierras fantásticas y desérticas, no dejes de leerla; aunque a estas alturas supongo que lo has hecho, por lo que espero volver a encontrarte, después de todo tengo la certeza de que querrás conocer el final de esta historia.

¿Te gustó este libro?

Escribeme y cuéntame tu opinión en

 autorajmsuarez@gmail.com    @escritora.j.m

J.M.SUÁREZ
ESCRITORA

Instagram @creativas.correcciones

www.creativascorrecciones.com